エリート警察官僚は交際0日婚の新妻に一途愛の証を宿したい

marmaladebunko

有允ひろみ

マーマレード文庫

エリート警察官僚は交際0日婚の新妻に一途愛の証を宿したい

エリート警察官僚は交際０日婚の新妻に一途愛の証を宿したい

第一章　元気でいられるだけで幸せです

『まひろ、幸せになってね』

夢の中で、優しい声が語りかけてくる。

『うん、大丈夫。きっと幸せになるから』

にっこりと微笑みながら返事をしたあと、清水まひろは布団の中で目を覚ました。

ベッド横のテーブルに置いた時計の針が、午前七時ちょうどを指している。

まひろはカーテンを開けて空を見上げたあと、両手を大きく広げて伸びをした。

「う～ん、今日も天気いいなぁ」

見上げた先に見える電線に、スズメが二羽止まっている。一羽飛び立ったと思ったら、すぐに残りの一羽がそのあとを追っていった。

そんなほのぼのとした朝の風景を眺めながら身支度を整え、キッチンに向かう。

まひろが住んでいるのは築五十四年のアパートの二階角部屋だ。間取りは１Ｋで六帖のリビングにキッチンと三点ユニットバスがついている。外観の古さは否めないが、中はきちんとリフォームされており、とても住みやすい。駅から徒歩で十分の距離だし、これで家賃四万円は破格だと思う。

「いい香り。朝はやっぱりコーヒーだよね」

ミルクたっぷりのカフェオレを淹れ終えたまひろは、リビングに戻って朝の情報番組にチャンネルを合わせた。

季節は春。

ちょうど開花時期である今、中継先の公園にはたくさんの桜が咲き誇っている。

テレビ画面を見つめながら、まひろは昔住んでいた田舎の風景を頭に思い浮かべた。

（わぁ、綺麗！）

（川沿いの桜は、もう散っちゃったかな。裏山の枝垂れ桜は今が見頃だろうなぁ）

まひろが生まれたのは、西日本の日本海側にある地方都市だ。

そこで親子三人仲良く暮らしていたのだが、まひろが四歳になる年の一月、両親が不慮の事故で亡くなってしまう。

まだ幼かったまひろは、その後すぐに母方の祖父母に引き取られ、親子で暮らした町から車で二時間かかる山間の町に移り住んだ。

愛情深い祖父母に育てられ、まひろは自然が豊かなそこですくすくと育った。

しかし、高校一年生の時に祖父が他界。それから二年後の冬に祖母も亡くなり、諸事情があってまひろは住む家すらない状況に陥ってしまう。

近隣に住む親戚はいるが、頼りにはならない。

まひろは恩師などの協力のもとなんとか就職先を見つけ、卒業と同時に上京して一人暮らしを始めた。

当時の持ち物と言えば、両親祖父母の写真と僅かな荷物のみ。

以後少しずつ家具を買い足していき、八年目の今も同じアパートに住み続けている。

幸い職場の人達はいい人ばかりで、さほどストレスも感じずに働くことができていた。

むろん、まったく寂しくないと言えば嘘になる。

けれど、こうして元気に暮らせているだけでもありがたいし、本棚の上に並べた両親と祖父母の写真が常に自分を見守ってくれている気がしていた。

まひろが勤務する「スーパーたかくら」は、東京の東に位置するベッドタウンを中心に展開しているスーパーマーケットだ。

総店舗数は十六店舗。地域密着型の各店舗では、大手の同業他店では手に入らない地元農家の野菜も販売されている。

まひろがいるのは「仲町駅前店」であり、同じ敷地内に親会社である「株式会社高倉」の本社ビルも建っている。

　高校卒業後に同社に入社したまひろは、今年で勤続八年目だ。

　現在の担当は主にサービスカウンターだが、忙しい時はレジのサポートやカート整理などなんでもする。いずれもお客様との接点が多い部門であり、店の雰囲気が明るくなるよう〝常に笑顔〟が基本だ。

　中肉中背の体型と丸顔にこぢんまりとした目鼻立ち。

　派手さはないがいかにも庶民的で親しみやすい顔をしているまひろは、笑顔に関しては入社当初から文句なしの合格点をもらっている。

『カウンター係の清水さんは笑顔がいいですね』

『清水さんは、いつも笑顔で挨拶を返してくれるから気持ちいい』

　お客様アンケートでは、そんなふうに言ってもらえているし、自分でも笑顔だけは自信があった。

　中には「是非、うちの孫のお嫁さんに」と言ってくれるお年寄りもいる。

　もっとも、本当に孫息子に引き合わせてくれるわけでもなく、社交辞令の域を出ないのだが……。

（まあ、本当に連れて来られても困っちゃうけど）

そんなことを思いながら、身だしなみチェックのために置いてある卓上の鏡をチラリと見る。着ているのは白いブラウスと紺色のボックススカートの制服であり、髪の毛は耳の高さでひとつ括りにしたお団子スタイルだ。

現在二十五歳のまひろは、来月の誕生日がくると彼氏いない歴二十六年目を迎える。別に焦っているわけではないが、二十六歳ともなると結婚して子供がいてもおかしくない年齢だ。

実際、親しい友達の中で未婚で彼氏なしは、まひろだけ。

過去、グループ交際ならしたことがあるが、恋人と言える人はいたためしがなかった。

（なんでこんなに縁遠いんだろう？　皆が言うように、もっと積極的に行かないとダメなのかな？）

田舎育ちで、おばあちゃん子だったまひろは、比較的古風で貞操観念も高い。

実際、友達からもそう思われており、中には心配して「誰か紹介しようか？」と言ってくれる友達もいる。

『まひろって、人一倍真面目だもんね』

『もう少し気楽に考えてみたら？　付き合ったからって、その人と一生をともにするとは限らないんだし』

確かに、少々身構えすぎているのかもしれない。けれど、仮にも恋人関係になる異性なのだから、相手選びには慎重にならざるを得ない。

もし誰かと付き合うなら結婚を意識できる人がいいし、ましてや遊び感覚の恋愛などもってのほかだ。おそらく、そんな考えが縁遠さに拍車をかけているのだと思うが、これぱかりは譲れない信念だった。

そうでなくても元来派手に遊び回るタイプではないし、私生活は至ってシンプルだ。当然男性と出会う機会などほぼ皆無だし、勤務先の男性社員の大半は既婚者で、恋愛対象になる人がいないのだからどうしようもない。

つまり、今の生活を続けていても恋をするチャンスはゼロに等しかった。

そんなまひろだが、結婚願望はあるし、いつか素敵な誰かと結婚をして慎ましくてもいいから幸せな家庭を作るのを夢見ている。もし結婚できるなら是非とも子供をもうけたいし、愛情たっぷりの子育てをしてその成長を見守りたいと思う。

けれど、今のところそれが叶いそうな気配はなく、ただ平穏な日常を送るだけに留まっている。

（まだ二十六歳……されど、もう二十六歳、か）

せめて三十歳までにはパートナーを見つけたい。

そう思うものの、今ひとつ積極的になれないのは、まだ人生において恋をすべき時期が来ていないということなのかもしれない。


四月も中旬に差し掛かった土曜日、まひろは早番のシフトでカウンター業務についていた。ランチタイムを迎えるも、カウンターが立て込んでしまい、少し遅れて休憩室に入り窓際の席を陣取る。

バックヤード奥にあるそこは、学校の教室ほどの広さがあり、社員は皆順次そこで昼を食べたり休んだりしていた。

「清水さん、今からお昼？　美味しく召し上がれ～」

通りすがりのパート社員が、肩をポンと叩いてきた。

社員の中ではすでに中堅の枠に入るまひろだが、新人から古参社員まで全員が親しく声をかけてくれる。世間では職場の人間関係で悩む人は多くいるが、幸い「スーパーたかくら」では、あまりそんな話は聞かない。

特にまひろがいる「仲町駅前店」はアットホームな雰囲気があり、年代や性別に関係なく皆仲がよく和気あいあいとしている。

はっきりとした理由はわからないが、職場の上下関係がいい意味で緩いのが一因になっているのかもしれなかった。

「では、いただきまーす」

まひろは窓の外を眺めながらパチンと手を合わせた。

持参したランチボックスの中にはエビフライとカボチャの煮物、ポテトサラダなどが彩りよく詰められている。

いずれも昨日食べた夕食の残りと作り置きで、食材の購入先は当然「スーパーたかくら」だ。社員カードを使えば五パーセント割引で買い物ができるし、特売をチェックしてまとめ買いをすればかなり食費を抑えられる。

(いいところで働かせてもらえて、私って本当にラッキーだよね)

地方の高校に通っていたまひろにとって、東京での暮らしは面食らうことだらけだった。乱立するビル群はもとより、人の多さに度肝を抜かれ、最初のうちは電車の乗り降りにもかなり苦労したものだ。

それでもどうにか日々慣れていき、こうして落ち着いた生活ができているのは「高倉」に採用してもらったおかげだ。

「まひろさん見つけた～！」

まひろが弁当を食べていると、背後から甲高い声が聞こえてきた。

「あ。優香さん、お疲れ様です」

まひろと同い年の彼女は「高倉」の社長令嬢だ。彼女は本社人事部に勤務しており、ジョブローテーションの一環で以前まひろとともにサービスカウンター係を務めたことがあった。

「お疲れ様で～す。ここにいたのね。売り場にいないから探しちゃった。うわぁ、このカボチャの煮物、いい色～。すごく美味しそうね」

優香がまひろのランチボックスを覗き、大きな目をキラキラと輝かせた。

「お昼まだなの？　よかったらひとつどうぞ」

「いいの？　ありがとう～！　お昼はさっき済ませたんだけど、まひろさんの手料理は別腹なのよね～」

まひろの隣に腰かけると、優香が早速煮物を口に入れた。もぐもぐと咀嚼し、ごくりと飲み込む。そして、頬に掌を当てて唸りながら目を細めた。

「いつもながらいい味～。これぞ家庭料理って感じで、すっごく美味しい～！　さすがおばあ様直伝って感じよね」

田舎にいる頃は、料理をするのも食べるのも常に祖母が一緒だった。

今は作るのも食べるのも一人だから誰かが食べてくれるだけで嬉しいし、美味しいと言われるともっとご馳走してあげたくなる。

「褒めてくれてありがとう。玉ねぎ入りが嫌じゃなかったらポテトサラダも食べてみる?」

「うん、いただく!」

優香が早速ポテトサラダに手を伸ばすのを見て、まひろは頬を緩ませる。

以前優香が話してくれたが、彼女の母親は自宅でほとんど料理をしないらしい。

白米は炊くが、おかずはすべて「スーパーたかくら」の総菜売り場で調達する。

婿養子である現社長はむしろそれを推奨しており、優香は実質自社の総菜で大きくなった。

むろん味は保証付きだし、品が変われば味も違う。けれど、いい加減飽きがきて今はもっぱら外食中心の食生活を送っているのだという。

「まひろさんって、本当に料理上手だよねぇ。性格もいいし将来ぜったい、いいお嫁さんになれるわよ」

「ふふっ、褒めてくれてありがとう。でも、いいお嫁さんになりたくても、こればっかりは相手がいないと、ね」

まひろが笑いながら肩をすくめると、優香がふいに椅子から立ち上がらんばかりに身を乗り出してきた。

「ちょうどいいわ。じゃ、早速合コンに行こう！」

優香に肩を摑まれ、うっかり箸を落としそうになる。

「えっ……ご、合コンって——」

「実は、今晩合コンがあるんだけど、急に一人足りなくなっちゃって困ってるの。私がまひろさんを探してたのは、それが理由よ。ねえ、よかったら——ううん、婚活のために是非参加して！」

「えっ、私が合コンに？」

いきなりの誘いに、まひろはたじろいで困惑の表情を浮かべる。合コンなど今まで一度もしたことがないし、どう振る舞っていいかもわからない未知の世界だ。

「そうよ。きっと、今夜参加する合コンが、いいお嫁さんになるための第一歩だと思う」

優香が自信たっぷりに頷き、まひろの肩を軽く揺すった。

「だけど、合コンなんて行ったことないし——」

「そんなに深く考えなくても大丈夫。まひろさんなら明るいし、場の雰囲気もよくなるに違いないもの」

目鼻立ちがはっきりしている優香は、今時の美人だ。昔から目標はセレブ婚と定めており、まひろと知り合った当初から婚活に励んでいる。

「相手はエリートばかりだし行って損はないから。だから、ねっ、お願い！」

優香が神妙な顔をして、まひろに向かって手を合わせてきた。

髪の毛を綺麗な縦ロールに巻いているところを見ると、かなり気合を入れた合コンであるようだ。

「ぜったいに後悔はさせないし、まひろさんなら上手くいけばいいお相手が見つかるかも！　それに、もし見つからなくてもいい経験にはなるでしょ？　今時、ただ出会いを待ってるだけじゃ、一生結婚なんてできないわよ」

確かに優香が言っていることは的を射ているし、結婚に関してはちょうどまひろなりに危機感も感じ始めていたところだ。

けれど、婚活を始めるにしても、いきなり合コンに参加するのはハードルが高すぎるような気がする。

その上、相手がエリートばかりだと聞かされたら、なおさら二の足を踏まざるを得ない。

「でも私、合コンに参加できるような恰好で来てないから——」

まひろは今日着てきた白いカットソーとペールブルーのフレアスカートを思い浮かべた。着心地はいいが、間違っても合コンに着て行けるような服装ではない。

「その点は大丈夫！　私の服でサイズが合いそうなのを持ってきたから心配しないで。もちろん靴もバッグも準備オッケーよ」

優香が指でオッケーマークを作りながらウインクをする。

すっかり参加してもらうつもりでいる彼女は、ここへ来る前にまひろのロッカーのドアに用意したものを入れた紙袋を掛けてきたという。

「今回の合コンは、かなりレベル高いの。セッティングにも苦労したし、私、今夜の合コンにかけてるのよ。男性幹事の厚意で今回は女性の会費ゼロなの。だから本当に参加するだけでいいし、なんなら私の隣で脇役に徹してくれるだけでいいから」

チラリと本音を吐露したあと、優香がもう一度拝んでくる。

「最近パートさんが二人も辞めて忙しいんでしょ？　来週早々にとりあえず人を回すって約束するから。ね？　お願いったら、お願い！」

優香の言うとおり、先月立て続けに二名売り場係が退職した。

いずれも本人の怪我や家庭の事情などが理由で、さすがに引き留めるわけにもいかなかった。人手不足については再三店長に訴えているのだが、いまだ対応してもらえていない状況が続いている。

人事部員であり社長の愛娘である優香が請け負ってくれるなら、早急に改善されること間違いなしだ。

そうでなくても、優香にそこまで頼まれたら嫌と言うわけにはいかなかった。

「わかりました。清水まひろ、意を決して今夜人生ではじめての合コンに参加させていただきます！」

まひろがお道化て敬礼をすると、優香が嬉しそうに手を叩いた。

「よかった！　じゃあこれ、時間と場所を書いたメモ。現地集合だから、仕事が終わったらすぐに来てね。私は一足先に行って待ってるから」

優香が髪の毛を靡かせながら機嫌よく帰っていく。

まひろは彼女のうしろ姿を見送りながら、小さく笑い声を漏らした。

優香はお嬢様育ちだが、性格はさっぱりしておりざっくばらんだ。それでいて可愛げもあるし、社長の一人娘として将来会社を背負って立つ意気込みも感じられる。

まひろは優香が好きだし、このまま苦労知らずで幸せになってほしいと思う。

何はともあれ、今日自分は人生初の合コンにチャレンジする。かなり不安だが、これも会社に貢献するひとつの手段だ。

そう割り切ったまひろは、おかずがだいぶ減った弁当を眺めながら微笑みを浮かべるのだった。

終業後、まひろは優香から貸してもらった洋服と靴を身に着けてロッカー室の壁に据えられた姿見の前に立った。

彼女がまひろにと選んでくれたのは、落ち着いたサーモンピンクのリブニットに淡いグレーのプリーツスカート。バッグとパンプスはベージュのスウェードで、全体的にふんわりとした女性らしいコーディネートだ。

(さすが優香さん。センスいいし、ちゃんと私にも似合う洋服を選んでくれてる)

通りすがりのショーウィンドウに映る自分を眺め、密かに心弾ませる。

最寄り駅に到着し、ちょうどやって来た電車に乗り込む。指定された店は都内でも若者が集まることで有名な繁華街の中にあり、少々わかりにくい場所だ。

まひろは、万が一にも迷子にならないようにと、地図アプリで位置を確認した。

ただでさえ緊張しているのに、約束の時間に遅れたりしたら、先行きがますます不安になってしまう。

（よし、これで道順はわかった。あとは、間違えないように気をつけて歩くだけ！）

自分自身に気合を入れ、小さく深呼吸をする。ほどなくして当該駅のホームに下り立ち、改札を出て大通りを歩き出す。

道行く人は皆おしゃれで、まひろはすっかり気後れして目的地に向かう間に何度も回れ右をしたくなった。

それでもなんとか頑張って歩き続け、ようやく目指す店の前に辿り着く。

そこは道に面した壁が全面ガラス張りで、スタイリッシュである上に見るからに高級そうだ。

明らかに場違いな場所ではあるが、約束した以上帰るわけにはいかない。

勇気を振り絞って中に入ると、いち早く気がついた優香が席を立ってまひろに駆け寄ってきた。

「まひろさん、来てくれてありがとう～！　洋服、すごく似合ってるわよ。でも、顔が強張ってるわね。もしかして緊張してる？」

「うん、してる」

「私がついてるから大丈夫。男性陣は皆いい人そうだし、とりあえずニコニコしていればオッケーだから」

席に着くと、優香がまひろを自分の同僚として皆に紹介してくれた。

窓際のテーブル席に着いているのは、まひろと優香を含む女性が五人。

かたや男性は四人で、テーブルの左端に座っているまひろの前には、まだ誰も座っていない。

「前の人も、もうじき来ると思うからリラックスしてね」

優香に耳打ちされ、まひろは強張っていた顔を意識してほぐした。何はともあれ、自分は今日ここに引き立て役として来ている。ならば、求められる役割を果たすまでだ。そう割り切って気持ちを仕事モードに切り替えると、かなり気が楽になった。

優香に勧められて飲んだオレンジフィズは、フルーティーで飲みやすく喉越しもいい。

適度に話の輪に加わりながら調子よく飲み進めていると、次第に胃袋の辺りがほんのりと熱くなった。

もしやと思い優香に聞いてみたら、アルコールが入っていると言われた。

お酒は飲めるが、さほど強くないまひろは、以後は自粛してグラスに口をつけても舐める程度にしておく。

そうしながら、さりげなく空いた皿をテーブルの端に寄せたり、追加の品をフロア係の人に頼んだりする。これなら、職場での飲み会でやり慣れているし、手持ち無沙汰でいるよりはずっといい。店の雰囲気に慣れてくるにつれて、だんだんと周りの様子を観察する余裕まで出てきた。

優香の話では男性陣は皆同じ大学に通っていた仲間で、年齢は三十四、五歳。それぞれに勤務先は違うものの全員が将来有望なエリートであるらしい。経歴もさることながら、皆それぞれに見た目もよく、聞かされた会社名は世界的に知られた有名企業ばかりだ。そんな人達と合コンができる女性陣は社長令嬢やモデルといった美人揃いで、まひろとは明らかに格が違う。

けれど、男性達はまったく気にする様子もなく、分け隔てのない気持ちのいい接し方をしてくれている。

（皆さん紳士的だな。本当のエリートって、こういう感じなのかも）

そんなことを思いつつ、まひろは持ち前の明るさと接客スキルを発揮し、なおかつ必要以上に出しゃばらずに脇役に徹した。場の雰囲気もよく、優香が集めただけあって、女性達も性格のいい人ばかりだ。

飲んでいたオレンジフィズが空になった頃、まひろの横に大柄な男性がやってきて立ち止まった。

顔を上げ、その男性とハタと目が合って、そのまま視線が釘付けになる。

「遅れてすまない」

男性はそう言ってまひろの前の席に腰かけ、女性達のほうに軽く会釈をした。

艶やかな黒髪をしたその人は、銀縁の眼鏡をかけており五人の中でもひときわ体格がいい。

「おう、御堂。やっと来たな」

くっきりとした眉に切れ長の目。彫が深く整った顔立ちをしている彼は、思わず見入ってしまうほどの美男だ。それに加えて、ただそこにいるだけで圧倒的なオーラを感じさせる。

「ただでさえ目立つのに、最後に来るなんてずるいぞ」

友人らに軽く野次られた御堂が、通りすがりのフロア係を呼び止める。彼は自分用の飲み物をオーダーしたあと、まひろの前にあるグラスを指した。

「君、飲み物はどうする?」

ふいに訊ねられ、まひろはあわてて開けっ放しになっていた口を閉じた。

「わ、私はオレンジフィズで」

まひろは咄嗟にそう答え、自分をまっすぐに見つめてくる彼の顔を凝視した。

初対面の人の顔をジロジロ見るなんて、普通ならぜったいにしない。けれど、今までに見たこともないほどの目力に吸い寄せられ、どうにも目を逸らすことができなかったのだ。

それは、この場にいるほかの女性達も同様であり、全員同じように御堂に目が釘付けになっている。

「御堂さん、はじめまして」

自己紹介の口火を切った優香が、御堂に対して女性達の名前を順に教えていく。

彼は、その都度軽く会釈して紹介された女性の顔に視線を向けた。そして、最後に名前を教えられたまひろの顔を、正面からじっと見つめてくる。

「御堂公貴です。どうぞ、よろしく」

視線を合わせたままそう言われ、まひろは緊張のあまり瞬きすらできなくなる。

「こ、こちらこそ、どうぞよろしくお願いしますっ」

ぴょこりと頭を下げた途端、前にあるグラスに額をぶつけそうになった。あわてて取り繕ろうも、赤くなった顔は誤魔化しようがない。

「まひろちゃん、こいつイケメンだけどかなり強面だろ？　職業、何だと思う？」

斜め前に座っている田代(たしろ)という男性が、笑いながらまひろに話しかけてきた。彼は大手広告代理店に勤務する営業マンで、男性側の合コンの主催者でもあるらしい。

いきなり「ちゃん」づけで呼ばれて多少驚いたが、それも場に溶け込みやすくしてくれようとする彼なりの気遣いなのだろう。

「職業は……なんでしょう。すごく精悍な感じがするので、ぶ、武士……とか?」

つい思いついたまま話してしまい、ハッとして口を噤む。実際にそんなイメージが湧いたとはいえ、武士だなんて茶化していると思われても仕方がない。

案の定一瞬場がシンと静まり返ったあと、まひろと御堂を除く全員がぷっと噴いて笑い出した。

「武士、か。なるほど、まさにそういう感じだよな」

別の男性が言い、御堂の背後から彼の背中を小突いた。一方、御堂は笑うでもなく何が可笑しいのかわからないといった様子だ。

「す、すみません! そういう雰囲気というか、風格があるし、なんとなく強くて正義の味方って感じがしたので――」

謝るまひろの顔を、御堂が微動だにせず見つめる。

もしかして怒らせてしまったのでは――まひろがそう思っていると、田代がまた口を挟んできた。

「御堂は実際由緒正しい一族の生まれだし正義の味方っていうのも、ある意味正解だな」

田代に肩を叩かれ、御堂がほんの少し眉間に縦皺を寄せた。しかし、田代は一向に気にする様子もなく、話し続ける。

「俺は御堂とは高校時代からの親友だけど、彼は昔から超がつくほどのエリートでね。仲間内でも頭ひとつ飛び抜けていて、今じゃ警察の官僚だ。何せとびきり優秀な人材だから、ゆくゆくは全警察職員のトップに立つと目されてる」

田代の説明を聞き、まひろの右側にいる女性達が一斉に御堂に注目する。

「えっ、そうなんですか？」

「ってことは、いわゆるキャリア組のエリートってことですよね？」

「そのとおり。こいつ、見た目が超クールだろう？　強面だし冷たい人間に見えるけど、実はそうじゃない。かなりの人情派だし熱血漢だったりするんだよな？」

田代がやや茶化したようにそう言うと、御堂が眉間の縦皺を深くする。

「田代。少し喋りすぎだ」

御堂に睨まれ、田代がわざとらしく身震いをした。

「これくらいいいだろう？　無口なおまえの代わりに自己紹介をしてやったまでだ」

田代がニッと笑うと、御堂が諦めたような表情を浮かべる。

だいぶ前に、警察に勤務する者はやたらと自分の身分を明かさないものだと聞いたことがあるが、そうではないのだろうか。

まひろが密かに首をひねっていると、優香がその疑問を御堂に向けて投げかけてくれた。

「特にそういう規制はないが、吹聴して回るようなことはしない」

「だよな。警察キャリアなんて、婚活をする時の最高級の武器にもなり得るし」

調子づいた田代のお喋りは止まらない。

「実際、御堂はかなりモテる。何年か前までイタリアの日本大使館で一等書記官をしてたし、英語はもちろんイタリア語もネイティブ並みに喋れる。まさに文武両道で、とにかく世の中の男が認めざるを得ない超絶かっこいい男だからね」

田代が言う補足を聞き、優香の隣に座っている女性が更に前のめりになって色めき立つ。

「すごーい。そういう人って、雰囲気からして違いますね」

「私、刑事ドラマをよく見るんですけど、御堂さんってキャラ的に誰クラスなんですか？」

「御堂は警視正だから……えっと、誰クラスだ？」

「わぁ、警視正だと、舘林豊がやってた役ですよね。今の年齢で警視正ってことは、かなりのスピードで昇進してるって感じですか？」

田代が頷き、女性達が小さく歓声を上げた。注がれる賞賛のまなざしをよそに、御堂は無表情でテーブルの上に並んでいる皿を眺めている。

（お腹が空いてるのかな？）

まひろは、すぐそばに置いてあるとりわけ用の皿に手を伸ばした。しかし、脇役がここで出しゃばるわけにはいかない。

まひろが優香に皿を手渡すと、彼女はその上に手際よく料理を載せていった。

「はい、御堂さん」

優香が満面の笑みを浮かべながら、御堂に皿を差し出した。

「どうも」

礼を言いながらそれを受け取ると、御堂が旺盛な食欲を見せて料理を食べ始める。

箸の使い方からグラスを傾けるしぐさまで、すべての所作が綺麗だ。

まひろは何気ないふうを装って、御堂の一挙手一投足に注目する。食べている間も御堂に対する質問が飛び交うが、答えるのはもっぱら田代だ。

ついさっき御堂がオーダーした飲み物が運ばれてきて、二人分のグラスがテーブルの上に並ぶ。

「じゃ、皆揃ったところで改めて乾杯しようか」

田代が音頭を取り、それぞれがグラスを持つ。

「乾杯～」

優香が明るい声を上げ、グラスを上に挙げる。

まひろもそれに倣い、グラスを顔の前に掲げた。すると、ちょうど同じようにしていた御堂と視線が合い、そのままじっと見つめられる。

仕事柄人の扱いには慣れているが、御堂が放つオーラは今までに会った誰よりも強く圧倒的だ。けれど、決して嫌な感じではないし、凛とした佇まいは彼が極めて清廉な警察官僚であることを物語っている。

ひと言で言えば、近寄りがたい――けれど、強いまなざしの中には、奥深い優しさも感じられる。

(強面だけど、すごく真面目でいい人そう。でも、なんだかちょっと不思議な感じがする)

ついさっき会ったばかりなのに、なぜか近くにいてくれるだけでホッとするような安心感がある。

それも彼の警察官然とした佇まいのせいなのだろうか？

いずれにせよ、初対面でこれほどまでに強いインパクトを感じたのははじめてだ。

まひろはそんなふうに思いながら時を過ごし、その間も終始脇役に徹した。

優香達はそれぞれに男性達との交流を深めた様子だが、御堂だけはさほど会話の輪に入らず、聞かれたことに答えるのみというスタンスを貫いている。

だからといって決して失礼な態度をとっているわけではないし、周りは皆そんな彼の姿勢を尊重し認めているといった感じだ。

「まひろちゃん、ごめんね。こいつ不愛想だろう？　根はいいやつなんだけど、昔から頭が固くってさ。今日だってかなり強引に誘ってやっと連れ出したんだ」

田代が言い、御堂に軽く体当たりをする。これまでの会話から、男性五人は大学でともに山岳部に所属した仲間であることがわかった。そのうちの二人は地方出身者で、御堂と田代を含めた三人が東京生まれらしい。

「そういえば、皆はどこの出身？　あ、ちょっと待った。こういうのは御堂が得意だった」

田代に水を向けられ、御堂が持っていたグラスを置いた。

そこから女性達の出身地がどこかを当てるゲームが始まり、回答者役の御堂が一人一人にいくつか質問をする。

質問と言っても、特にヒントになるようなことを聞くわけでもなく、雑談の域を出ない。それなのに、御堂は次々に出身地を導き出していく。

「えーっ！　なんでわかっちゃうの？」

「すごーい！　御堂さんって特殊能力者ですね」

右端から関西、東海と続き、続く二人が東京だと言い当てられる。

いよいよまひろの順番が回ってきた。しかし、御堂は口を閉ざしたまま、ただじっとまひろの顔を見つめるのみだ。

「清水さんは、S県の出身じゃないか？」

質問もなしでズバリと言い当てられ、まひろは驚いて目を瞬かせた。

「えっ、どうしてわかったんですか？」

「もしかしてN市？」

「はい、そうです！　でも、なんでそこまで……。あっ、もしかして、私ちょっと訛ってました？」

上京してかなり経つとはいえ、何かの拍子にうっかり方言が出てしまうことがある。

まひろがはにかむのを見て、御堂が少しだけ口元に笑みを浮かべた。

その顔につられて、まひろも笑顔になる。

「以前、仕事絡みで言語学を学んだことがあって、その時に各地の方言やイントネーションについても探求したことがあったんだ」

「そうだとしても、すごいです。N市って人口も少ないし、名前を知っているだけでもびっくりですよ」

いったいどのタイミングで、N市出身だとわかったのだろう？

まひろが尊敬のまなざしで御堂を見ていると、田代が横からひょっこりと顔を出してきた。

「まひろちゃん、御堂が怖かったらそう言ってくれていいからね。こいつ、根っからのポリスマンだから会話が尋問みたいになる時があるんだ」

田代に肩を叩かれ、御堂が渋い顔をして彼のほうを向いた。

「別に普通だろう。それに、逮捕するのは犯罪者だけだ。清水さん、君は僕に逮捕されるようなことはしていないと思うが違うかな？」

御堂がまひろを見つめながら、冗談とも本気ともつかないようなことを言った。

「た、逮捕!?　わ、わ、私は何も悪いことはしていないので大丈夫です！」

まひろは手をバタバタさせながら頭（かぶり）を振った。ふと気がつけば、合コンメンバーはもちろん、周りのテーブルにいる人達の視線まで集めてしまっている。

（やばっ……私はあくまでも脇役なのに）

そう思った時には、もうすでに遅く、まひろと御堂を除く皆が一斉に笑い出した。

「まひろちゃんって、おもしろいね。御堂といいコンビが組めそうだ」

「それ、いいかも～」

田代が言い、優香がそれに応えた。

対応に困ったまひろは、曖昧に笑って視線を泳がせる。

幸い、優香がすぐに話題を変えてくれたが、これ以上目立つのは本意ではない。

以後はもっぱら聞き役に回ったまひろだったが、手持ち無沙汰についグラスを傾ける回数が増えて、いつの間にか中身がからっぽになってしまっている。

普段めったにアルコールを飲まないせいか、少し頬が熱い。

できればノンアルコールの飲み物が欲しいが、グラスが空いているのは自分だけだしフロア係はかなり遠くにいる。店の雰囲気からして声を出して呼ぶのは気が引けるし、手を上げるだけでは気がついてもらえそうにない。

まひろが諦めてグラスを置くと、それと同じタイミングで御堂がフロア係のほうを見た。すると、すぐに気がついた様子のフロア係がこちらに向かって歩いてくる。

チラリと見ただけなのに、さすが存在感がある人は違う。

御堂のグラスを見ると、いつの間にか空になっている。

(ついさっきまで、半分くらい残ってたはずなのに……。もしかして、気を遣って飲み干してくれたのかな?)

まひろは、そんなふうに考えて恐縮した。

御堂はエリート官僚なのに少しも偉ぶったところがなく、美男である上に気遣いもある。急遽呼ばれた穴埋め要員とはいえ、そんな人の前に座れたのはラッキーとしか言いようがない。ほどなくしてやって来たフロア係がテーブルの横でかしこまった。

「清水さんはノンアルコールのほうがいいんじゃないか?」

「はい、ちょうどそうしようと思ってました」

御堂にメニューを手渡され、まひろはクランベリージュースを頼んだ。

何も言わないのに気持ちをわかってもらい、それだけで心が浮き立ってくる。

運ばれてきたクランベリージュースを飲みながら、まひろは御堂が何を飲んでいるのか訊ねた。

「僕のはストレートのウォッカだ」

「ウォッカですか。かなりアルコール度数が高そうですね」

まひろは、大きなロックアイスが入った透明なグラスをしげしげと眺めた。

「そうだな。だが、味はすっきりしていて案外飲みやすい。特にこれは雑味がないし、香りもいい」

御堂がグラスを手にして、僅かにそれを傾けた。御堂の手は大きく、指は長くてごつごつしている。手の甲には太い血管が浮かんでおり、いかにも屈強そうだ。

「普段からお酒はよく飲むんですか？」

「いや、めったに飲まない。飲んでも二、三杯だ」

御堂の話す声は落ち着いており、耳触りもいい。

元来人見知りはしない質のまひろだが、彼にはなぜかこれまでにないほど心惹かれる。縁遠い日々の中でほとんど意識することはないが、まひろは昔からいかにも剛健で包容力のある男性がタイプだった。

自分自身は明るく賑やかだが、付き合うならどちらかと言えば寡黙な人が好ましいし、将来結婚するなら御堂のようにクールで落ち着いた男性がいいな、と思う。

（御堂さんって、外見も中身も私の好みにぴったりだなぁ……なんて、だからってど

うなるわけでもないでしょ）

脇役に徹すると決めていたのに、いつの間にか御堂との会話が弾んでしまっている。

そう気づいてチラリとほかのメンバーのほうを窺ってみると、それぞれに会話が弾んでおり、さほどこちらを気にしている様子はない。

さっきあれほど御堂のことで盛り上がっていたのに、どうして？

まひろが不思議に思っていると、優香が意味ありげに目配せをしてきた。

それが何を意味するのかわかりかねていると、今度は田代が訳知り顔でまひろに向かって頷いてくる。

（え？　まさか気を利かせて……？）

それとなく見ていると、どうやら優香と田代がガードになり、まひろと御堂が二人で話せるようにしてくれているみたいだ。

『まひろさんなら上手くいけばいいお相手が見つかるかも！』

合コンへの参加を促す時、優香はまひろにそう言ってくれた。

もしかして、その手助けをしてくれるつもりなのだろうか？

理由はどうであれ、おかげでまひろは御堂との会話を十分に楽しめている。

（なんにせよ、こんなに素敵な人と出会えるなんて、なんだか夢みたい……これも何かの縁？　もしかして、また二人きりで会えたりして——）

頭の中でムクムクと妄想が広がり、御堂に肩を抱き寄せられて歩く自分が思い浮かんだ。そこまで考えて、さすがに能天気すぎると自嘲する。そもそも、彼のようなエリートな男性が自分と釣り合うはずもない。

縁があったとしてもこの場限りだし、シンデレラストーリーを夢見ても実現する可能性など皆無だ。そうとわかっていても、向かい合って座っているだけで胸のときめきが止まらない。

男性に対してこんなふうに思うのは生まれてはじめてだ。

まひろが人知れず心躍らせていると、御堂が田代に話しかけられ左側を向いた。

（あれ？　御堂さんの頬に傷跡が……？）

店内は明るい飴色の照明に照らされており、角度によっては顔にごく薄い影ができる。失礼にならない程度に目を凝らして見ると、やはり彼の右頬には一センチほどの傷跡があった。もっとも、特別目立つようなものではなく、僅かに皮膚が凹んでいる程度だ。田代は彼のことを熱血漢だと言っていたし、もしかすると過去仕事上で負った傷かもしれない。

いずれにしても、それがあるせいで御堂の外見上の男らしさが増しているように思う。

まひろはグラスに口をつけながら、もう一度御堂の顔を見た。すると、ちょうど同じタイミングで彼が正面に向き直り、目が合ってしまう。

咄嗟に瞬きをして誤魔化したものの、彼は視線に気づいたのかさりげなく指先で傷跡を押さえた。

自分としたことが、なんて不躾な行動をとってしまったのだろう……！

ひと言詫びたほうがいいだろうか？

そう思っているうちに午後九時になり、合コンの終了時刻を迎えた。

その頃にはテーブルの左端の二人以外でカップルができ上がっており、すぐに二次会に流れる相談が始まる。会計を済ませ外に出ると、天気はよいものの少し風が強くなってきていた。

もう夜も遅いし、脇役の自分は消えるべき時間だ。

「優香さん、じゃあ私はこれで失礼するね」

まひろが小声で言うと、田代と意気投合した様子の優香がニコニコ顔で頷く。

「わかった。今日はありがとう。まひろさんのおかげで、いろいろと助かっちゃった。ところで、御堂さんとは上手くいきそう？」

「へ？　わ、私はそんな……」

突拍子もないことを言われ、まひろは返事に窮した。

「ふぅん？　なんだかいい雰囲気だったみたいだけどなぁ」

指先でまひろの腕をチョンとつつくと、優香がニンマリと笑みを浮かべる。

「でも、その顔からすると、十分楽しめたみたいね。そうじゃない？」

「うん、おかげさまで楽しかった。こちらこそ、今日は誘ってくれてありがとう」

「いいえ～、どういたしまして。じゃ、気を付けて帰ってね」

「え？　まひろちゃん帰るの？」

二人の会話を聞いた田代が、残念そうな表情を浮かべる。

その横にうしろ向きに立っていた御堂が、まひろのほうを振り返った。身長百六十センチのまひろから見ると、彼の目線は少なくとも二十センチは上にある。間近で見ると、よりいっそう体格がいいのがわかるし、腕の筋肉や胸板の厚さはテレビで見るプロ野球選手のようだ。

「清水さん、帰るのか？」

御堂にも訊ねられ、まひろは心底残念に思いながらもにこやかに笑った。

「はい。私は明日も仕事なので……。今日はどうもありがとうございました。いろいろとお話しできて楽しかったです」

まひろは一同に向かってペコリと頭を下げた。すると、御堂がまひろに歩み寄り、すぐ横で立ち止まった。

「僕もこれで失礼する。清水さん、帰りは電車か？」

上から見下ろすように話しかけられ、まひろは御堂を見上げたまま首を縦に振った。

「は、はい、電車です」

「僕もだ。じゃ、駅まで一緒に行こう」

御堂が言い、固まって立っているメンバー達に黙礼をした。彼のきっぱりとした物言いに圧倒されてか、誰も異論を唱えない。

「まひろさん、じゃあまたね～」

優香が店内でそうした時と同じように、再度目配せをしてきた。手を振る彼女の隣で、田代がニコニコと笑っている。

「うん、またね」

優香に手を振り返し、御堂とともに優香達とは反対側の方向に歩き出した。

けれど、街路は道行く人で混雑しており、少し前を行く御堂の背中を早々に見失ってしまいそうになる。せっかく駅まで一緒に行こうと言われたのに、このまま別れるのは嫌だ。それに、まださっきの失礼を詫びていない。

まひろは後れを取るまいとして歩く足を速めた。しかし、道沿いの店から出てきた人達に阻まれ、前に進めなくなってしまう。

(御堂さんっ……)

強引に進むわけにもいかず、まひろは足を止めてその場で爪先立った。しかし、もうだいぶ先を歩いているのか、御堂を見つけられない。大声で彼の名を呼ぶのも憚られるし、そうこうしているうちに少し先の信号が赤から青に変わる。

(はぁ……見失っちゃった……)

彼の歩くペースなら、もうとっくに信号を渡り切っているに違いない。

まひろががっかりして肩を落とした時、大きな手に肩をそっと引き寄せられ、ハッとして顔を上げた。

「あっ、御堂さん」

御堂が頷きながら、まひろの肩を更に自分のほうに抱き寄せる。彼は、まひろを庇いながら歩き進め、人通りのない道端で足を止めた。

「すまない。ついてきているものだと思って先に進んでいた」

肩から彼の手が離れ、まひろはようやく我に返った。

「御堂さん、戻って来てくださったんですか」

「ああ」

短くそう答えた彼の目が、街灯の光を受けてキラリと光った。

まさか、さっき思い描いた妄想が実現するなんて……。

まひろは、こっそり右手で左手の甲をつねった。

（痛っ！　夢じゃない。夢じゃないんだ……！）

心の中で小躍りをして、降って湧いたような幸運を神に感謝する。

御堂に促され、今度は二人並んで歩き出した。けれど道が混んでいるのには変わりなく、彼は少しだけ前を行きまひろが進みやすいよう先導してくれている。

（優しいな）

素直にそう思い、胸がキュンとなった。

御堂といるだけで、なんだか街の景色も違って見える。進みながらそれとなく観察してみると、彼は体格がいいだけではなくスタイルも抜群であるのがわかった。すれ違う人達は皆、御堂に視線を奪われるし、中にはわざわざ振り返って見る人までいる。

まひろは今さらながら彼の美丈夫ぶりに感じ入ると同時に、だんだんと落ち着きを失くしていく。

（ちょっと待って……こんなに素敵な男性と二人きりになったことなんてないよ～）

今さらながらそう思い、胸のドキドキを十二分に意識する。

何か話そうとするも、気持ちに余裕がなくて適当な話題が見つからない。

いや、それよりもさっきの非礼を詫びるほうが先では？

けれど、唐突に傷跡のことを持ち出すのはどうだろう？

それに、もしかすると御堂はまひろの不躾な視線に気づいていなかったかもしれない。

（そうだとしたら、かえって失礼になっちゃうよね……）

あれこれと考えながら歩いていると、急にまた肩を引き寄せられた。何事かと思い上を向こうとする間に、腕に背中を包み込まれ御堂と向かい合わせになる。

「えっ……」

突然のことに狼狽えていると、すぐ横をスケートボードに乗った男性がかなりのスピードで走り抜けていった。もし御堂が抱き寄せてくれていなかったら、まともにぶつかって倒れていたところだ。

「大丈夫か？　もっと早く気がついていたらよかったんだが」

「はっ……はい、平気です！」

まひろは御堂と正面から目を合わせたまま、そう返事をした。言いながらも、心臓がバクバクして今にも破裂しそうだ。

「ス、スケボーってかなり危ないですよね。私、一度職場の近くの歩道でぶつかったことがあります。その時は、うしろから来られたのでまったく気づかなくて、ちょうど横に植わっていたイチョウの木に倒れかかるみたいになって——」

胸の高鳴りを隠そうとして、いつになく饒舌になる。まひろが当時の状況を説明すると、御堂の顔に険しい表情が浮かんだ。

「道路交通法では交通の頻繁な道路をスケートボードやそれに似たもので走行するのを禁じている。通行量の基準が曖昧だが場合によっては警告するし、悪質性が高ければ立件も可能だ。ぶつかった時、怪我はしなかったか?」

「幸い、どちらも怪我はありませんでした」

「そうか」

身長差があるとはいえ、二人はかなり近い距離で顔を見合わせたままだ。それに、抱き寄せられた拍子に身体が傾いたせいで、若干御堂にもたれかかった状態でいる。

彼の佇まいは、まるでまっすぐに伸びた高木のようだ。多少の衝撃ではよろけたりしないだろうし、現に今まひろをしっかりと支えてくれている。

「もしまた同じやつが同様の危険行為をしていたら警察に通報してくれてかまわない。大人ならまだしも、子供にぶつかったら大事になる恐れがある」

「はい、わかりました」

そんなやりとりをする間に、まひろは御堂の警察官としての顔を垣間見たような気がした。田代が言ったとおり、彼はきっと、根っからの警察官だ。彼のそばにいれば、いついかなる時も安全だし、怖いものなど何ひとつなくなるのではないだろうか。

御堂ともっと親しくなりたい——ふと、そんなことを考えてしまい、自分の図々しさに呆れかえる。

ただの脇役が抱くような感情ではないし、身分違いもいいところだ。

けれど、せめてもう少しだけでもいいから一緒にいたい。

それが正直な気持ちだし、今を逃せばきっと二度と彼に会う機会はないだろう。

「あのっ……もしよかったら、少しお茶でも飲んでお話しませんか？」

たぶん少し酔っていたせいもあるのだろう。

気がつけば、まひろは御堂を見つめながらそう口にしていた。

(私ったら、いったい何を言ってるの!?)

言い終えてすぐに撤回したくなったが、今さら怖気づいても仕方がないと踏みとどまる。すると、意外にも御堂がそれを受け入れてくれた。

「ああ、そうしようか」

「えっ！　い、いいんですか？」

自分から誘っておいて驚くまひろを見て、御堂が僅かに笑みを浮かべる。

「僕も君ともっと話したいと思っていたんだ。だが、もたついたせいで先を越されてしまった」

まさかの言葉に、まひろの心臓が喜びに跳ね上がった。夢のような展開に、思わず頬が緩み口元に笑みが零れる。

「思い切ってお誘いして、よかったです」

まひろは御堂を見て、改めてにっこりする。

それからすぐに表通りから少し離れた場所に、深夜まで営業している喫茶店を見つけた。御堂にそこに入ろうと誘われ、店の中に入る。

レトロな雰囲気が漂うそこには、コーヒーのかぐわしい香りが漂っている。店内は空いており、一番奥にある二人掛けのテーブル席に案内されてそこに座った。

近くの窓辺にはステンドグラスのランプがあり、テーブルの上に丸い光の輪を描いている。静かだし、ゆっくり話すのに最適の場所だ。

「さっき、あまり食べていなかったようだが、まだお腹が空いてるんじゃないか？」

御堂に差し出されたメニューを見るとケーキやサンドイッチのほかに、どら焼きと書かれている。掲載されている写真を見ると、粒あんがたっぷりのどら焼きの横に生クリームが添えられていた。その下には、しっとりとした艶やかなチョコレートブラウニーと黄金色に輝くアップルパイの写真もある。

「わぁ、どれも美味しそう……せっかくだから何か食べようかな。どら焼きもいいけど、こっちのチョコレートブラウニーも捨てがたいし……」

それぞれに結構なボリュームがあって、さすがにふたつも食べられない――とはいえ、今日を逃したらもうこの店に来ることはないだろう。

まひろは悩みながら顔を上げて御堂を見た。すると、まひろの気持ちを察した様子の彼が願ってもない提案をしてくる。

「食べたかったらふたつとも頼んだらいい。食べきれないようなら、僕が半分もらうから気にせずに」

「ほんとですか？　じゃあそうします！」

ついはしゃいだ声を出してしまったが、二人きりの今はそれもさほど気にならない。

とにかくこうしていられる今が嬉しくて仕方がないし、その感情は到底抑えることができなかった。

「ほかは？　もっと食べ応えのあるものを頼まなくていいのか？　誘ったのは僕だし、ここは僕が出すから遠慮なく頼んでくれ」

「いえ、ふたつで十分すぎるくらいです。それに、さっきは会費ゼロで参加させていただいたので、むしろ私が出すべきだと――」

「いや、申し出はありがたいが、今夜は男性側が出すということで納得してもらいたい。どうしてもと言うなら次に会った時に缶コーヒーでも奢ってくれたらいいから」

「はい、わかりました」

まひろは素直に頷いて、メニューを閉じた。そして、たった今聞いた御堂の言葉を頭の中で反芻する。

（〝次に会った時〟って……私とまた会ってくれるってことなの？）

御堂は嘘をつくような人ではないし、社交辞令を言うようなタイプでもないような気がする。見た目は強面で近寄りがたいが、彼が心優しい気遣いの人なのはもうとっくにわかっていた。

彼がそう言うのならきっとまた会えるに違いない。そう思うと、天にも昇りそうな気持ちになり、喜びが込み上げてくる。

たとえ脇役でもいい。御堂の知り合いの一人になれるなら、それで十分すぎるほど嬉しかった。

結局どら焼きとチョコレートブラウニーをそれぞれコーヒー付きのセットで頼み、とりわけ用の皿を二組もらった。どら焼きは写真に載っていたとおり中に粒あんがたっぷりと入っている。ブラウニーはしっとりとしていて口どけもよく、どちらもコーヒーを飲みながら食べるのにぴったりの味だ。

ご機嫌で食べ進めていると、ふいにテーブルの向こうから御堂の手が伸びてきた。

びっくりして固まっていると、彼の指先がまひろの唇の横を、そっと撫でた。

いきなり何が起きたの？

まひろが驚きのあまり瞬きもせずに動きを止めていると、御堂が指先についた生クリームを目の前に掲げてきた。

「生クリームがついてた」

彼は、まひろの目の前で指先の生クリームをパクリと口に入れた。

いきなりそんなことをされて、まひろは大きく目を見開いたまま顔を真っ赤にする。

生クリームをとってくれるだけならまだしも、御堂はそれを食べてしまった。

まひろがどう反応していいかわからずにいる一方で、彼は何事もなかったかのように淡々とどら焼きを食べ進めている。

「あ……ありがとうございますっ。あ、あの……どら焼き、すごく美味しいですねっ」

平静を装ってみたものの、明らかに声が上ずっている。

まひろは唇をグッと噛みしめ、冷静になるよう自分に言い聞かせた。

「確かに、美味いな」

御堂が頷きながら、そう呟いた。

その落ち着いた様子を見るうちに、少しだけ平常心が戻ってくる。

「御堂さん、甘いものがお好きなんですか？」

「いや、特別好きというわけではないし、普段はめったに口にしない。だけど、こうして食べてみると味わい深いな」

「そうですか。それならよかったです」

まひろがにっこりすると、御堂もそれにつられるように口角を上げた。

「顔が少し赤いようだが、暑いんじゃないのか？　アイスコーヒーでも頼もうか？」

店内は快適な温度に保たれている。しかし、御堂とこうしているだけで鼓動が速くなり体温が上がっているような気がした。言われるままに追加でオーダーしてもらい、運ばれてきたアイスコーヒーをひと口飲む。

「わ、これ美味しいです！　濃厚なのにすっきりしてるし、今まで飲んだアイスコーヒーの中でも一番美味しいかも。御堂さんも飲んでみますか？」

まひろは持っていた縦長のグラスを彼のほうに差し出した。そうしてから、自分が必要以上に親しげな行動をとってしまったことに気づく。

「ご、ごめんなさい。私ったら何を……昔、祖父母と暮らしてた時によく美味しいものを半分こしていたので、つい――」

「いただくよ」

伸びてきた御堂の手がアイスコーヒーのグラスを受け取った。その時、ほんの少しだけ二人の指先が触れ合い、全身に電流が走り抜ける。まひろの動揺をよそに御堂は躊躇なくアイスコーヒーをひと口飲んで、ゆっくりと頷いた。

「なるほど、君の言うとおり濃厚なのにすっきりしている。氷が入っていないせいか、水っぽくないのもいいな」

「で……ですよね」

氷がない代わりに、グラスはキンキンに冷えている。御堂にグラスを返され、まひろは慎重にそれを受け取って、密かに唇を噛みしめた。

(私の馬鹿！　初対面の人に対して、何やってるの？)

いくら人見知りをしない質であるとはいえ、相手は若い男性だ。

恋人ならまだしも、同じグラスの飲み物をシェアするなんて、どう考えても変だ。

そもそもそうしたことを嫌がる人もいるし、馴れ馴れしいにもほどがある。

御堂は受け入れてくれたが、もしかして無理に合わせてくれているだけかもしれない。

さっきの生クリームの件だって、彼にしてみれば子供のように食べものを口の横につけているまひろを放置できなかっただけのことだったのだろう。

まひろは大いに反省して、視線を皿の上に落とした。

(きっとそうだ……。そんなみっともない人と一緒だと、御堂さんのほうが恥ずかしいもんね)

自己嫌悪の塊になりながらどら焼きを食べていると、御堂がまひろの皿の上に切り分けたチョコレートブラウニーを載せてくれた。上を向いて見た彼の顔には、ついさっきよりも穏やかな表情が浮かんでいる。

「アイスコーヒーには、これが合う。試してみるといい」

まひろはすでにチョコレートブラウニーを食べ終えており、残っているのはどら焼きのみだった。

　礼を言ってそれを口に入れ、アイスコーヒーを飲んだ。

「ほんとだ！　苦さと甘さのバランスが絶妙ですね」

　ブラウニーをくれたのは、まひろの失敗を洗い流そうとする気持ちもあったのだろうか。おかげでまひろは元気を取り戻し、嬉しさで胸をいっぱいにする。

　御堂ほど魅力的な男性と今のような時間を持てるなんて、自分はいつそんな徳を積んだのだろうか？

　鏡を見なくても表情筋が緩んでいるのがわかるし、今さらそれを隠そうとしても遅いだろう。まひろがグラスを置いて前を見ると、こちらを見つめていたらしい御堂と目が合った。

「え……私、また顔に何かつけてますか？」

　てっきりチョコレートの汚れでもついていると思いきや、彼は首を横に振ってそれを否定した。

「あんまり美味しそうに食べるから、つい見入ってしまったんだ」

「そうでしたか。……ふふっ、私、食べるのが好きなんですよね。美味しいものならなんでも好きです。だから、つい食べすぎてしまう時があったりして」

「健康的でいいと思う。会食の場でサラダばかりつついているよりもずっといいし、見ていて気持ちいいよ。ところでさっき、昔祖父母と暮らしてた時に、と言ったが、それがN市だったのか?」

「そうです。私、三歳の冬に事故で両親を亡くして、それからずっと母方の祖父母に育ててもらったんです」

まひろは、自分の生い立ちをかいつまんで御堂に話した。

「そうだったのか……。立ち入ったことを聞いて悪かった」

御堂がすまなさそうな表情を浮かべ、軽く頭を下げた。そんな言動からも、彼がいかに実直で真面目な人物であるかがわかる。

「気にしないでください。両親や祖父母について誰かに話すことなんかなかったので、むしろ嬉しいです。正直、両親の記憶は数えるほどしかありません。だけど、優しかったのははっきりと覚えているし、祖父母も孫の私を大切に育ててくれました」

まひろは御堂に問われるままに、昔話を始めた。想い出は、ひとつ話すごとに新たな記憶を呼び、語るにつれ懐かしさが胸に迫ってくる。

「祖父は農協勤めで、祖母は自宅で駄菓子屋をやっていたんですよ」

「駄菓子屋をされていたのか。今はもう数えるほどしか残っていないが、子供の頃何度か行ったことがある。懐かしいな」

祖父母の家は、昔ながらの日本家屋で店の奥には二畳ほどの和室があり、祖母はいつもそこで店番をしていた。

「私が高校卒業を前にした冬に祖母が他界して、店はその時に看板を下ろしました。平屋で築年数もかなり古かったけど、今はどうなっているんだろうな」

まひろが十六歳になる年に祖父が亡くなり、祖母と二人住まいになった。自宅は祖父名義だったが、祖母が亡くなるまで名義を変更しないまま住み続けていた。祖母が他界した時、しかるべき手続きをしていたら、まひろはあの家を出なくて済んだかもしれない。

祖母の死後、家の名義はいつの間にかほかの親族に書き換えられており、まひろはすぐに家を明け渡すよう言われた。それだけならまだしも、祖父母がまひろの大学進学のために貯めていてくれたはずの貯金の所在もわからなくなってしまったのだ。

実質、まひろの手元に残ったのはアルバイトをして貯めたお金と、僅かな遺産のみ。住む家もなければ、あったはずの学費もない……。

結局まひろは大学進学を諦めざるを得なくなり、高校卒業と同時に上京して働き始めたというわけだ。

極力重くならないよう気をつけて話したつもりだったが、まひろを見る彼の顔には深い憂いの表情が浮かんでいる。

「いろいろとたいへんだったんだな……。もし力になれることがあるならなんでも言ってくれ。知り合いに弁護士もいるし、さっき一緒にいた男の一人は司法書士だ」

「ありがとうございます」

祖父母が亡くなって以来、まひろは一度しかN市に帰っていない。それは距離的に遠いせいもあるが、一番の理由は自身が親戚達に疎んじられているからだ。

『あとのことはわしらに任せて、もうここのことは忘れろ。今後一切親戚としての交流はしないから、そのつもりでいるように』

祖母の初盆に帰郷した際、墓がある寺の住職を務める叔父にそう言われた。その時にはもう祖父母宅は親戚家族が移り住んでおり、まひろは外観すら見ることができなかったのだ。

祖父母にはそれぞれ兄弟姉妹がおり、そのほとんどが同じ県内に住んでいた。

彼らは祖父母と普通にやりとりをしていたし、仲は悪くなかったと記憶している。

けれど、まひろ自身は彼らとの交流はほぼ皆無で、祖父母が亡くなった時にはじめて顔を合わせた人がほとんどだったように思う。

昔から、まひろだけは親戚の輪に入れられていなかった。

ことの発端は、まひろの父母が結婚するにあたり、母方の祖父母以外は全員それに反対したことであったらしい。

父母の結婚の何がそれほど気に入らなかったのかは、聞かされておらず不明だ。

何にせよ、まひろの両親は結婚以来母方の祖父母以外とは絶縁状態だった。そのため、二人の子供であるまひろも同様に疎まれていたのだろう。そんな事情もあり、まひろは祖母の初盆以来両親祖父母の墓参りもできずにいるのだ。

「上京する前は、ずっとN市に住んでいたのか？」

「両親が生きている時は祖父母とは別の市に住んでいましたけど、同じ県内でした」

「そうか。君は一人っ子か？」

「はい、そうです」

「なるほど……。今聞いた話を踏まえて考えると、財産分与に関していろいろと疑問点がある。必要なら、一度調べてみたほうがいいかもしれないな」

「いえ、財産に関してはもういいんです。今こうして無事に暮らせているだけでありがたいし、ただでさえ疎遠なのにこれ以上揉めたらもっと縁遠くなってしまうでしょうから」

祖母の初盆以来、まひろは親戚から一度も連絡をもらっていない。けれど、いくらそうであっても、血の繋がった親族であることには変わりないのだ。

まひろは強いて明るい表情を浮かべながら、分けてもらったチョコレートブラウニーを口に運んだ。

「いい想い出はいっぱいあるし、帰省できないのはさすがにちょっと寂しいなって思います。でも、それも仕方ないかなって。両親や祖父母にはたくさんの愛情をもらったし、その記憶だけで十分です」

「そうか」

御堂が頷き、まひろを思いやるような表情を浮かべる。それを見たまひろの胸に、温かいものが広がっていく。彼は少し考えたのち、再度まひろに質問を投げかけてきた。

「何かこうしたいとか、将来的な夢みたいなものはあるのか？」

「夢というか、いつか家庭を持ちたいなとは思います。一生をともにできる人と出会って、結婚して一緒に子育てをして……。元気に末永く幸せに暮らせたらいいなって。でも、今のところそんな人が現れる気配すらないですけど」

「結婚も巡り合わせだからな」

「そうですね。これぱかりは願い通りにはいきませんね」

まひろは自嘲気味に微笑んで肩をすくめた。

結婚に関する話など、独身男性と話すにはかなり微妙な話題だった。

だが、すべてにおいて格差がありすぎる御堂と自分では同じ土俵に上がることすら叶わない。どうせ恋愛対象になれないのだから、いろいろと質問しても変に勘繰られずに済むだろう。

「御堂さんは、結婚の予定とかはまだないんですか?」

「ないな。だが、両親や親戚には再三結婚を急かされているし、上司からも上を目指すなら妻帯者になれと言われた。最近では既婚の同僚や友人までなんだかんだと言い始めて――」

御堂が迷惑だと言わんばかりに眉根を寄せる。

「御堂さん自身は結婚する気はないんですか?」

「いや、別に非婚主義者ではないし、僕自身も縁があればいつでも結婚できる準備は整えてある」

彼曰く、数年前まで警察庁の宿舎にいたが、現在は母方の祖父から受け継いだ都内の一軒家に一人住まいをしているらしい。貯蓄は十代の頃から本格的に始めており、すでに生涯を通じてゆとりある生活ができるほどの蓄えがあるという。

つまり、御堂は将来有望な警察キャリア組であるばかりか、リッチな資産家でもあるわけだ。

「御堂さんなら、すぐにでもいい人が見つかりそうですけど……。もしかして、ものすごく理想が高いとか？　それと、いろいろと条件が揃わないと無理とか」

「理想は特にない。条件があるとすれば、健康で性格がいいことくらいだ。その上で僕と相性が合えば何も言うことはない」

いかにも質実剛健で真面目を絵に描いたような御堂だ。彼と相性が合う女性というと、着物が似合う清楚な和風美人といったところだろうか。

「逆に、これはどうしても困るっていうＮＧ項目はないんですか？」

「僕の職業柄、結婚相手本人や親族に逮捕歴があると困るな」

（よし、うちは大丈夫！）

思わず心の中でガッツポーズをしてしまい、自分の勘違いぶりに呆れかえる。

たとえどんなにまひろや親族が清廉潔白であっても、御堂にはまったく関係のない話だ。

「田代さんがさっき御堂さんは由緒正しい一族の生まれだと言ってましたよね。結婚をするにしても、家柄とか生まれ育った環境とか、ご両親にしてみればいろいろと条件があるんじゃないですか？」

「両親は僕がいいと思う女性なら無条件で受け入れると言っている」

「でも、親戚の方々は？　特におじい様とかおばあ様は気になさるんじゃ……」

「確かに古くから続いている家だが、結婚する人に求めるのは家柄なんかじゃなく人柄だ。決めるのは僕自身だし、もし仮に反対されることがあっても自分の決断を優先するつもりだ」

さらりとそう話す口調には、彼の強い意志が感じられる。彼の妻になる人は、きっと生涯夫に大切にされ幸せな結婚生活を送るに違いない。

そう思ったまひろは、改めて御堂の人柄に心動かされた。

「実際、母方の祖母は田舎の農家出身だし、祖父とは旅先で偶然出会ったのがきっかけで結婚したと聞いている」

「素敵な出会い方をされたんですね。うちの祖父母は、お見合いで結婚を決めたみたいです。田舎だし当時はそれが普通だったとかで、出会ってすぐに夫婦になったって言ってました。でも、すごく仲がよくて羨ましいくらいだったんですよ」

「うちの親族の中にも見合いで結婚した者はたくさんいる。仲のよさはそれぞれだが、そんな話を聞くと見合いもひとつの出会いのうちなんだな」

「そう思います。御堂さんなら、お見合いの話もたくさんありそうですね」

「何度かそんな話を持ち掛けられたことはあるが、見合いはこれまでに一度もしたことはないな」

「それは、どうしてですか？」

「特に必要性を感じないからだ。縁があればしかるべき時に出会いがあるだろうし、僕は結婚相手を見合いで決めるつもりはない」

御堂がきっぱりとそう言い切り、眼鏡の縁を指で押し上げた。

彼曰く、これまでの相手は全員しかるべき家柄の子女ばかりで、個人ではなく家同士の繋がりを持つための話ばかりだったようだ。

「じゃあ、御堂さんは恋愛結婚を希望しているんですね。さっき聞いた条件に当てはまる人って、結構いるんじゃないですか？」

「どうだろうな」

御堂が、まひろを見つめながら僅かに首を傾げた。そんな何気ないしぐさに心臓が跳ね、耳朶が熱くなった。だが、いくらまひろが胸をときめかせたところで、家柄もよくエリートな彼と自分とでは住む世界が違いすぎる。

たとえ恋をしても叶うはずもないし、想えば想うほど辛くなるだけだ。

けれど、どんなに自分を諌めても目の前にいる男性が魅力的であるのには変わりはない。今まで御堂ほどまっすぐな人を見たことがないし、彼の人となりを知るにつれ気持ちがどんどん彼のほうに傾いてしまう。

「いずれにせよ、大事なのはその人自身だ。それに、家柄なんて重荷になるだけで、いいことなんかひとつもない。むしろなかったほうが生きやすいとすら思うこともある」

御堂が話してくれたことには、子供の頃は今の彼からは想像もつかないほど痩せていたという。当時心身ともに脆弱だった彼は、資産家のお坊ちゃまであるのをネタにからかわれたり、いじめの対象になった時期もあったようだ。

「そうだったんですね……」

どれほど生まれた環境がよくても、それだけで幸せになれるわけではない。

それはわかっているが、今の威風堂々とした御堂を見るとそんな過去があったとは想像すらできなかった。

けれど、人には外から見ただけではわからない部分が多くある。

御堂も当時は相当辛かっただろうし、話すのも苦痛だったに違いない。それなのに、あえて話してくれたのは、それほど自分に心を開いてくれたからだろうか？

（もしそうなら嬉しいな……なんて、私ったら不謹慎！）

まひろはあわてて自惚れる自分を叱った。それと同時に、御堂への尊敬の念を強くする。

「そんな苦労を跳ねのけての今なんですね。立派だし、すごいです」

まひろ自身も、子供の頃は両親がいないなどの理由で一部同級生から心ない言葉をかけられたことがあった。けれど、幼いながらも事実は事実として受け止めていたし、持ち前の明るさでそれをやり過ごすことができた。

まひろが自身の過去を交えてそんな話をすると、御堂がまた気づかわしげな表情を浮かべる。

「僕の苦労なんて、今思えばちっぽけなものだ。僕よりも君のほうが遥かにすごいし立派だと思う。清水さん、君はもっと自分を誇るべきだ」

御堂のような非の打ちどころのない男性に褒められ、まひろは心底恐縮して椅子の上で小さくなる。

「そんな……褒めすぎです」

「そうかな？　僕は至極真っ当な評価をしたまでだ」

御堂がおもむろに眼鏡を外し、テーブルの脇に置いた。凛々しい眉と直に見つめてくる深いダークブラウンの瞳。眼鏡をかけた彼もいいが、素顔も同じくらい魅力的だ。

これまでに眼鏡男子にときめいたことはないが、これはヤバイ。

このままだと、本気で好きになってしまう――というか、もうすでにそうなってしまっている。

これほど簡単に恋に落ちてしまうことなどあるのだろうか？

少なくともまひろには経験がないし、今は座って返事をするだけで精一杯だ。

「ありがとうございます。なんだか、自分のこれまでの生き方を全面的に肯定してもらったような気持ちです。すごく嬉しいし、今までに言われたどんな言葉よりも胸に響きました」

「そうか。それならよかった」

言い方は素っ気ないし、決して表情が豊かとは言えない。けれど、彼の瞳の奥には底知れぬ優しさが垣間見える。

改めて彼の温かな人柄を感じて、まひろは晴れやかに笑った。

「御堂さんって、不思議な人ですね。誰かと一緒にいてこれほど勇気づけられたのははじめてです。これ以上ないってほどいい人って気がするし、無条件で信頼できるって感じで」

その安心感は職業的なものであると同時に、彼の人間性からくるものに違いない。

彼と夫婦になれたら、一生幸せになれそうな気がする。けれど、それはいくら願っても叶わない夢のまた夢でしかなかった。

「御堂さんと結婚したら、幸せになること間違いなしですね。ふふっ……なんだか、その人がすごく羨ましいです」

なんの気なしに言った言葉だった。しかし、それを聞いた御堂がグッと前に身を乗り出したかと思うと、真剣な面持ちでフォークを持ったまひろの右手を握ってきた。

「じゃあ、僕と結婚しよう」

「は？」

突然の言葉に、まひろはポカンと口を開けたまま固まってしまう。

「……え？　け、結婚……って、私と御堂さんが、ですか？」

「そうだ」

御堂がまっすぐに、まひろを見つめてくる。

真面目な彼が「結婚」をネタに冗談を言うとは思えない。

しかし、どう考えても今の発言が本当であるはずがなかった。

「ちょ……いきなり何を言うんですか。御堂さんって、ユーモアもあるんですね。でも、いくらなんでも今のはちょっと笑いにくいですよ」

そう言いつつも、まひろは頑張って声を出して笑った。内心、ものすごく動揺している。けれど、それを悟られては本当に笑えない状況に陥ってしまう。

「ユーモアがあるなんて、今まで一度も言われたことはないし、自分でもあるとは思わない」

真顔でそう言われ、まひろはますますたじたじとなった。

「で……でも、さっきのはさすがに冗談ですよね？」

そうに決まっているし、それ以外解釈のしようがない。

御堂が「そうだ」と言ってくれるのを期待しながら、まひろは彼の返事を待った。

「いや、冗談ではなく本気だ」

「えっ……？」

思っていたのとは真逆の答えを返され、頭の中がパニック状態になる。何が何だかわからないし、どんな反応をしていいのやら皆目見当もつかない。

まひろの困り果てた様子に気づいたのか、御堂が握った手を緩めた。

「驚かせてしまったようで申し訳ない。だが、僕は本気で君と結婚したいと思っている」

この上なく真摯な表情でそう言われて、まひろは戸惑いつつも彼の目をじっと見つめた。そして、御堂の言葉を頭に思い浮かべながら、ゆっくりと口を開く。

「御堂さん、今の言葉……真面目に受け止めてもいいんですか？」

そう訊ねるまひろの頭の中は、いまだ信じられない思いでいっぱいだ。だが、御堂は、はっきりと頷きながらまひろの手を強く握りしめてきた。

「もちろんだ」

きっぱりと断言され、まひろの脳内でアドレナリンが駆け巡った。彼がここまで言うのなら、もう信じる以外に選択肢はない。

「わ……わかりました。……し、しますっ！　私、御堂さんと結婚させていただきますっ！」

椅子から立ち上がらんばかりになっているまひろを見て、御堂が満足そうに目を細めた。

「そうか、よかった。じゃあ、早速必要な手続きを進められるよう動かないとな」

彼はそう言うなり握っていたまひろの手を引き寄せ、フォークの先についていたチョコレートブラウニーをパクリと口に入れた。

「あ」

まひろは思わず声を上げてチョコレートブラウニーを咀嚼する彼の口元を見た。

「……すまない、つい」

御堂が咄嗟に申し訳なさそうな顔をした。

まさかとは思うが、若干彼の顔が赤くなっているような気がする。きっと照明のせいだろうし、興奮して頭から湯気が出そうになっているのは自分のほうだ。

「い……いいえ、ぜんぜんいいですっ！　ブ、ブラウニー、美味しいですよね。またここに食べに来ればいいですよ……ね？」

まひろが訊ねると、御堂の表情がそれまでよりも柔らかくなった。

「ああ、そうしよう」

御堂が言い、握ったままだったまひろの手に力を込めた。

夢ならこのまま永遠に覚めないでほしい。

まひろは心からそう願いながら、彼の拳にそっと掌を重ね合わせた。

第二章　新しい幸せの形

御堂公貴が勤務する警察庁は、警視庁を含む全国の都道府県警察を指揮し監督する行政機関だ。ここに所属する二千人を超える警察官の中でも、トップエリートとされるキャリア官僚はおよそ六百人。三十万弱いる警察官のほんの一握りにすぎない。

公貴が属する長官官房は歴代の警察庁長官が辿った出世コースのひとつだ。

そこには超がつくほど優秀な人材のみが所属できるとされ、公貴はこれまでのところ順調に出世への階段を駆け上ってきている。

幼少期より神童と呼ばれるほど頭がよく、誰かから言われるまでもなく勉強に励んできた。中学の頃のある出来事がきっかけで警察官を目指すようになり、以後はその夢を叶えるべく心身の鍛錬にも勤しんだ。

高校卒業後は当然のように国内最高峰の大学に進学し、かねてからの望み通り警察官としての人生をスタートさせた。

その後の二年間は順当に研修や都心の交番勤務などをし、二十四歳で警察庁に入庁。同警備局公安課特殊組織犯罪対策室を経て、三十代になってすぐにイタリアの日本国大使館に配属された。そこで三年間を過ごし、現在は警察庁長官官房総務課理事官として国家レベルの職務に従事している。

中でも御堂が主に担当しているのは国内の治安に関するものはもとより、そこから派生する政治家とのやりとりやマスコミ対策など多岐にわたる。

キャリアともなるとデスクワークが中心だ。しかし、一度有事が起きると何日も帰宅できないし、事務仕事などしている時間がなくなるほど外回りで忙しくなる。

殊に、公貴は机上だけでは片付かない仕事を多く扱う立場だ。処理する仕事は日々山のように追加され、終わることがない。

むろん、好きで選んだ仕事だし、不満などあろうはずもなかった。

警察官になるという目標を定めて以来、各種試験をストレートで合格し、異例とも言える速さで警視正になった。そのため、さほど苦労せずに今の位置にいると思われがちだが、当然それなりの努力をして勝ち取った場所だ。ただ、進むべき道をまっすぐに辿り、国家の安全のために尽力し続けていたら今の道が開けた。

常に志は高く持ちたいと思っているし、将来的に警察庁のトップに立って国の保安に全力を注ぐ覚悟は十分にある。

そんな公貴に対する周りからの期待は絶大で、その分何かと助言し世話を焼きたがる親戚や上司は大勢いた。

しかし、それもやっといち段落する。

少なくとも、結婚に関するお節介は止むし、送りつけられる見合い写真の山を積み上げることもなくなったのだ。

(結婚して落ち着く、というのはこういう感覚か。なるほど、実際落ち着くし思っていた以上に安心感があるな)

四月下旬の祝日である今日、公貴は都内某所にある実家に行き結婚したい女性がいると話した。妻となる人については事前に話してあったし、両親祖父母は公貴がようやく身を固める気になったと知って諸手を挙げて喜んでくれた。

警察官という立場上、彼女の了承を得た上で身辺調査も済ませたが、これについてもまったく問題はなかった。

まひろは自身の生い立ちや天涯孤独な身の上を心配していたが、実際に両親達と顔を合わせてみると思った以上に打ち解けて不安は大幅に解消されたようだ。

『なんだか、まだ夢を見ているみたいです』

実家を出て車で彼女を自宅まで送っていった時、別れ際にそう言われた。

口には出さなかったが、それは公貴も同じだ。

「……それにしても、驚いた……。まさか自分の身にこんなことが起こるとはな」

公貴は自宅で風呂に浸かりながら独り言を言う。

運命とは人の意思を超越したものだと言うが、自分とまひろの間には間違いなく強い繋がりが存在する。

そんなことを考えていると、目前に立ち上る白い湯気の中に遠い昔の記憶が映像となって浮かんできた。

これまでも何度となく思い出しては夢か現実か判断しかねていた記憶が、実際に起こったことだと確信できたのだ。

それは、今からおよそ二十一年前の夏休みのこと。

当時十四歳だった公貴は母方の祖母が所有する別荘を訪れて一人勉強に勤しんでいた。本来なら夏休み中は通っている塾の夏期講習に参加してしかるべきだ。けれど、あの頃の自分は人よりも成長が遅く身長体重ともに同年代男子の平均を大きく下回っており、体力もなかった。

成績はトップだが親しく話す友達はおらず、学校でも塾でも居場所がない。そのうち一部同級生からストレスのはけ口にされ始め、心身ともに疲弊して勉強に集中するのが困難になった。そのため、両親の勧めもあり不本意ではあったが夏休みの間中、田舎で自主勉強をすることに決めた。

別荘には自分一人だけで行き、食事など身の回りの世話は普段そこを管理している人に頼んだ。家事は任せきりだったものの、はじめての一人暮らしは多少なりとも公貴に強い自立心を芽生えさせてくれた。

（実際、はじめて一人になって考えたおかげで、自分という人間をよく知ることができたんだったな）

公貴は深く深呼吸をして、更に記憶を遡る。

別荘に着いたその日から自分で決めたスケジュールに従って勉強をした。息抜きの時間になると、自転車で少し離れた場所にあるぼた山に行く。

頂上には小さな神社があり、いつ来ても無人で周囲には人が住む家もなくだだっ広い草地と山々が広がっているのみ。

学校や塾で理不尽な目に遭っても、人前では決して涙を見せなかった公貴だったが、そこでだけは自分の感情をストレートに表すのを許していた。

ある時、神社の社殿に寄りかかって目が腫れるまで泣いていると、突然目の前に白地に赤い金魚模様の浴衣を着た女の子が現れた。

歳は四、五歳だろうか。

公貴は急いで涙を拭いて、女の子の顔を見上げた。

ぷっくりとして柔らかそうな頬をしたその子は、泣いている公貴の頭を撫でてにっこりと微笑みを浮かべた。その顔はお地蔵様のように穏やかで、見入っているうちに悲しい気持ちがいつの間にか消えていたことを今でもはっきりと覚えている。

(いったい、どこの子だろう?)

公貴が疑問に思っていると、女の子は持っていた巾着袋から袋入りの駄菓子を取り出して膝の上に載せてくれた。

「くれるの?」

訊ねると女の子は頷いてニコニコと笑った。

寄り道など一切しない子供だった公貴にとって、駄菓子は未知の味であり当時同居していた父方の祖母から止められていた禁断の食べものだ。

公貴はワクワクしながらそれを食べ、泣いていたのも忘れてその味に感じ入った。

それからというもの、公貴は毎日同じ時間に神社に行き、どこからかやって来る女の子と並んで駄菓子を食べるのを楽しみにするようになる。

それは公貴にとって何もかも忘れて、ただ子供でいられる貴重な時間だった。

いったいどこに住んでいるのか、気がつけばそばにいる。

けれど、不思議なことに女の子は公貴が何を聞いても頭を縦か横に振るのみで、ひと言も口をきかない。名前を聞いても答えないし、どこに住んでいるのかもわからない。

一度別荘の管理人夫婦に聞いてみようとしたが、子供心に自分達の間に大人を介入させたくないという気持ちが働き、結局は聞かずじまいになってしまったのだ。

それに、女の子はどこかしら浮世離れした雰囲気があった。

現実的な公貴は、昔も今もオバケや幽霊のたぐいは一切信じていない。

しかし、女の子について考えたり説明しようとすると、どうしても夢か幻想の世界に片足を突っ込みそうになってしまう。

（もしかするとこの辺りの古い家に住む座敷童か何かなんじゃ……）

そんなあり得ない考えが思い浮かび、公貴はすぐに自分のファンタジックな考えを諫めた。

だが、そう思わせるほど女の子はどこか非現実的な感じがしたし、姿形は本や映像で見る座敷童そのものだったのだ。

そんな話をして、誰が信じてくれるだろう？

公貴が女の子のことを話さなかったのには、そんな理由もあったのだ。

日を追うごとに女の子との距離は縮まる一方で、謎は深まるばかり。

しかし、ある時並んで駄菓子を食べている時に再度名前を聞いたところ、女の子が足元に落ちていた小枝を拾い、地面に「まひろ」と書いた。

それは拙い字ではあったが、ちゃんと読めたしそれが名前なのかと訊ねたら嬉しそうに頷いてくれたのだ。

(それがまひろと会った最初だ。まひろ……僕と君は、今から二十一年前の夏に会っていたんだ)

公貴は、頭の中に先日会った時のまひろを思い浮かべる。

長い間想い出の中だけに生きていた幼女は、大人になって突然公貴の前に現れた。

まさか、再会できるとは思いもしなかったし、何せつい先日まで夢の中の出来事だと思い込んでいた記憶だ。

(本当にいたんだな。あの時の時間は、実際にあったんだ)

自分の名前を教えたあと、まひろはこちらの名前も知りたがった。けれど、まだ幼いまひろに「御堂公貴」という名前は難しすぎた。

公貴は考えた末に「きーくん」という呼び名をまひろに教えた。

それは当時祖母にそう呼ばれていた呼び名で、声を出して何度も地面に書いているうちに、どうにか覚えてもらった。

そんな充実した日々を送っていたある日、神社で事件が起きた。

そのせいで大怪我を負った公貴は予定よりも早く帰京することになり、まひろとはそれきりになってしまったのだ。

今思い出しても忌まわしいその出来事については、管理人に話さなかったのと同じ理由で大人には一切話さなかった。

『自転車で山道を走っていたら、転んだ』

怪我の理由はそれで納得してもらえたし、まひろと再会するまで自分自身もそうなのだと思い込んでいたのだ。

（あんなに楽しい時間を過ごしたのに……。人の記憶ほど曖昧で不確かなものはないな）

そう納得できる事例は、警察官としての仕事をする上で、嫌と言うほど見てきた。

特に、まだ新米で交番に勤務していた頃は、ちょっとした事件でも複数いる当事者の記憶違いに悩まされたものだ。

神社での事件後、祖母は「縁起が悪い」と言って別荘を手放した。

当然、もうそこに行くこともなくなり、公貴自身も高校受験の準備などに追われてまひろとの想い出は胸の奥にしまい込んだままになってしまったのだ。

「まひろ……君は当時のことを、すっかり忘れてしまっているみたいだな」

公貴は今も右の頬に残る傷跡を指で押さえた。

事件のことはもとより、まひろは今現在公貴と出会った過去のことも忘れてしまっている様子だ。当時のまひろはかなり幼かったし、そうであっても無理もない。

事件は、まひろにとって辛い想い出であり、彼女にとっては忘れたままでいたほうがいい記憶だ。何かしら必要に迫られないなら、このまま思い出さずにいたほうがいいのだろう。

（そうだ。そのほうがいい）

人は強い感情に囚われた結果、嫌な記憶を無意識に消し去ったり、忘れてしまうことがある。もしかすると、まひろもそうなのかもしれない。

いずれにせよ、無理に思い出させるようなことはしたくないし、するつもりもない。

今後、もしまひろが過去を思い出すことがあれば、きちんと話し合う準備はできているが、そんな日が来るまではそっとしておくべきだ。

それがまひろのためであり、彼女を大切に想う自分がとるべき道なのだと思う。

『いつか家庭を持ちたいなとは思います。一生をともにできる人と出会って、結婚して一緒に子育てをして……。元気に末永く幸せに暮らせたらいいなって』

湯面を見つめながら、公貴はまひろが言った言葉を頭の中で反芻する。

まひろにプロポーズしたのは、自分史上最高に衝動的な行動だった。けれど、そこには確固たる意志が存在していたし、だからこそ実行に移した。

当然、後悔などしていないし、むしろ彼女との結婚を即断した自分を褒めてやりたいと思う。

それに、仮に過去の経緯がなかったとしても、まひろは結婚するのにふさわしいほどの女性だ。そう直感したし、公貴は己の鑑識眼と洞察力を信じていた。

(それに、あの夏にまひろに会わなかったら今の僕はなかった。たとえ彼女が覚えていなくても、僕が覚えている)

どうであれ、公貴にとってまひろは今の自分を作ってくれた大切な恩人だった。ならば、今はただ彼女のささやかな夢を叶えることだけに集中すべきだ。

公貴はそう心に決めると、改めて二人の不思議な巡り合わせについて考察し始めるのだった。

御堂のプロポーズを受けて以来、まひろにとって毎日が怒涛の展開で、息つく暇もないくらい忙しかった。

結婚という人生において最大級のイベントなのだから、それも当然だ。けれど、まさかこれほど短期間に話が進み、あっという間に人妻になるなんて思いもよらなかった。

『嘘！ すごいすごい！ 上手くいけばいいなと思ってたけど、まさか本当に結婚するなんて、びっくり！ っていうか、ほんとおめでとう～！』

職場に報告する前に優香に結婚報告をしたら、周りにいた人達が全員何事かと振り返ったほどの大声で祝われた。

その声で会社関係者には即バレて、報告するまでもなく皆に「おめでとう」と言われた。優香はと言えば、あれから田代と付き合うことになったらしい。そのほかのメンバーについては残念ながらカップルは成立しなかったようだ。

（仕方なく参加した合コンだったのに、まさかこんなことになるなんて……。なんだ

か申し訳ないくらい。だけど、本当に行ってよかったな)

婚姻届は公貴の両親に会いに行った日の二日後、彼の居住地の区役所に二人揃って提出に行った。それから少しずつ荷物をまとめ、五月の第三土曜日に段ボール八箱とともに公貴の自宅に引っ越しを済ませた。何もかもバタバタと決まったという事情もあり、結婚式はもとより新婚旅行もないままだ。

両親を始めとする親族も事情を理解して納得しているし、まひろもそれでなんの不満もなく、むしろそのほうが気が楽なくらいだ。

『電撃婚の上に超玉の輿とか、前世でどれだけ徳を積んだの?』

『マジで羨ましい~! 世の中、捨てたもんじゃないわね~!』

結婚を知った友達や職場の同僚達は、皆驚きつつもまひろの幸せを喜んでくれた。

『いったい、どうやったらそんなハイスペックイケメンをゲットできるんですか?』

恋人募集中だという新しくアルバイトで入ってきた女子大生からは、出会いから結婚に至るまでの経緯を詳しく聞かれ、その極意を教えてほしいと言われた。

しかし、突然もたらされた幸運に一番驚いているのは、まひろ自身だ。当然うまく答えようもなく、ただ事実を話すだけになってしまったのは仕方のないことだった。

五月も下旬に差し掛かった金曜日の夕方。

仕事が休みである今日、まひろは自宅のリビングで一人ソファに座ってテレビを見ていた。見ているとはいえ、流れるニュース映像は目に映るだけで頭はほかのことを考えている。

結婚してひと月も経っていない今、自分がこうしていることがいまだ夢の中の出来事であるように思えてしまう。

(ううん、夢じゃない……。私はもう〝清水まひろ〟じゃなくて〝御堂まひろ〟なんだ)

今月の一日、まひろは晴れて公貴と結婚して夫婦になった。

我ながら驚きだし、ほんの数週間前は自分が人妻になるなんて欠片ほども考えていなかった。

しかし、今こそが現実。

結婚すると決まってすぐに急遽必要な書類を用意し、仕事終わりに現在の住まいがあるS区役所の入口前で待ち合わせをした。二人揃って休日時間外窓口に向かい、無事手続きを完了させたあと、公貴は別れ際に、大きな花束をプレゼントしてくれた。

『誕生日おめでとう』

花束を持った手を前に突き出され、風圧で包装紙がガサガサと音を立てた。

渡し方は素っ気ない。けれど、祝いの言葉とともに渡されたそれは白とピンクの花でまとめられており豪華でありながら可愛らしさもあった。

男性から誕生日プレゼントなどもらったことがないまひろは、それだけで天にも昇る気持ちになったものだ。

東京に来て八年目にして人生を変える出会いがあり、あれよあれよという間に結婚して夫を持つ身になった。

公貴は、まひろの誕生日が間近に迫っていると知るなり、その日に入籍しようと言ってくれたのだ。実際、二人が新幹線並みの速さで夫婦になったのは、そんないきさつもあってのことだった。

(それにしても、御堂さんの実家にご挨拶に行く時は、死ぬほど緊張したよね)

その時のことを思うと、今でも心臓が口から飛び出そうになる。事前に結婚したい人がいると話してくれていたし、すでに了承は得ていると言われてはいた。

けれど、何せ彼の父親は名のある経済学者で、母親は都内にある女子大の学長を務めるほどの才女だ。近所に住む父方の祖父は、かつて公貴と同じく政府関連の省庁に勤務したキャリア官僚だったし、その妻は不動産会社を経営している。

イギリス在住のためまだ会えてないが、母方の祖父は世界で活躍する建築家で、その妻である祖母も業界内では名の知れた空間デザイナーであるらしい。

そのほかの親族も各方面で活躍する名士だらけだし、公貴のように国の仕事に携わる人も多くいる。

（なんだかんだ言って御堂家の皆さんってすごい人が多いなぁ）

まひろが公貴から聞いて一番感銘を受けたのは、母方の祖母・貴子の話だ。

彼女の実家は代々農業を営んでおり、貴子自身は高校卒業後は地元の会社に就職して事務職に就いていた。その後、旅先で偶然夫となる人と知り合い、結婚して二児をもうけた。彼女は子育ての傍ら夫の仕事をサポートするうちに空間デザインの才能を開花させ、いつしか彼女個人に大きな仕事が多数舞い込むようになっていたという。

『実際、母方の祖母は田舎の農家出身だし、祖父とは旅先で偶然出会ったのがきっかけで結婚したと聞いている』

以前公貴が言っていたのは貴子のことであり、まひろ同様、もとはただの庶民だ。けれど、今や自身で立ち上げた会社の社長職に就いている。

きっと、いろいろと勉強したり努力したに違いない。貴子の生き方には大いに興味があるし、いつか会って話を聞きたいと思っている。

聞くところによると、御堂家の家風はもとはもっと格式ばった融通の利かないものであったらしい。しかし、貴子の実家など他家の気風が少しずつ持ち込まれたりして、今のように個人の意思を重んじる家風に代わってきたとのことだ。

だからこそ、初対面の田舎娘にもかかわらず、皆まひろを温かく迎え入れてくれたのだろう。

一方、まひろは自身の両親が結婚に反対されていたこともあり、顔合わせの時は息の仕方を忘れるほど緊張していた。しかし、帰る頃にはかなり打ち解けた雰囲気になっていたし、結果的にまひろの心配はただの杞憂に終わったのだ。

「さてと、そろそろ晩ご飯を作ろうかな」

リビングを出て廊下を行き、キッチンに入った。

大型の冷蔵庫から材料を取り出し、調理台の上に並べる。今夜のメニューは、鶏手羽肉の照り焼きと四川風の麻婆豆腐だ。

自炊生活が長いまひろは、だいたいの料理ならレシピなしで作ることができる。極力手間暇をかけずでき上がる時短料理が多いが、どれも一応味には自信があった。

「御堂さん、ちゃんとご飯食べられてるかな」

壁にかけられたカレンダーを眺めながら、まひろは独り言を言う。

まひろが公貴とともに住み始めて、まだひと月も経っていないが、同居三日目にして公貴が急遽仕事で出張に出かけていった。

（今日でお留守番四日目か）

まひろは結婚後も「スーパーたかくら」での仕事を続けており、ただでさえ休みが合わない。昨日も午後六時まで仕事だった。

公貴は明日の夜帰って来る――。

けれど、明日のシフトは遅番で、まひろは午後十時まで仕事だ。できれば家にいて迎えてあげたいと思うが、急なことでシフトの変更ができなかった。

公貴は気にするなと言ってくれたが、やはり新婚早々すれ違ってばかりなのはものすごく気が引ける。

かたや、警察官という職業柄、公貴は急遽家を出て何日も帰らないことがある。それは警察庁長官官房の総務課という事務方であっても同様で、有事があった時などはいつ帰宅できるかわからない時もあるのだ。

そういった話は結婚前に聞かされていたし、それを知った上でプロポーズを受けた。

夫の不在を寂しいと思う一方、国のために働いている彼のことを心から誇りに思う。

(あとはレタスとトマトのサラダを作って、終わりかな)

コンロの火を止めると、まひろはキッチン横の和室の入口に腰かけた。かつていたお手伝いさんが使っていたというその部屋は、キッチンの床よりも三十センチほど高くなっており、広さは二畳ほどしかない。

まひろは何も置かれていなかったこの部屋に使い慣れた円形のクッションを持ち込み、今そうしているように料理の合間にひと休みしたりしていた。

夫婦の家は昔ながらの住宅街に建っている平屋の一軒家だ。間取りは六ＬＤＫで、もとは公貴の曾祖父が住んでいたものを建築家の彼の祖父が受け継ぎリフォームを施した。その結果、昔ながらの伝統工法によって造られたこの家は、昭和の風情を保ちながらも和風モダンな雰囲気も感じさせる。

(それにしても広くて立派な家……。御堂さん、こんな広い家に一人きりで住んでたんだなぁ)

百坪の敷地内には駐車場と離れまであり、格子戸の玄関左手には低木が植えられた庭もある。

きちんと樹形が保たれているところを見ると、定期的に手入れをしているのだろう。

地面には主に宿根草が植えられており、今は紫色のクレマチスが見事に咲き誇っている。

「この家、なんとなく御堂さんっぽい。家って住んでいる人に似てくるのかな?」

職業柄もあるのか、公貴は基本仏頂面で表情も豊かとは言えない。夫婦なのに話し方も他人行儀でぶっきらぼうだ。けれど、彼がそばにいるとそれだけで安心するし、話す内容は気遣いや思いやりに溢れている。

(どっしりとして落ち着いた佇まいや、優しく包み込んでくれる感じとか、ほんとそっくりだよね)

そんなことを考えて、まひろはにっこりと微笑みを浮かべた。それに、表情には出なくても彼の目には、その時々の感情が表れている。

一見仕事一筋に見える公貴だが、意外にも家庭を重んじるよき夫だ。

同居する前に家事分担は平等にしたいと言ってくれたし、実際にできる範囲で料理や掃除もしてくれている。

とにかく、まひろにしてみれば文句なしの伴侶だ。天涯孤独だった自分が、彼と結婚できたおかげでずっと夢見ていた家族を作ることができた。これ以上嬉しいことはないし、不満など言ったらバチがあたる。

（ほんと、どうして御堂さんほどの人が私なんかを選んだんだろう？　私のどこがよかったの？　取り柄と言えば元気で明るいところくらいなんだけどな）

怒涛の展開で、じっくりと考える暇もないままだったが、これについてはいまだいくら考えても見当がつかなかった。

決して必要以上に自分を卑下するつもりなどない。しかし、何せ公貴は将来警察庁のトップに立つと目されるほどの男なのだ。

まひろは首をひねりつつクッションの端を握りしめた。そして、我知らずほんのりと頬を赤く染めつつ、彼の妻になれたという幸せを噛みしめる。

はじめこそその存在感とオーラに圧倒され怖気づいた。けれど、すぐに彼の実直で優しい人柄に気づき、それに強く惹かれた。

田代の話によると、キャリア警察官は通常新人として警察署で実務にあたる際に現場で仕事をすることはないらしい。しかし、公貴はそれをよしとせず自ら望んで犯罪捜査や犯人逮捕などに携わったと聞いた。彼はエリートでありながら、まったく驕ったところがないし、いつ何時も与えられた仕事に全身全霊をかけて挑む姿勢はさすがだと思う。

何はともあれ、自分ほどラッキーな者はいないのではないだろうか。

これほど完璧な玉の輿はめったにないし、だからこそ恐れ多い。本音を言えば、それほど高い地位の人の妻であることに戸惑っているし、自分に務まるのかという不安のほうが大きすぎるくらいだ。

むろん、それは今後まひろが克服すべき課題であり、いつの日か公貴の妻として胸を張れる自分になりたいと思っている。それを除けば、御堂との結婚生活は順調そのもの。唯一悩みがあるとすれば、夫のことをいまだに〝御堂さん〟としか呼べていないことくらいだろうか。

公貴は〝まひろ〟と呼んでくれているのに、つい下の名前で呼ぶタイミングを逃してしまい、今に至っている。これについては彼も気になっているに違いないし、まひろ自身も〝公貴さん〟と呼ぼうと思い、実は密かに呼ぶ練習をしていた。

「今度顔を合わせたら、思い切って〝公貴さん〟って呼んじゃう？　でも、やっぱり恥ずかしいっ！」

そんな悩みを抱えながらも、結婚以来まひろの胸は多幸感でいっぱいだし、公貴を想う気持ちは日に日に高まってきている。彼との出会いは、まさに青天の霹靂だったし、結婚に至ったのは奇跡としか言いようがない。

こんな幸運は一生に一度しかないだろうし、嬉しすぎて踊り出したい気分だった。

「ふふっ……久しぶりに、ちょっとだけ踊っちゃおうかな」

祖父母と幸せに暮らしている頃、まひろは嬉しいことがあると飛んだり跳ねたりしてよく踊ったものだ。祖父母は、そんなまひろを見て大いに喜んでくれた。思い返してみれば、もうかなり長い間そんな気持ちになっていない。

けれど、幸せを噛みしめている今こそ踊るべき時だ。

まひろはそう思いついて腰を上げた。キッチンを出て板張りの廊下に出る。左手にある四畳半の和室を通り抜け、フローリングのリビングに入った。

モダンにリフォームされたその部屋は十四帖あり、革張りのソファや大理石のテーブルなどが置かれている。壁に据えられたテレビをつけると、ちょうどオーケストラが聞き覚えのある壮大なクラシック音楽を奏でていた。

まひろは音楽に合わせてステップを踏み、身体を揺らめかせながらバレリーナの真似事をし始めた。結婚後の弾む気持ちが、だんだんと速くなるリズムにリンクする。

踊りながら部屋全体を巡り、手を上げ下げしたりジャンプしたりする。

曲が佳境に入り、すべての楽器の音が大きなひとつの渦となった。

トランペットの音がひと際高く鳴り響くのと同時に、まひろは床を蹴ってジャンプしながらくるりと一回転する。

曲が終わりを迎えると同時に、見事華麗なポーズを決める――そのつもりでいたが、着地するはずの足が滑り、身体が宙に浮いた。

「わっ！」

声を上げ、咄嗟に目を閉じて受け身の体勢をとる。直後、身体が横倒しになったが、なぜかまったく痛くない。

何事かと目を開けると、目前にこちらを見下ろしている公貴の顔があった。

「み、御堂さんっ！」

「ああ、僕だ。間に合ってよかった。大丈夫か？」

「ど、ど、どうして……か、帰りは明日だって言ってたのに――」

「予定より早く済んだから帰ってきた。結婚して早々妻の君を、たった一人で置き去りにしたようで気になったものだから」

強い視線でじっと見つめられ、息をするのも忘れて彼を見つめ返す。

「そ、そうですか……。ありがとうございます。私のこと、気にかけてくださったんですね……って、すみません！　御堂さんこそ大丈夫ですか？」

痛くないのもそのはずで、まひろは御堂を下敷きにして床に横たわっていた。おそらく、倒れる寸前に身をもって助けてくれたのだろう。

「僕は大丈夫だ。警察官たるもの、日頃から身体は鍛えてある」

言われてみればそうだった。

公貴は結婚に際して自身のプロフィールや持っている資格などをすべて明らかにしてくれたが、彼は柔道や剣道などの有段者だ。頼もしいことこの上ないし、五十数キロ程度の重さなどどうということはないのだろう。

とにかく早くどかなければ！

そう思って焦るも、公貴の身体のどこにどう体重をかけたらいいのかわからない。

それ以前に、馬鹿みたいに踊っているのを見られてしまった。恥ずかしさと申し訳なさで固まっていると、公貴がまひろの顔を下から覗き込んでくる。

「どうした？　どこか痛いところでもあるのか？」

「い、いえ！　どこも痛くありません」

「そうか。それならよかった」

公貴はそう言うと、まひろを乗せたまま腹筋だけを使って上体を起こした。それと同時に自分の膝の上にまひろを横抱きにする。

今の体勢はいったい……!?

まるで世界一屈強なリクライニングシートに座っているみたいだ。

公貴と間近で目が合った途端、まひろの頬が焼けるように熱くなり息が苦しくなるほど心臓が高鳴り出す。

「留守中は何事もなかったか？」

「は……はい、特に何もありませんでした」

「前も言ったが、何かあったらすぐに連絡をくれ。仕事中は無理だが、できるだけ早く返事をするから」

「わかりました」

まひろは頷きながらパチパチと瞬きをした。眼鏡越しに見る公貴の目が、いつになく強い視線を浴びせかけてくる。見つめてくる瞳の色がいつも以上に魅力的で、このまま見つめ合っていると吸い込まれてしまいそうだ。

「必ずそうすると約束してくれ。大事な君に何かあったら僕は自分が許せなくなる」

「は……はいっ！」

たった今聞いた「大事な君」というフレーズが、まひろの頭の中をぐるぐると駆け巡る。これほど嬉しい言葉をかけられるなんて、天にも昇りそうな気分だ。

より強い視線を送られ、まひろは気圧されたように身体を仰け反らせた。その拍子に座っている腰の位置がずれ、公貴が一瞬ひどく顔を顰めた。

気づかないうちに彼に痛い思いをさせていたに違いない。

驚いたまひろは、大急ぎで彼の膝から下りて這うようにして壁のほうに逃げた。

「ご、ごめんなさいっ！　私ったらいつまでも居座ったりして――」

まひろが四つん這いになったままうしろを振り返ると、公貴が顔を引きつらせたまま首を横に振っている。

「いや、別に君は謝るようなことはしていない。僕はもう休むから、君は好きに踊り続けてくれ。ただし、転んで怪我をしないように」

公貴はそう言うと、やにわに立ち上がって大股で部屋を出ていってしまった。

（私、もしかして御堂さんを怒らせてしまったんじゃ……）

疲れて帰ってきたところに妙な踊りを見せられ、その上転びそうになった妻の下敷きにされたのだ。機嫌を損ねるのも無理はないし、呆れて立ち去るのも至極当たり前の反応だ。

（どうしよう！）

公貴が帰宅した際には、穏やかに出迎えて寛いでもらうつもりでいた。けれど、実際はドタバタと騒いだ挙句、余計疲れさせるような真似をしてしまった。こんなことでは、いつまで経っても御堂にふさわしい妻になれるはずもない。

（私って、なんて馬鹿な妻なんだろう……）

まひろの心情を表すかのように、テレビに映るオーケストラが物悲しいレクイエムを奏で始める。

まひろはそれを耳にしながら、呆然として彼が立ち去ったあとの部屋の入口を見つめ続けるのだった。

その日の夜、公貴は寝る前のひと時を一人書斎で過ごしていた。

（まったく、僕としたことがいったい何をやっているんだ）

一日早く帰宅できたのは、少しでも早くまひろに会いたくて仕事をいつも以上に集中して終わらせたおかげだ。

『妻の君を、たった一人で置き去りにしたようで気になったものだから』

なかなかうまい言い回しだったし、一度は我ながら頑張ったと自分に合格点を出した。だが、今思えば回りくどいし、気持ちの半分も言い表せていないような気がする。

（そこは「会いたかったから」のひと言でいいだろうに）

悔やんでも、もうあとの祭りだ。今できることと言えば、同じ轍は踏まないよう今回のミスを脳味噌に刻み込んでおくくらいだ。

事前に理解を得ていたとはいえ、結婚して早々にまひろに留守番をさせることになってしまった。

明るくて朗らかなまひろだが、一緒に住んでみると思っていた以上に慎ましく、奥ゆかしい女性だとわかった。結婚して住む環境が新しくなった今、まひろの幸福は自分にかかっている部分が多い。

まだ同居して間もない自分達だし、二人の生活様式にはかなり違いがある。それゆえに、いろいろと我慢しているところがあると思うし、できる限り早くそれを取り去ってあげたい。借りてきた猫のようにではなく、心から寛いで一日でも早くここを我が家だと感じてもらうにはどうしたらいいだろうか。

彼女が安心して、のんびりと暮らせるようにしてあげるには何が必要か。

(まずは僕が、もっとまひろを慈しみ、包み込んであげるべきだ)

それなのに、自分ときたら腕の中にいる彼女を突き放すようにして自室に逃げ込んでしまった。

それは決して彼女を不快に思ったわけではなく、むしろ好ましい——より直接的な表現をすれば、まひろと身体が密着すると同時にいきなり性的な感情が湧き起こったからにほかならない。

（だとしても、なぜあんなふうに逃げ出した？　夫婦だぞ？　たとえ拒まれても、正直に現状を伝えて、むしろもっと抱き寄せるべきだった）

見たところ、まひろは公貴の身体の変化にまったく気づいていない様子だった。

それなら、さりげなくそうとわからせるなり、キスをするなりしてムードを盛り上げればよかったのだ。

せっかくいい感じになっていたのに、自らそれをぶち壊すとは……。

我ながら、自分の不粋さには呆れかえる。

望んでこうなったわけではないが、これだから恋愛下手は始末に負えないのだ。

（ふん……こんなことなら、田代の無駄話をもっと真面目に聞いておくんだったな）

自称「動く恋愛指南番」の田代は、以前から再三にわたり公貴に恋愛の何たるかを語ってきた。自信たっぷりにあれこれと語る田代だが、自身はと言えば結構な数の恋愛を経験し、いまだ理想の相手を探す旅の途中だ。

『女性には、甘すぎる言葉をかけるくらいがちょうどいい』

『好きだとか愛してるとか、そういう気持ちはストレートに言うのが一番だ』

『だけど、言う時は本気で言え。言えないなら、本当はその人のことが好きじゃないってことだ』

今思えば、田代のアドバイスは割と道理にかなっている。

たとえば「好きだ」という言葉を、まひろに伝えるとしよう。

その時の自分を思い浮かべてみるに、違和感などまったく感じないし、むしろ物足りなさを感じるくらいだ。むろん、そうでなければ結婚など申し込むはずもないし、今の気持ちを表すなら「愛している」と言ったほうがふさわしい気がする。

自分のことながら、かなり急激な感情の移り変わりだと思う。

しかし、彼女の一挙手一投足が気になり、常に目で追ううちにあっという間に愛おしさが募ってしまったのだ。

彼女の明るい笑顔は心を和ませるし、ちょっとしたことではにかむ姿はこの上なく可愛らしい。いい妻であろうと努力する姿はいじらしく、つい手を伸ばして抱き寄せてしまいたくなる。

(それに、まひろはとても綺麗だ。きっと、心の清らかさが顔や身体にも出ているんだろうな)

謙遜の塊であるらしいまひろ自身は、まるでそれを自覚していない様子だ。

あれほど性格がよく、楚々として美しい女性を、公貴はほかに知らない。

総じて、自分はもうまひろを心から愛しており、だからこそ出張を一日繰り上げられるよう集中して仕事をこなし、帰って来たのだ。

彼女への想いは日を追うごとに深くなり、いつの間にか強すぎる感情となって心身を凌駕し始めている。

実際、帰宅後に思いがけず身体が密着したのをきっかけに込み上げるような欲望を感じて大いに狼狽えてしまった。

過去、男性と付き合ったことが一度もないと言っていたまひろだ。結婚したとはいえ、恋愛期間ゼロで夫婦になったのだから、何事においても決して急いではいけない。

今のまひろは、まだ堅い蕾だ。

それを自然と花開くよう導くのが夫たるものの役目であり、愛情表現のひとつなのだろう。

（とりあえず、田代のアドバイス通り今後は、まひろをもっと甘やかすことにしよう）

たとえば、想いをストレートに口にしたり、適度にスキンシップをとったり。

奥ゆかしく初心なまひろを驚かせないよう、相応の時間をかけて適切にアプローチしていけばいいだろう。

何にせよ、明日は今夜の失態を取り戻すべく、何かしら気持ちを伝えられるようなアクションを起こすべきだ。

公貴はそう心に決めると、書斎を出て寝室へと向かっていくのだった。

次の日の朝、キッチンに向かって廊下を歩いている途中、リビングのソファに公貴が座っているのが見えた。

時刻は午前七時。今日は休みだからか、彼はまだ薄いグレーのパジャマ姿だ。

昨夜のこともあって、正直かなり気まずい。だが、いつまでも引きずっていてはせっかくの朝が台無しになってしまう。

(よし！　ここは明るく元気に！　いつもの私らしく！)

そう決めたまひろは、気合を入れて部屋の中に入った。

「おはようございます。もう起きてたんですね」

「おはよう。ついさっき起きたところだ」

まひろがうしろから声をかけると、公貴が鷹揚に振り返った。その顔はいつも通りの無表情だが、少なくとも怒っている様子はない。

（よかった！）

俄然元気になったまひろは、公貴ににっこりと笑いかけた。

「そうですか。昨夜はよく眠れましたか？」

「ああ、よく眠れた。まひろは今日遅番だろう？　起きるのはもう少しゆっくりだと思っていたが、違ったのか？」

「御堂さんこそ、今日は土曜日でお休みだし出張のあとだから、もっとのんびりするのかと思ってました」

結婚前に互いの生活時間の確認は済ませてあるし、わかり次第それぞれがキッチンのカレンダーにスケジュールを書き込むことになっている。

いつ何時呼び出しがかかるかわからないとはいえ、事務方である公貴の休みは一応カレンダー通りだ。

一方、まひろはシフト制で休みは平日が多く、遅番の時は御堂よりもまひろのほうが帰宅が遅くなる場合もある。

「私、コーヒーを淹れてきますね」

まひろはそう言い置いてキッチンに向かった。その背中に公貴が声をかけてくる。

「僕が淹れようか？」

「いえ、朝ご飯を作るついでに淹れちゃいますから」

返事を聞いて頷く彼に微笑みかけ、部屋を出て廊下を行く。

公貴の外見はいかにも亭主関白といった感じだが、実際はその真逆だ。彼は常にまひろを気遣ってくれるし、その気持ちに裏表がないこともわかっている。

まひろにとって、それはすごく嬉しいことだ。けれど、気遣われていると感じると、なぜか緊張して落ち着きがなくなってしまう。

新婚だし、恋愛期間なしで結婚した自分達だ。お互いに手探り状態でもあり、無理もないと言えばそうなのだが……。

（それにしたって、ちょっと緊張しすぎだよね。私がいつまでもこうだと、御堂さんだってやりにくいだろうし）

昨夜だってそうだ。

せっかく優しい言葉をかけてもらったのに、自分ときたらドタバタとして落ち着かず、おそらくは彼に多少なりとも不快な思いをさせてしまったに違いない。

（御堂さん、私を気遣って一日早く帰ってきてくれたんだよね。その上、私のことを「大事な君」って言ってくれて……）

昨夜は、間違いなく彼ともっと夫婦らしくなれるチャンスだった。それなのに、ついテンパってそれを台無しにしてしまった。

(だって、御堂さんが素敵すぎるから……。ただでさえ見つめられたらドキドキが止まらなくなるのに、あんな目で見つめられたら心臓が破裂しちゃうよ)

まひろは歩きながら我が身を抱きしめて身震いをした。

我ながら大袈裟に聞こえる。けれど、それが本音なのだから仕方がない。今だって胸がときめいて仕方がないし、できることなら公貴の前に陣取ってパジャマ姿の彼をじっくりと眺めたい気分だ。

(御堂さんって不思議……。一緒にいるとすごく安心するのに、それと同じくらい緊張するんだよね)

きっと、ともに暮らしていく上で少しずつ慣れていくのだと思う。そうに違いないし、そうでなければ、未来永劫落ち着いた家庭生活が送れないということになる。

(そんなのダメ!)

日々神経をすり減らして国を守る仕事に就いている公貴だ。せめて自宅にいる時くらいは、ゆったりと寛いだ時間を過ごしてほしい。

そう願うも、今の状態は理想とはほど遠いし、改善すべき点だらけだ。

(とりあえず、もっと御堂さんとの距離を縮めないとだよね。だけど、具体的にどうしたらいいんだろう?)

たとえば昨日のようなアクシデントが起きたら?

少なくともあわてて逃げ出すようなことはせずに、きちんと話すべきだ。

(だけど、それからどうすればいいの? どうやったらしっかりとした落ち着いた夫婦関係を築けるんだろう……。うーん、わからない……)

まひろはキッチンに入るなり立ち止まって頭を抱えた。それでもすぐに気を取り直し、シンク上の棚からモノトーンのコーヒーメーカーを取り出す。フィルターと粉をセットし、所定の場所に水を入れる。

超スピード婚ゆえに、自分達夫婦は普通の恋人達が経験する様々なことを経験しないままになっている。

たとえば、通常あるはずの恋愛期間。会話やデート、ともに過ごす時間や、スキンシップ。それらをぜんぶ飛ばしたまま夫婦になったせいで、すべてが手探り状態だ。

これればかりは順を追って対処していくほかはないが、どうアプローチしていけばいいのかわからない。

(こんなことならもっと恋愛修行を積んどくんだったぁ……なんて、恋人もいないのに積みようがなかったよね。はぁ……）

コポコポと音が立ち抽出されたコーヒーがサーバーに溜まっていく。

御堂はコーヒー派で、まひろもそうだ。もっとも、彼のように手間をかけて淹れるものではなく、もっぱらインスタントコーヒーだった。

閑静な住宅街に建つ日本家屋と、築五十四年のアパート。

エリート警察官僚との暮らしと、天涯孤独の一人暮らし。

ついこの間までの生活とは、まるで違う。結婚前もそれなりに幸せな毎日を送っていたが、公貴がいるといないでは天と地ほどの差がある。

（そもそも、どうして御堂さんは私を奥さんにしてくれたんだろう？）

いろいろと思いを巡らせていると、必ずこの疑問に行きつく。

実直な公貴だから、選んでくれたからには何かしら理由があってのことだとは思う。

しかし、彼ほどの男性が、いったいなぜ絶世の美女でもなく天涯孤独の自分を生涯の伴侶に選んでくれたのか……。いくら考えても、納得できるような理由がひとつも見当たらない。そこから自然と思い出されるのは、公貴自身が言っていた親族や上司に結婚を急かされているという事実だ。

たぶん、彼はそれらをシャットアウトするには結婚をするしかないと腹を括ったのだろう。だからこそ、重い腰を上げて合コンに参加したのではないだろうか。

(うん、きっとそう。それが一番しっくりくる)

あとはもう、タイミングとしか言いようがないし、たまたま出会ったのがまひろだったというだけの理由だろう。

それはそうと、思えばまひろ自身も公貴に対する気持ちをきちんと伝えていないいまだ。もっともそれはお互い様であり、結婚した今、彼が自分をどう思っているかも大いに気になるところだ。夫婦になったのだから多少なりとも気持ちはあるだろうか?

一度確認してみたいけれど、安易に聞けるようなことでもないし、答えを知るのが限りなく怖い気がする。

(別に私を好きで結婚してくれたわけじゃないもんね。だけど私は御堂さんが好き。大好き……。せめてそれはわかってもらいたいな。でも、どうやったらうまく伝えられるだろう?)

まひろが思案していると、廊下から足音が聞こえ御堂がキッチンに入ってきた。

「御堂さん、着替えたんですか? 今日はどこかに出かける用事とか、ありましたっけ?」

薄手の白いスウェットに空色のコットンパンツ姿の彼は、立っているだけで絵になるほどかっこいい。

まひろはそれを見て密かにドギマギして、早々に胸をときめかせた。

「いや、今日は一日家でゆっくりするつもりだ」

「そうですか。せっかくだからのんびりしてくださいね」

普段デスクワーク中心の仕事とはいえ、立場上扱う事案は政府関連のものが多い上に、常に山積みで途切れることがないと聞いている。人一倍真面目な彼のことだから、職場では神経が休まる時などないのではないかと思う。

「何か用事ですか？」

「いや、用事というか、せっかくだから朝ご飯を一緒に作ろうと思ってね。考えるに、僕達はまだよく知り合えていない。お互いへの理解を深めるためにもっと会話する必要があるし、それには一緒にいる時間を増やし、共同で何かをするのが一番いい」

公貴がそう言ってシンクの左手にある冷蔵庫を開けた。

あれこれと考えていたのは、自分だけじゃなかった。しかも、彼はまひろが思っていたのと同じことを考えてくれていたのだ。

「はいっ、私もそう思います」

まひろは嬉しくなり、目尻を下げて笑った。それを見た公貴も、口元に笑みを浮かべる。やはり彼は心優しい気遣いの人だ。まひろがアプローチの仕方に困っているタイミングで、公貴からこうして近づいてきてくれた。

「何を作る？　ふむ……ベーコンがあるな。ベーコンエッグでも作ろうか」

まひろは彼の気持ちに応えようとばかりに、明るい声を上げる。

「いいですね！　玉子はオムレツにしますか？　それとも目玉焼きにしましょうか」

「オムレツなら割と得意だから僕が作るよ」

「わぁ、ほんとですか。じゃあ、私はとりあえずお皿を用意しますね」

まひろがシンク向かいの食器棚から皿を取ろうとすると、背後から公貴の手が伸びてきてそれを助けた。上を向くと、ちょうどまひろを見下ろしていた彼と目が合う。

「あ、ありがとうございます」

「どういたしまして。僕の身長に合わせて置いてあるから、ものが取り辛いだろう？一度配置換えをする必要があるな」

「爪先立てば大丈夫ですよ」

「いや、重いものを取ってそのままバランスを崩さないとも限らないからな」

なるほど、またひっくり返りでもしたら公貴に迷惑をかけてしまう。まひろは大人しく引き下がり、近いうちに一緒に家全体の模様替えをする約束をした。

公貴は思っていた以上に手際よくオムレツを作り終え、まひろは冷蔵庫からポテトサラダを出してそれぞれの皿に盛りつけた。

ダイニングテーブルに朝食を載せた皿を運び、公貴とともに向かい合わせになって席に着く。「いただきます」と言って、まずは彼が作ってくれたオムレツをひと口に入れる。

「中がふわふわで美味しい！　御堂さんって料理上手ですね」

「一人暮らしが長いから、だいたいのものは作れるな。だが、料理上手と言うほどではない」

「でも、とっても美味しいですよ！」

「まひろが作ったポテトサラダも美味しい。なんだか懐かしい味がするよ」

「そうですか？　これ、祖母から教わったレシピで作ったんですけど、ちょっとだけお味噌が入ってるんです」

「味噌か。なるほど……それで懐かしい味だと感じたのかもしれないな」

「じゃがいもがまだたくさんあるし、次はハッシュドポテトでも作ろうかなって。そうだ、今ちょうど庭のクレマチスが綺麗に咲いてますよね。明日は二人とも休みだし朝ご飯は縁側で食べませんか？」

「縁側で朝食を？　いいね、じゃあそうしようか。ところで、クレマチスというのはどの花のことだ？」

「紫色の、花びらが八枚の花ですよ」

かつて住んでいた祖父母の家には、ちょうど同じ色のクレマチスが植えられていた。庭いじりはもっぱら祖母の役目で、特にクレマチスを大切に育てていた記憶がある。

「庭の左端に咲いてるでしょう？　――ほら、こっちです」

まひろは、首をひねっている公貴の腕を引いて縁側に向かって歩き出した。見えてきた庭の左側に、木製のフェンスがある。そこに綺麗につるを伸ばしているのがクレマチスだ。

「あれですよ。ね？」

まひろは紫色の花を指差して、公貴を見た。

「ああ、わかった。あの花はクレマチスというのか。はじめて知った」

「あれと同じ花を、昔祖母が育ててたんです。綺麗ですよね。だいたい五月から十月にかけて咲いてました。いろいろな色がありますけど、私は紫色のクレマチスが一番好きです」

「確かに綺麗だな。ふむ……」

「ふむ、って……。御堂さん、今まで知らずに眺めていたんですか？」

「眺めていたというか、ここを通る時に視界に入っていた」

「呆れた。あんなに綺麗に咲いてるのに、御堂さんったら、もう——」

まひろは僅かに唇を尖らせながら、無意識に彼の腕を揺すった。

朴念仁というかなんというか。祖父もそうだったが、公貴も庭の花がどんなに綺麗に咲いていても、ただの風景として素通りするタイプだ。

「クレマチス、覚えましたか？」

「ああ、覚えた。記憶力なら自信がある」

「そうですか。それならいいですけど——あっ……！」

つい勢いに任せて、公貴の腕を引いてここまで来ていた。まひろは、あわてて彼の腕から手を離し肩をすぼめた。

「ご、ごめんなさい。つい……」

「謝ることはない。まひろが教えてくれなかったら、僕は一生あの花の名前を知らなかったと思うよ」

クレマチスを眺めながら、公貴が感じ入ったような表情を浮かべる。

「そんな、大袈裟な」

まひろがクスクスと笑っていると、公貴がふと考え込むような顔で、まひろのほうへ向き直った。そして、やけに真剣な様子で目をじっと見つめてくる。

「まひろ、明日の朝、少し話したいことがある」

彼のまなざしに気圧され、まひろは笑っていた口元をグッと引き締めた。

「は、はい。わかりました」

二人とも休みだから、じっくり話すなら明日のほうがいいのはわかる。けれど、改まってそう言われるといったい何を言われるのかと気になってしまう。

まひろは、ちょっとした不安を抱えながら公貴とともにキッチンに戻った。

朝食を食べている間も、さっき言われたことが心に引っかかる。しかし、結局は何も聞けないまま食事を終えて席を立った。

「後片付けはやっておくから」

公貴にそう言われ、キッチンをあとにする。出勤の準備を終え、彼に玄関先で見送られて職場に向かった。ロッカー室で制服に着替えると、まひろは気持ちを切り替えてキュッと口角を上げた。

(とりあえず、仕事!)

週末のスーパーマーケットは親子連れも多く、子供を乗せられる車型のショッピングカートが大人気だ。

「まひろちゃん、こんにちは～」

顔見知りの女の子が、カウンターに寄りかかるようにしてまひろに話しかけてきた。

「芽衣ちゃん、こんにちは。あれっ、お母さんは？」

まひろが辺りを見回すと、芽衣の母親が右方向からカウンター前に駆け寄ってきた。

「こら、芽衣。ちゃんとママのそばにいなきゃ、また迷子になるでしょ」

「だって、車がなかったもん。芽衣、車を探してただけだもん！」

母親に窘められ、芽衣が頬を膨らませる。その顔が可笑しくて、まひろは芽衣の母親と顔を見合わせてにっこりする。

「こんにちは、小宮さん。車のカート、出払ってましたか？」

「こんにちは。タッチの差でゲットできなくって。やっぱり昼前は混みますよね」

「ちょっと待っててくださいね。反対側の入口にあるかどうか聞いてみます」

まひろはインカムでカートの有無を確認した。

「ちょうど一台返ってきて、今三台あるようです。一台確保しておきましょうか？」

「わぁ、お願いします。芽衣、ママと手を繋いで車を取りに行こう」

「わかった。まひろちゃん、ばいば～い」

「ばいばい、芽衣ちゃん。またね」

まひろは手を引かれながら去っていく芽衣に手を振り返した。

（可愛いな、芽衣ちゃん。やっぱり子供っていいなぁ）

二階建ての店舗の総面積はかなり広く、サービスカウンターには毎日何人もの迷子がやって来る。芽衣は何度か迷子になって以来まひろとすっかり仲良くなり、今では自分から「迷子になった」とサービスカウンターに言いにくるくらいだ。

（子供か……。欲しいけど、今のままじゃできるわけないもんね）

公貴と結婚してすぐに同居生活がスタートしたが、一緒に暮らし始めてすぐに互いの生活様式の差が明るみに出た。

たとえば、テレビ。

無音が苦手なまひろは、独身の頃は自宅で寝る寸前までテレビをつけっぱなしにしていた。

一方、公貴がテレビを見るのはニュースと天気予報だけ。

寝る時の環境もそうだ。

昔から暗いところが苦手で寝る時は常夜灯が必須のまひろに対して、公貴は就寝時は真っ暗一択。もとは他人なのだから違いがあって当然だ。それに、まひろの無音と暗闇嫌いにはそれなりの理由があった。

音がないと落ち着かないのは、祖母が亡くなって以来孤独を強く感じるから。暗闇が怖いのは物心ついた頃から繰り返し見る怖い夢のせいだ。

大人になるにつれて見る回数は減った。だが、感じる恐怖は一貫して同じだ。出てくるのは決まって白い服を着たオバケで、暗い小屋のような場所を逃げ惑うまひろをとことん追いかけてくる。

事情を聞けば、公貴は理解してまひろに合わせようとしてくれるかもしれない。けれど、彼に我慢をさせるようなことだけはしたくなかった。

話し合った結果、ほぼＢＧＭ代わりのテレビについては、在宅時の公貴にチャンネルを選択してもらうことで解決した。

寝室については、もともと夫婦だからといって同室でなければならないという決まりはないし、二人は公貴の書斎を間に挟んだ別々の部屋で寝ている。

しかし、子供をもうけることについては、結婚前に公貴を通して親族から大いに期待されていると聞かされていた。実際に会った時もそれとなく言われたし、のちに顔を合わせた老齢の縁者からは、子供の性別や人数に関する希望まで聞かされている。

『子供に関しては、夫婦間のことだから口出しは無用です』

公貴がそう一喝して退けてくれたが、何せ彼は歴史ある一族直系の血を引く男子であり、しかも一人っ子だ。皆の期待が集まるのは仕方ないし、あれこれ言いたくなる気持ちも十分理解できる。

まひろ自身は子供好きだし、授かるものなら何人でも欲しいくらいだ。

しかし、公貴はこれまで一度も子供について自分から話題にしたことはないし、おそらく作るつもりはないのだと思う。その証拠に、夫婦は別々に寝ているし、当然子供ができるような行為は一度もしていない。

（仕方ないよね。結婚したと言っても、御堂さんにとってはただ籍を入れたってだけにすぎないんだもの。御堂さんは、私のことを好きになったわけじゃないし、これからだってそう……）

そう考えるとたまらなく切なくなるが、これについては仕方ないとしか言いようがなかった。公貴がまひろと夫婦になった理由は、ただ結婚を急かされる煩わしさから逃れるためだ。そこには恋愛感情など存在しないし、今後も変わることはないだろう。

かたや、まひろは彼に対してはじめから好意を持っていたし、夫婦になった今では彼を夫として深く愛し始めている。それは我ながら拙くて〝愛〟と呼ぶには未熟すぎる想いだ。けれど、まひろは間違いなく公貴を大切に思っているし、夫婦になったという事実がその気持ちをいっそう強固なものにしていた。

振り返ってみると、公貴は出会った当初からまひろに優しかった。あんなふうに男性から気遣われたのははじめてだし、それだけに胸に響いた。容姿のみならず質実剛健な人柄に惹かれたし、だからこそ勇気を出して彼をお茶に誘ったのだ。

出会って早々恋に落ちた、と言っても過言ではない。

そう断言できるほど最速で公貴に惹かれたのは、彼からは一切の不安を感じなかったことも大きかった。

（御堂さんといると、ドキドキはするけど無条件で安心するんだよね。御堂さんが一緒なら何も怖くない。なんならシーンとした真っ暗闇の中でも大丈夫なんじゃないかな）

いや、きっとそうだ。

けれど、今さら寝室を同じにしたいとは言い辛い。それに、人がいれば多少なりとも音が立つし彼の眠りを妨げる要因になるかもしれなかった。

第一、そんなことを言えば、まるで子作りをしたがっているように聞こえかねない。いくらそれを望んでいるとしても、さすがに恥ずかしかった。

（御堂さんとの赤ちゃんってどんなだろう？　ふふっ、可愛いに決まってるよね）

公貴の強く毅然とした遺伝子は、きっと自身のへなちょこＤＮＡを凌駕してくれることだろう。そう考えると、是非とも彼との子供が欲しくなる。けれど、その願いは叶えられそうもなかった。密かにため息をつきつつも、やるべき仕事をきっちりとこなし、午後六時の終業時刻を迎えた。

公貴が家にいると思うと、帰る足も自然と軽やかになる。以前は自転車通勤だったまひろだが、今では電車を利用してドアツードアで片道三十分の道のりだ。

もちろん、まったく苦ではないし一人住まいのアパートに帰っていた頃を思えば混み合う電車内でも気分よく過ごせた。

自宅最寄り駅に着き、改札を出る。空を見上げると、分厚い雲が広がっていた。

（うわ、天気予報では一日中曇りだって言ってたのに）

この様子では、すぐにでも雨が降り出すかもしれない。

あわてて道を歩き出そうとした時、背後から名前を呼ばれて振り返った。そこにはダークカラーのスプリングセーターにベージュのコットンパンツ姿の公貴が腕組みをして立っている。

「御堂さん。こんなところで、どうしたんですか？」

急いで近くまで駆け寄ると、公貴はまひろが持っていたトートバッグを取って自分の肩にかけた。

「そろそろ駅に着く頃だと思って迎えに来たんだ。まだ降り出してはいないが、一雨きそうだったし、君は傘を持たないで出かけただろう？」

「それで、わざわざ駅まで？」

高校生のグループが話しながら近づいてきて、あやうくまひろの背中にぶつかりそうになった。そうなる寸前に公貴がまひろの肩を引き寄せ、ことなきを得る。

「行こう。ここは人通りが多い」

促され、彼に身を寄せたまま歩き出す。駅前のロータリーを過ぎ、大通りから脇道に逸れた。いくぶん人通りが少なくなったが、公貴はまひろの肩を抱いたままだ。

（御堂さんが私のために傘を持って来てくれた……）

肩を包み込む大きな手。今感じている温もりさえあれば、どこまででも歩いて行けるような気がする。

「あ……雨が」

「やはり降ってきたな。迎えにきてよかった」

公貴が紺色のワンタッチ式の傘を広げた。彼はそれをまひろに差し掛け、チラリと上空を見上げた。

「雨脚が強くなりそうだ。少し急ごうか」

「はいっ」

公貴が歩き出し、まひろはそれに合わせて早足で歩を進めた。彼はさっきよりも大股で歩いているが、まひろが追い付けないほど速くはない。こちらに歩調を合わせてくれているのがわかるし、肩は依然として彼に抱き寄せられたままだ。前に進むごとに彼への想いが溢れ、胸の高鳴りが大きくなる。

(天気予報が外れてよかった)

まひろは喜びに頬を染め、密かに口元を緩ませた。

「帰ったら、すぐに晩ご飯を作りますね」

「晩ご飯なら、もう作ってある。冷蔵庫にひき肉があったから、ハンバーグを作った」

「えっ？　御堂さんがハンバーグを？　うわぁ、ありがとうございます！」

まひろは嬉しさに声を弾ませる。

一人暮らしが長い彼が日常的に料理をするとは聞いていた。

一緒に朝食づくりをした時に彼の手際のよさに驚きもしたが、多忙な彼は本格的に炒めたり焼いたりはしないだろうと思い込んでいたのだ。

「礼には及ばない。僕は今日休みだったし家事はできる限り分担すると言っていただろう？」

確かにそう話した。けれど、同僚達から夫の家事負担はゴミ出しと電球を替えるくらいのものだと聞いていたし、正直あまり期待はしていなかった。

日々激務に追われる公貴が、ここまでしてくれるなんて完全に予想外だ。

「そうですけど、休みの日くらいゆっくりしたかったんじゃないですか？」

「ゆっくりはした。それに、料理をしている間はそれに没頭できるし、いい感じにリラックス効果も得られるんだ」

公貴曰く、休みの日でも仕事のことを考えてしまうことが多々あり、まったく気が休まらない時もあるという。けれど、料理などほかに集中が必要な用事をしているとそうならずに済むのだ、と。

「そうですか。じゃあ、これからも無理のない程度でお願いしますね」

「もちろんだ」

公貴という人は、いったいどこまで生真面目で実直な人なのだろう。いったいなぜこんな素敵な男性がつい最近まで独身だったのか、首を傾げたくなるレベルだ。

「もう風呂の準備もできてる。よければ食事の前に入ったらどうだ？」

「お、お風呂の準備まで！　なんだか申し訳ないくらいです」

「結婚前は、ぜんぶ一人でやっていたことだ。それくらいなんでもない。忙しい時にはまったく何もできない時もあるし、その点は承知しておいてほしい」

「当然です！　御堂さんが忙しい時は、遠慮なくすべて私に任せちゃってくださいね」

「ありがとう。そうさせてもらうよ」

自宅に到着し、玄関前で傘を閉じる時に公貴の手がまひろの肩から離れた。

勧められるままに入浴を済ませ、迷った末にパジャマではなくスウェット生地のワンピースを着込む。キッチン経由でリビングに向かうと、もうすでにダイニングテーブルの上に料理が並んでいた。

丹波焼の大皿に載せられたハンバーグは楕円形をしており、ふっくらとしていていかにも美味しそうだ。その横には野菜たっぷりのポトフとグリーンサラダが置かれている。

「わぁ、美味しそう」

壁際にいた公貴が振り返り、まひろを見て席に着くよう促してくる。二人が向かい合わせに座ったところで、彼がテーブルの上に置かれた陶器のワイングラスを手に取った。

「君も少し飲まないか?」

「はい、いただきます」

受け取ったグラスに赤ワインを注いでもらい、どうぞと言われてひと口飲む。フルーティーだが少し渋みのあるワインが、からっぽの胃袋をじんわりと熱くする。

「料理もお皿も素敵ですね。なんだか特別な日のディナーみたいです」

テーブルに並ぶ皿はすべて焼き物で、代々受け継いだもののほかに、公貴が少しずつ買い足したものもあると聞いている。いずれも趣があり、使い込むほどに味が出そうな逸品ばかりだ。

「特別な日、か。ある意味、そうなるのかもしれないな。今朝、明日の朝少し話したいことがあると言っただろう? それなんだが、もう今夜のうちに話してしまおうと思ったんだ。食べながら聞いて、その上で君の意見を聞かせてもらいたい」

公貴がグラスの中のワインを飲み干し、二杯目を注ぎ足した。見つめてくる目力が強くなり、まひろの身体に緊張が走る。

もしかして、あまりいい話ではないのでは……。

（まさか、離婚とかじゃないよね？　えっ……私、何かしでかした？　やっぱり昨夜の馬鹿踊りがいけなかったのかな？　それとも——）

まひろの頭の中に、いろいろな考えが浮かんでは消えていく。

「冷めないうちに食べようか」

公貴とともに「いただきます」と言って、湯気が立つハンバーグを切り分けて口に入れる。ふっくらとした食感でありながら、しっかりとした肉の味が口の中でソースと絡み合う。

これはご飯が進む味だ。けれど、これから聞かされるであろう話が気にかかりじっくり味わうどころではなかった。

「ハンバーグ、すごく美味しいです。野菜も甘みがあって毎日でも食べたいって感じで。……それで、早速ですけど、お話を聞かせてもらっていいですか？」

まひろは箸を握りしめたまま思い詰めた表情を浮かべた。いささかせっかちだと思うが、どうしても聞かずにはいられなかったのだ。

公貴が頷き、持っていたワイングラスを傍らに置く。

「そうだな。言うべきことはさっさと言ってしまうべきだ。思わせぶりなことを言ってすまなかった」

「いえ、そんなことは……」

今気づいたのだが、彼はまだ料理に一切箸をつけていない。なんとなく落ち着かない様子だし、心なしか顔が強張っているような気もする。

(もしかして、御堂さんも緊張してるの?)

いよいよ何を言われるのかと不安になる。まひろが見守る中、公貴が今一度グラスを持ち、二杯目のワインを一気に飲み干した。

「率直に言う。まひろ、僕は君と子作りがしたい。それについて、どう思うか率直な意見を聞かせてほしい」

「こ、子作り……?」

頷く公貴を目前にして、まひろは驚きを隠せない。

まさか、彼からこんな話を持ち出されるなんて……。

驚きの展開だが、まさに願ったり叶ったりだ。

「子作りなら、私もしたいです! 前からそう思ってたし、私、御堂さんとの子供なら何人でも欲しいと思ってます!」

気がつけば、まひろは椅子を蹴り飛ばす勢いで立ち上がっていた。

テーブルに手をついて前のめりになっているまひろを見て、公貴が驚きつつもホッとしたような表情を浮かべる。

「そうか。君もそう思っていてくれてよかった」

いつもと変わらない冷静さでそう言われ、まひろはハタと気がついてそそくさと椅子に座り直した。

「す、すみません。つい……」

焦って答えたせいで、いささかはしたない言い方をしてしまった。まひろは恥ずかしさに肩を縮こめて下を向いた。だが、嬉しさに口元がゆるゆるに緩んでいる。

「早速、僕からの提案なんだが、これからは排卵日を目途にベッドをともにするということではどうだろう？　ちなみに、次の排卵日がいつになるかわかり次第教えてくれるとありがたい」

公貴に訊ねられ、まひろは頬を紅潮させたまま顔を上げた。

「まさに今日です！　周期的にいつも安定してるし、今週いっぱいは妊娠しやすいってことで間違いないと思います！」

まさか本当に子作りができるとは思わなかったが、常々公貴との子供が欲しいと思っていたまひろは、優香からの進言もあって一応毎朝基礎体温をつけていたのだ。

「そうか。わかった」

公貴が頷き、おもむろに箸を持ってハンバーグを食べ始める。

今、微妙な間があった。

まひろはそれに気づいて、ますます顔を赤くする。

(私ったら、まるで盛りのついた猫みたいな答え方をしちゃった!)

だが、言ってしまったものはもう仕方がない。それに、もはやそんな小さな恥なんてどこ吹く風だ。

(御堂さんが私と子作りをしてくれる! 私がお母さんになる——御堂さんの赤ちゃんのママになるんだ……!)

彼と夫婦になれただけでも嬉しいのに、二人の子供という家族が増えるのだ。

公貴が自分との子供を望んでいるという事実が、まひろを有頂天にしていた。

そうと決まれば、これまで以上に健康に気をつけて少しでも妊娠するにふさわしい身体づくりをしなければならない。

まひろはにっこりと笑みを浮かべ、スプーンに山盛りになった野菜を口に入れた。

今までも身体にいいものを食べるよう心掛けていたが、今後はもっと気をつけようと思う。

「明日は君も休みだったね。ちょうどいいタイミングだな。では、早速今夜から子作りを始めよう。今夜は書斎で少し仕事をするが、君は先に準備して僕のベッドに入っておいてくれるか？」

「はいっ！……えぇっ？」

元気よく返事をしたあと、一秒遅れて公貴が言った言葉の意味を理解する。

つい子供を持てる喜びにばかり意識が集中して、それに至る過程が頭からすっかり抜け落ちていた。

（御堂さんのベッドに入る……ってことは、つまりそういうことで、そうしなきゃ子供は作れないわけで……）

まひろの頭の中に、公貴の寝室が思い浮かぶ。

結婚したのなら、通常夫婦の営みが自動的についてくる。けれど、まひろにとってベッドインは緊急事態であり、子供を望みながらも自分達夫婦には無縁のものだと思い込んでいたのだ。

御堂家の人達と顔を合わせた時、皆当然のように子供ができるのを期待した。

だが、それを夫婦の問題だと言って退けたのは彼自身だ。てっきり公貴にはその気がないものだと思っていたし、望みはないと諦めていた。

事の重大さがわかった途端、まひろは瞬きも忘れる勢いで目を見開き、ただ一心に箸を進めた。何か話さなければと思うものの、今は口を開いてもとんちんかんなことしか言えないような気がして、結局は無言のままになってしまう。

「ごちそうさま。仕事を進めるから、先に失礼するよ」

公貴が箸を置き、空いた皿を重ね合わせる。後片付けは基本的に食事を作ってもらったほうがすると決めたから、今日の担当はまひろだ。

「はいっ！　お仕事頑張ってください。ハンバーグ、また作ってくださいね。それと、今度レシピを教えてもらってもいいですか？」

一気にまくし立て、自分を見る公貴を見つめ返す。少々声を張りすぎてしまったのは、それだけ胸の高鳴りが激しいからだ。

「ああ、もちろんだ」

公貴が頷いて微笑みを浮かべた。彼が自室に向かい、まひろはリビングで一人きりになった。その途端、一気に緊張が解けて大きく深呼吸をする。

『特別な日、か。ある意味、そうなるのかもしれないな』

ついさっき彼が言った言葉が、まひろの頭の中で繰り返し聞こえてくる。

とにかく、こうしてはいられない。

まひろは勢いよく立ち上がり、来るべき時に向けて準備をすべくいつも以上にテキパキと後片付けを終わらせた。

時刻は午後八時前。

公貴は健康のために遅くとも午前零時には寝るようにしていると言っていたし、子作りをするからにはそれよりも早い時間にベッドに入るだろう。

(ってことは、午後十時には御堂さんの寝室に行ったほうがいいよね？　でも、どんな恰好で？「先に準備して」って言ってたけど、何をどう準備したらいいの？)

まひろは自室のクローゼットを開けて、奥にしまってあった新品のシルクのネグリジェを取り出した。

それは結婚祝いにと優香がプレゼントしてくれたもので、色は薄いピンクでスクエアネックの襟元には薔薇模様の刺繍が施されている。一度試しに着てみたら丈は膝上二十センチと、かなり短かった。

(だけど、これのほかは地味なパジャマしかないいし、いくらなんでもそれじゃ色気なさすぎるよね)

実質、今夜が夫婦の初夜になるのだ。否が応でも緊張するし、それなりの恰好でなければ公貴に申し訳ない。

(今夜は思い切ってこれを着よう！　せっかくだから下着も新しいものにしたほうが

いいよね)

こちらについては結婚に際して自分で新調した。デザインは至ってシンプルなものばかりだが、それまで黒かグレーばかりだった色を一新し、すべて白で統一した。

上下のセットになったそれらは、いずれも縁がレースになっており上品な上に清楚な感じだ。そのうちのひとつを選び出して、それを身に着ける。

これなら万が一公貴に下着をチェックされても、大恥をかかずに済む。

着替え終えたまひろは、クローゼット横の姿見の前に立って自分の下着姿をまじまじと見つめた。中肉中背で特に太っているわけでもないが、ところどころに余分な肉がついている。欲を言えばもう少し胸が欲しいし、腰のくびれも足りない。脚に至ってはちょっと細めの大根といった感じだ。

こんなことなら日頃からきちんと運動をしておけばよかった。今後は意識して身体を鍛えなければ。いずれにせよ、今はこのままの自分でいくしかない。

覚悟を決めてネグリジェに袖を通し、鏡に向かってくるりと一回転してみた。

「六十五点……大幅にオマケして七十五点ってところかな?」

ブツブツと独り言を言いながら裾を引っ張り、むっちりとした太ももをパンと叩く。

幸いまだ若いから張りはあるし、毎晩ボディクリームを擦り込んでいるおかげか、肌の水分量は適切に保たれている。もともと体毛は薄いほうだし、肌触りはいいほうではないだろうか。

普段からメイクは薄いほうだから、すっぴんについては特に問題はない。けれど、お世辞にもセクシーとは言えないし、むしろ少しメイクしたほうがいいように思う。

（でも、布団にメイクがつくのは嫌だし……。もし、そのまま寝るとしたらノーメイクのほうがいいに決まってるし）

ただでさえ慣れない恰好をしているのに、これ以上普段とは違うことなどしないほうがいいと判断する。そのほかにできることといえば、髪の毛を入念に梳かし歯を磨くくらいのものだ。

（そうだ、爪もケアしておかなきゃ。確か、先々月買った桜色のマニキュアがあったはず――）

思いつく限りの準備をし、ようやくいち段落ついて自室の真ん中に座り込む。

壁の掛け時計を見ると午後九時半を少し過ぎたところだ。公貴はまだ書斎にいるようだし、今はまだ彼の寝室に行くには早すぎるだろう。

（ほかに準備することはあるかな？　だけど、もう思いつかないよ……）

これまで男性と付き合った経験がないまひろは、ベッドインはおろかキスひとつしたことがない。テレビや映画などを通してラブシーンの大まかな手順は知っているが、実践するとなるとそんなちっぽけな知識など役に立ちそうもなかった。

(大丈夫かな……。なんだか、ものすごく緊張してきちゃった……)

おそらく、すべて公貴に任せておけば間違いはないだろう。

しかし、だからといって丸太ん棒のように寝そべったままじっとしているのも悪い気がする。あれこれと考えるうちに、頭の中がパンパンになってきた。ふと気がつけば、もうじき午後十時になろうとしている。

意を決して立ち上がり、全身の最終チェックをした。肩に薄手のカーディガンを羽織り、公貴の寝室に向かう。

その手前にある書斎の前で立ち止まり、そっと耳を澄ませる。すると、微かにキーを叩く音が聞こえてきた。

(御堂さん、まだお仕事中なんだな)

そのまま歩を進め、公貴の寝室のドアを開けた。中は、和風モダンな旅館の一室のようで、家具は濃いブラウンでまとめられている。部屋の灯りをつけないままベッド横のテーブルに近づき、シェル型のスタンドライトを点けた。ほんのりとした灯りに包まれた部屋を横ぎり、窓のカーテンを開けて庭の景色を眺める。空を見ると、もうすでに雨は上がっており綺麗な満月がぽっかりと浮かんでいた。

「わぁ、綺麗」

思わず声を上げ、ハッとして掌で口を押さえた。

(静かに！　御堂さんは、まだお仕事中なんだから)

そのまましばらくの間月を眺め、ベッドの端にそっと腰を下ろす。どっしりとしたキングサイズのベッドにはキャメル色のブランケットが掛けてあり、ヘッドボードの前には大きめの枕がひとつ置かれている。

ここへ越してきてまだ八日目だが、公貴の出張中に家の掃除をしながら各部屋の探検は済ませた。住宅街の真ん中に建つこの家の周りは本当に静かで、今も遠くから微かに車の音が聞こえてくるのみだ。

(なんだか昔おばあちゃん達と住んでいた田舎を思い出すなぁ)

懐かしさにふっと緊張が解け、強張っていた口元に笑みが浮かぶ。そのままベッドの上に寝そべり、丸くなって月を眺め続ける。

両親を亡くし祖父母も他界したあと、たった一人でなんとか生計を立てて暮らしてきた。いろいろとたいへんな時期もあったし辛くなかったと言えば嘘になる。

けれど、そんな日々が自分を強くしてくれたのは間違いないし、今の自分があるのは過去を乗り越えてきたからこそだ。

そう思えるくらい今は心に余裕ができたし、この上なく幸せで公貴のそばにいられさえすればほかに望むことはないくらいだ。

「おばあちゃん、私、今幸せだよ」

まひろがいつも夢で聞く祖母の声に答えた時、寝室のドアが開き公貴が中に入ってきた。ダークブラウンのガウンを着た彼の全身が、窓からの月明かりに照らされてぼんやりと浮き上がる。

いかにも精悍で猛々しい立ち姿は、眉目秀麗な仁王像のようだ。まひろがうっとりと見惚れている間に、公貴がゆっくりと近づいてきた。

「おばあちゃんとは、亡くなるまで一緒に住んでいた母方のおばあ様のことか？」

彼はまひろのすぐそばに腰かけて、上から顔を見下ろしてきた。その目は思いやりに溢れている。

まひろは我知らず微笑みを浮かべ、こくりと頷いた。

「はい。祖母は私の夢によく出てきてくれるんです。それで、いつも『まひろ、幸せになってね』って言ってくれて」

「おばあ様が今でも、まひろの幸せを願ってくれている証拠だ」

「私もそう思います。祖母だけじゃなく、祖父も両親も私をずっと見守ってくれてるんだって感じます」

「きっとそうに違いない。それで、まひろは今、幸せだと思ってくれているんだな？」

公貴が、若干不安そうな顔でそう訊ねてくる。

まひろは、すぐさまベッドから起き上がって、繰り返し首を縦に振った。

「もちろんです！　これ以上の幸せはないって思うくらい幸せです。私、御堂さんと一緒にいるだけでものすごく幸せを感じるんですよ。御堂さんがそばにいてくれるなら、私はずっとずっと、未来永劫幸せなんです！」

言い終えた途端、まひろは心底照れて首元まで赤くなった。けれど、それが本当の気持ちだったし、今後も決して変わることのない真実だ。

「だが、仕事柄まひろには寂しい思いをさせたり気を遣わせていると思うが——」

「それもぜんぶ、ひっくるめて幸せです。公貴さんがどんなにたいへんで重要なお仕事をしてるか私なりに理解してるつもりだし、私は警察官である公貴さんを心から尊敬して誇りに思ってます」

まひろは肩で息をしながら、公貴をじっと見つめた。力んで話していたせいか、気がつけばいつの間にか息が荒くなっている。

「そう言ってくれて嬉しいよ。まひろのような人を妻に迎えられて、僕は本当に幸せ者だ」

優しく髪を撫でられ、耳朶が熱く火照った。

その熱が徐々に顔全体に広がり、首を下りて胸元を熱くする。

「僕も、まひろと同じくらい幸せだ。まひろが一生幸せでいてくれたらいいと思うし、一生まひろのそばにいて、何があっても全力で守り続けると誓うよ」

きっぱりとそう断言され、感謝と感激で胸がいっぱいになる。

これ以上嬉しい言葉があるだろうか？

公貴を見るまひろの目から大粒の涙が零れ落ちた。

「ありがとうございます……御堂さんっ……」

まひろが彼の肩に手を回すと同時に、公貴が背中を強く抱き寄せてきた。

「礼を言うのは僕のほうだ。まひろ……これからは、まひろも僕を名前で呼んでくれないか？」

いいきっかけをもらい、まひろは涙を流しながら明るい表情を浮かべる。

「はい、そうします。き、公貴さん……」

「うん」

掌で頬を包み込まれ、指先で涙を拭いてもらう。公貴が眼鏡を外し、サイドテーブルの上に置いた。ランプの灯りが消え、部屋を照らすのは窓からの月明かりだけになる。

「まひろ」

名前を呼ばれるなりそっと唇を重ねられ、身体に熱い戦慄が走り抜けた。そのままベッドの上に仰向けに倒れ込み、何度となく唇にキスをされる。

その流れが、驚くほど自然だ。

身体の上に彼の体重を感じるとともに、唇の隙間から温かな舌が口の中に滑り込んできた。キスが徐々に深くなり、もはや平常心ではいられなくなる。

公貴の背中に回した手が小刻みに震え、全身が熱に浮かされたようになった。

何もかもはじめてで、どうすればいいのかまるで見当もつかない。まひろの戸惑いを感じ取った公貴が、額にかかる髪の毛をそっとうしろに撫でつけてくれた。

「決して急がないし無理はしないと約束する。止めたくなったらすぐにそう言ってくれていい。……まひろ、ぜんぶ僕に任せてくれるか？」

「は……はい」

公貴が僅かに頷き、また唇を重ねてきた。

彼がそう言うのなら、何も心配はいらない。この世で公貴ほど信頼できる人はいないし、彼になら安心してすべてを任せられる。

そう思ったまひろは、ぎこちないながらも自分から顎を上向けて彼からのキスに応えるのだった。

公貴の寝室ではじめての夜を過ごした翌朝、まひろは窓の外の鳥の声で目を覚ました。一瞬自分がどこにいるのかわからずに辺りをきょろきょろと見回し、カーテンが引かれた窓を見る。

「あっ……そっか……」

まひろは昨夜見た、公貴の分厚い胸板を思い出した。途端に恥ずかしさで顔中が火照り、昨夜のことが断片的に頭の中に思い浮かぶ。窓からの月明かりに照らされた彼の裸体は、まるでギリシア神話に出てくる男神のように筋骨逞しく、言葉に尽くせないほど雄々しかった。

しかし、ベッドの隣はすでにからっぽで、彼がいた形跡すら残っていない。

「公貴さん……どこ？」

起き上がると、昨夜脱ぎ捨てたはずのネグリジェと下着をきちんと身に着けている。

（いつの間に……っていうか、自分で着た？　それとも着せてもらったのかな？）

まひろは更に顔を赤くし、ベッドの中でもじもじする。

昨夜、まひろは公貴とはじめてのキスをし、彼と身体を重ね合わせた。

それはまひろが思っていたよりも遥かに素晴らしい時間だったし、公貴は終始優しく丁寧にまひろを扱ってくれた。

そのおかげか二人は思いのほか、すんなりと交じり合うことができたのだ。

嬉しさのほうが強すぎて痛みすら吹き飛んでしまったし、幸せすぎて彼の腕の中で溶けてしまうのではないかと思った。

何もかも素敵で、まひろにとってまさに「特別な日」だったと言い切れる。

（私、公貴さんとひとつになった……。本当の意味で彼の奥さんになれた……そう思っていいんだよね？）

そう思うと多幸感で胸がいっぱいになり、顔全体に笑みが広がる。

まひろは窓の外を見ようとしてベッドから下りた。身体のあちこちに筋肉痛のような疲労を感じるも、気分はこの上なく晴れやかだ。

カーテンを開けると、明るい陽光が身体中に降り注いできた。

（いい天気。それにしても、公貴さんはどこにいるのかな？）

耳を澄ませてみると、書斎から小さく椅子が軋む音が聞こえてきた。

きっとまた仕事をしているのだろう。一声かけようと思ったが今の恰好のままだと、さすがに気が引ける。

まひろはそっと部屋のドアを開けると、爪先立ちで廊下を歩き自室で着替えを済ませてから洗面所に向かった。バシャバシャと顔を洗い、ふと鏡を見ると顔があり得ないほどにやけている。我ながらなんて顔をしているのだと思うが、今のまひろは身体中に〝幸せ〟が満ち満ちていた。

キッチンに向かい、コーヒーを淹れながらハッシュドポテトと玉子サンドイッチを作り始める。自分用に牛乳を温めてカフェオレの準備をし、カップをふたつ並べた。

まだ二人で買い物に出かけたことがないせいもあり、夫婦が使う食器はひとつとして揃ったものがない。けれど、公貴はこれから一緒に揃えていこうと言ってくれているし、まひろもそのつもりだ。

「はい、でき上がり～」

用意した皿とトレイに朝食を乗せ、公貴を呼びに行こうとくるりとうしろを振り返った。すると、知らない間にすぐうしろまで来ていた公貴の胸にぶつかりそうになってしまう。

「わっ！　き、公貴さん！　おはようございますっ！　いつからここに？」

「おはよう。二分くらい前かな」

「そんなに前からですか？　一声かけてくれたらよかったのに」

「まひろがあんまり楽しそうに鼻歌を歌っているから、しばらく見ていた。ところで、身体は辛くないか？」

公貴が一歩下がって、まひろの全身に視線を走らせた。

「は、はいっ。ぜんぜん辛くないです。ただちょっと身体のあちこちが筋肉痛っぽくなっていて、普段からもっと身体を動かさないとダメだなって思いました」

「そうか」

公貴が言い、手を伸ばしてまひろの顎を上向かせた。

注がれる視線が下がり唇をじっと見つめられる。もしかしてモーニングキスでもされるのでは……？

まひろは無意識に口元を引き締め、ごくりと唾を飲み込んだ。けれど、それからすぐに彼の指が離れ、調理台の上に載せてあるトレイを手に取った。

「縁側に行こうか」

公貴がキッチンを出て廊下を歩き出した。

「はいっ」

若干肩透かしを喰らったようになるも、すぐに気を取り直して彼のあとを追った。

朝っぱらから何を考えているんだか――。

まひろはすっかり恥じ入って歩きながら両手で頬を押さえた。庭に面したガラス戸の前を見ると、円形の座布団が二枚置かれている。

「わざわざ用意してくれたんですか？」

「春とはいえ、直に座ると底冷えがするからな」

公貴はトレイを座布団の間に置くと、ガラス戸を開けた。二人して並んで縁側に腰かけ、庭を眺めながら朝食を食べる。

「このハッシュドポテト、カリカリに焼けていて美味しいな。塩加減もちょうどいい」

「よかったです。マスタードやケチャップをつけて食べても美味しいですよ」

ハッシュドポテトの焼き具合を褒められ、まひろはニコニコ顔でサンドイッチをぱくつく。

かつて公貴の祖父母が大事にしていた庭に植えられた木は、サルスベリやキンモクセイなどの花が咲くものばかりだ。ちょうど今は開花しているものはなく、木の枝は濃淡の緑のみで彩られている。

「クレマチス、綺麗だな」

公貴が庭の左端を指した。

「あれと同じ花を、昔おばあ様が育てていたと言ってたな。色も同じなのか？」

「はい。よく見てみたんですけど、色だけじゃなくて種類も同じだと思います。ほら、このおしべの色が、そっくりなんですよ。だから、ここでこの花を見つけた時は、嬉しくって」

「その時のクレマチスは、今どうなってるんだ？」

「わかりません。私が上京する前はまだ祖父母の家にありましたけど……」

まひろは祖母が庭でクレマチスの世話をしていた時の姿を思い出して、切なくなる。

上京した時、まひろはほとんど荷物を持っていなかった。本当は、クレマチスを始め祖父母の想い出の品を手元に残しておきたかった。けれど、祖母の葬式が済むと追い立てられるように家を出たため、そうしたくてもできなかったのだ。

「祖母は庭いじりが好きで、祖父は植物の世話をしている祖母を見るのが好きでした。祖母はいつもニコニコ笑っている人で、私も祖父も祖母の笑顔が大好きだったんです。だから私も、祖母を見習って常に笑顔でいるよう心掛けてきました」

「まひろがいつも笑顔なのは、おばあ様の影響もあったんだな」

「そうだと思います。笑ってると、多少辛くても、だんだんと辛くなくなったりするから不思議です。なぁんて、これも祖母の受け売りですけど……あれ、祖父だったかな？　ふふっ、私の祖父母、仲がよくて兄妹みたいなところもあったんですよね」

「そうか。お二人とも穏やかな人だったみたいだな」

「はい、とても。二人とも穏やかで優しかったけど、祖母は特にそうでした。祖母は亡くなる寸前まで私のことを心配してくれてたんですよ」

話しながら、まひろは病床の祖母を思い出す。

「祖母は自分が病気で苦しい時も、いつも私のことを気にかけてくれていました。亡くなる少し前になると、私に『一人ぼっちにしてごめんね』なんて言ったりして……。私は『大丈夫だよ』って言って笑いました。本当は泣きたかったし怖くてたまらなかったけど、平気なふりをして笑顔で祖母の手を握り続けて――」

「まひろ」

公貴が朝食のトレイをうしろに押しやり、まひろの肩を引いた。腕の中に強く抱き寄せられ、彼の胸にぴったりと身を寄せる姿勢になる。

そのままじっとしていると、公貴の心臓の音が聞こえた。

昔を思い出すと時折どうしようもなく泣きたくなる。そのたびに無理矢理涙を堪えてきたし、今だってそうだ。

まひろは公貴の温もりを感じながら、涙を堪え唇を噛みしめる。

「いろいろと辛かったろうに、よく頑張ったな。まひろは、偉いよ。その頃のまひろを思い切り抱きしめて、思い切り褒めてあげたいくらいだ」

公貴に顎を持ち上げられ、彼と見つめ合った。

優しい目に見守られ、ふいに我慢していた涙が溢れそうになる。唇を指先でなぞられると同時に、口元の筋肉がほぐれ呼吸がふっと楽になった。

「ずっと泣きたいのを我慢してきたんだな。だが、これからはそうしなくていい。悲しかったら声を上げて泣いていいんだ。まひろには僕がいる。だから、もう二度と一人ぼっちになんてならない。そうだろう？」

「公貴さんっ……」

まひろが頷く前に、公貴が唇にキスをしてきた。舌先が触れ合い、そのまま身体を腕に抱え込まれるようにして彼の膝の上に座らされる。

「私には公貴さんがいる……だから、もうちっとも悲しくなんかありません――」

「そのとおりだ。泣きたくなったら僕のところにくればいい。もし仕事でいない時なら、僕が言った言葉を思い出すんだ」

公貴の腕の中でキスを重ねるうちに、いつの間にか泣きたい気持ちが消え去っていた。泣き止んだあとも、彼はまひろを抱き寄せたまま離そうとしない。

いろいろと不慣れだし、何かとたどたどしい自分達だ。けれど、これから先ともに暮らすうちに二人の仲は今よりもずっと深くなり、固い絆で結ばれた夫婦になっていくことだろう。公貴となら、きっとそうなる。

まひろは彼と歩む未来を心に思い描き、喜びに心を震わせるのだった。

第三章　深まりゆく想い

六月に入り、降り注ぐ日差しもだんだんと強くなってきている。

仕事が休みである今日、まひろは朝から庭に出て土いじりをしていた。縁側から見て右側にある花壇にはまだ何も植えられておらず、公貴がここに住み始めてからずっとその状態にあったようだ。

まひろは彼と相談の上、そこに季節の花を植えて育てることにした。

傍らに置いたマリーゴールドとキンギョソウの苗を花壇に移し、丁寧に植え付けをする。いずれもたくさんの蕾をつけており、うまくいけばすぐにでも開花してくれそうだ。

目一杯集中して作業を終え、でき上がった花壇を眺めながらにっこりする。

紫色のクレマチスは今もなお綺麗な花を次々に咲かせており、降り注ぐ日光を浴びて前よりも生き生きしているように見えた。

「やっぱり土いじりっていいなぁ。小さい頃はよく泥んこになって遊んだもんね」

小さい頃の記憶は年々薄れていくが、頻繁に思い出しているおかげか両親との想い出は今もまひろの心の中にはっきりと残っている。もちろん、数は多くないし幼い記憶は曖昧なところだらけだ。けれど、どれも皆楽しいものばかりだし、思い出すたびに懐かしさで胸がいっぱいになる。

その反面、あいかわらず父母が亡くなってからの一年半の記憶がまったくと言っていいほど残っていない。思い出そうとしても、まるでぽっかりと穴が空いたように抜け落ちてしまっている。

(私、割と記憶力はいいし昔のこともよく覚えているほうなんだけどな)

記憶がないとはいえ別にそれで支障はないし、あえて思い出す必要はないのかもしれない。

後片付けを済ませ、キッチンでひと口大のおにぎりを作りながら食べる。少々行儀が悪いが、今日はどうしても見逃せないテレビ番組があり、もうじきそれが始まろうとしているのだ。

まひろは淹れたてのお茶を持ってリビングのソファに腰かける。テレビはかなり大型の高機能製品で、そこからでも十分細部まで見ることができた。

けれど、そこではどうにも落ち着かず、結局テレビの前に移動してそこで体育座りをしてリモコンを握りしめる。

「録画準備よし、と。これはぜったいに永久保存しとかないと」

まひろは鼻息を荒くして録画ボタンを押す準備をする。普段は見ない番組を視聴する理由は、予定されている生中継の模様を見るためだ。

軽快な音楽とともに司会者が挨拶をし、ゲストコメンテーター達を紹介していく。いくつかのコーナーを経てコマーシャルを挟み、次に画面に映し出されたのは生中継先の都内某美術館のエントランスだ。

「始まった！」

まひろはリモコンの録画ボタンを押し、更に一歩テレビに近づく。

美術館では現在「イタリア・ルネッサンス美術展」が開催されており、そのスポンサーとして来日中のダミアーニ夫妻がゲストとしてコメントをすることになっている。ダミアーニ氏は、かつて公貴が在イタリア日本大使館に勤務していた頃に交流があった人物だ。名家出身で政治家でもある彼の奥方は日本でも割と有名なイタリア人女優であり、まひろも名前だけは聞いたことがあった。

彼女が準主役を務めるハリウッド映画の日本公開も近々行われる予定で、今日の中継はその宣伝も兼ねているらしい。

今回来日するにあたり、ダミアーニ氏は両国の大使館を通して公貴に公務時の付き添いをしてほしいと依頼してきたそうだ。

美術展は日伊外交の一環でもあり、当然公貴も中継先に出向いている。

「海外の政治家の人にも頼りにされるなんて、さすが公貴さんだなぁ」

むろん公貴はあくまでも付き添いであり、彼が映るとは限らない。それでも、少しでも映る可能性があるなら妻としてぜったいに見逃したくなかった。

スタジオから中継先にいる女性レポーターにバトンタッチがなされ、大勢の人で賑わう会場内の様子が映し出される。映像の傍ら、夫妻の略歴が紹介された。それによると、二人は自国の恵まれない子供達のために支援団体を立ち上げ、二十年にわたり活動を続けているらしい。

間もなくして夫婦がインタビュースポットに現れ、周りにいる来館者達から大きな拍手が湧き起こった。

「すごい人気だな……わ、奥様超絶美人！」

ヴィーナスの絵をバックにしてインタビューが始まる。公貴曰く、ダミアーニ氏は妻を何よりも大切にしており、双方のスケジュールが許す限りどこへ行くにも一緒なのだという。

カメラが引き、絵を中心に会場の様子が映し出された。政治家と女優カップルのうしろには黒服のSPが二人おり、周囲に目を光らせている。

「あっ、公貴さんだ！　わっ……わわっ！」

夫妻の斜め左に濃いグレーのスーツ姿の公貴が映った。インタビューの様子を見守っている彼はいかにも剛健で、付き添いというよりも専属のボディガードみたいだ。

「公貴さん、かっこいい……ものすごくかっこいいっ！」

まひろは画面ににじりより、目を大きく見開いて公貴に見入った。

「まるで映画のワンシーンみたい！　あんな素敵な人が私の旦那様だなんて、恐れ多くて腰が抜けちゃいそう」

夫妻が世界的に有名な絵の前に移動した。それでもまだ公貴の左肩が少しだけ映っており、まひろの興奮は一向に収まらない。

レポーターが奥方の美しさを称えると、ダミアーニ氏が嬉しそうに破顔した。その隣で微笑む奥方にカメラがズームインした時、突然パンパンという爆竹らしき破裂音がして現地が騒然となる。

公貴が夫妻に駆け寄って二人の盾になった映像が映ったあと、カメラが大きくぶれて天井を向いた。聞こえてくる叫び声の中に、ダミアーニ夫人の悲鳴が混じっている。

「公貴さん！　い……いったい何が起こったの？」

まひろは動転してテレビに駆け寄った。画面に再び会場の様子が映し出されるも、公貴の姿はない。

人々が逃げ惑う中、奥方が何事か叫ぶ声が聞こえてきた。カメラが左に寄り、スーツの背中が何かを取り囲む様子が映し出される。焦った様子のレポーターが現場の状況を説明するうしろに、公貴が一瞬だけ映った。それからすぐに中継が途切れ、コマーシャル映像に切り替わる。

「公貴さん！」

まひろは画面に掌を当てて叫んだ。

コマーシャルが終わり、番組の司会者から中継先で起きた騒動について説明がなされた。それによると、ことの発端はナイフを持った男が展示中の絵に切りつけようとしたことであるらしい。

その後すぐに中継先のカメラに切り替わるも、すでに現場は封鎖された様子で映るのは美術館の外観のみ。よく見ると、ガラスの壁の向こうに見える床にナイフらしきものが転がっており、その周りには血液のような赤いシミがついている。

「公貴さんっ……どうしよう……」

まひろはテレビの前で激しく取り乱し、足元もおぼつかない状態になる。

転びそうになりながらスマートフォンを探し、手に持ったままどうしたらいいのかと思い惑う。

公貴の身に何かあったとしたら……。

不吉すぎる考えが頭の中をよぎり、すぐにそれを否定して自分を叱り飛ばす。

「しっかりしなさい、まひろ！　それでも警察官の妻なの？　……公貴さんは大丈夫。大丈夫に決まってるから！」

彼に連絡をしたいと思うも、このタイミングでそうすることなどできるはずもない。万が一のことがあれば何かしら知らせがあるはずだし、今は冷静になって公貴からの連絡を待つべきだ。

その間に公貴の母親から連絡をもらい、心配しすぎないようにと励まされた。さすが彼の家族だ。こんな時も冷静さを失わず、まひろを気遣ってくれたのだ。

まひろは義母を見習って、きっと大丈夫だと言い聞かせつつ落ち着こうと努力した。

それが少しだけ功を奏し、いくらか冷静になって深呼吸をする。

それからもテレビをつけっぱなしにしていたが、ナイフの男の身柄が拘束されたという続報だけで番組が終了した。

情報を得る手立てがなくなり、またじっとしていられずにスマートフォンを握りしめたまま部屋中をウロウロと歩き回る。

午後三時になり、いよいよ落ち着かなくなった時、ようやくスマートフォンに公貴からメッセージが届いた。

『無事だから心配ない』

きっと忙しい最中に送ってくれたのだろう。短すぎるメッセージではあるが、それだけで張り詰めていた緊張が解けてがっくりと床にへたり込んだ。

「よかったぁ！」

ひとまずホッとして、安堵のため息をつく。詳細は不明だが、とにかく無事とわかり本当によかった。

何かしら新しい情報が得られるかもしれないと思い、テレビをつけたまま掃除をし夕食の準備に取り掛かる。

事前に予定していたとおり、五目炊き込みご飯を仕掛け、豆腐と春野菜の味噌汁を作った。ぶりの切り身を焼く準備をし、白菜の浅漬けを刻んで器に盛りつける。

忙しく調理をしながらも、公貴のことが心配で気が気ではない。

調理を終えて手持ち無沙汰になると、また落ち着かない気分になって、昼間録画した事件の映像を繰り返し視聴する。

午後八時過ぎに『九時頃帰る』と再度メッセージが届き、ようやく少しだけ気持ちが落ち着いていつの間にかまた握りしめていたスマートフォンを傍らに置いた。けれど、それも束の間、結局はじっとしていられずにそわそわとキッチンと玄関を行ったり来たりする。我ながら落ち着きがないと思うが、今日ばかりはそれも仕方がなかった。

「ただいま」

九時ジャストに引き戸が開き、公貴が帰ってきた。

「おかえりなさい！」

声が聞こえた途端すぐにキッチンから駆け出して玄関に急ぐ。廊下を駆け抜けると、待ち構えていた様子の公貴に抱きついてスーツの胸に頬をすり寄せた。

「無事でよかった……そうだ、怪我はありませんでしたか？　テレビでナイフが床に落ちてるのを見ました。床に血のようなシミがあったし、私、心配で心配で——。公貴さん、本当に大丈夫でしたか？」

まひろは彼の顔を見上げて、そう訊ねた。

「ああ、本当だ。怪我をしたのは犯人で、ほかは皆無事だったよ」

会場は一時騒然とした。しかし、犯人はかなり痩せており、犯行後すぐに屈強なS

Pに即取り押さえられた。ダミアーニ夫妻も、ほどなくして平静を取り戻し、今夜は予定通り日本にいる友人宅で開かれるパーティーに参加しているようだ。

「そうですか、よかった……本当によかった――」

ふいに顎を掌に掴まれ、微笑んだ唇にキスをされる。彼の体温を直に感じて、全身が腑抜けたようになり膝が折れた。

「まひろ――」

瞬時に背中と腰を腕に支えられ、そのまま抱きしめられる。彼の目線よりも少し高い位置まで持ち上げられ、もう一度唇が重なり合う。

彼の眼鏡のレンズが濡れていると思ったら、その原因は自分が落とす涙のせいだった。

「まひろ、泣くな……」

公貴が口づけを交わしながら視線を合わせてくる。優しいまなざしを向けられ、まひろは心からの安らぎを感じた。

「だ……って、安心して……。それに、ついこの間、泣いていいって言ってくれたじゃないですか」

まひろが泣きながら文句を言うと、公貴が小さく笑い声を漏らした。

「そうだったな。悪かった……だが、僕はまひろには笑っていてほしい。僕の無事が嬉しいなら笑ってくれ」

優しい目で見つめられ、自然と笑みが零れた。

「ふふっ……それもそうですね。こんなに嬉しいんだから、泣く必要なんてありませんよね。ふふっ……」

笑うキスで唇を封じられ、睫毛が触れ合う距離で見つめ合った。

次第に頬が熱くなり始め、その熱がみるみるうちに全身に広がっていく。唇の隙間に彼の舌を感じて、心臓がドキリと跳ね上がる。

「……晩ご飯……鶏の炊き込みご飯と、ぶりの照り焼きです……」

熱で朦朧となったまひろは、キスを受けながらうわごとのように晩ご飯のメニューを呟いた。公貴が頷き、まひろと唇を合わせたまま舌なめずりをする。

「今、胃袋がからっぽでものすごく腹が減ってる。だが、それよりも先にまひろが欲しい……。いいか？」

低い声で囁かれ、思わず頬が焼けて焦げそうになる。

「はいっ……どうぞ、美味しく召し上がってください」

公貴が頷き、微かに微笑みながらうっすらと目を細めた。彼が望むなら、喜んで身を捧げる――。
まひろは歩き出した彼の頬に唇を寄せると、公貴の身体にきつくしがみつくのだった。

朝からの雨に、庭の草木が緑色を濃くしている。関東地方も本格的な梅雨のシーズンを迎えており、天気予報によれば今日は一日中雨らしい。

「梅雨ってほんと、うっとうしいわね。ジューンブライドに憧れてたけど、天気の心配があるから考えものね」

六月下旬の日曜日、まひろは優香に誘われて仕事が終わったあとに職場最寄り駅のそばにあるレストランに来ていた。

彼女は以前からたまに連絡を寄越しては、まひろとランチタイムをともにする。けれど、今日はわざわざまひろの都合に合わせた時間にディナーに誘ってきた。

たぶん何かしら話でもあるのだろう――そう思っていたら、案の定優香は目の前のパスタをフォークでつつくばかりで、一向に食が進まない様子だ。

「優香さん、最近、田代さんとはどうなの？」

まひろが水を向けると、優香がサッと顔を上げて唇を尖らせる。

「それがね、田代さんったらひどいの！　何か私に隠しことをしてるみたいで、デート中にコソコソどこかに電話したりしてるのよ。まさかとは思うけど、ほかに誰かいるのかも……。ねえ、どう思う？　旦那さんから何か聞いたりしてない？」

「うーん、特に何も。でも、田代さんってお調子者だけど根は真面目だって公貴さんから聞いてるよ。一途だし、間違っても浮気とかできるタイプじゃないみたい」

実際に公貴からそう聞いていたし、まひろもそう思っていた。ある程度田代の人となりを知る人ならわかることだが、恋愛の真っただ中にいる優香は心配のほうが先立ってしまっているようだ。

「そうなの？　……そっか……御堂さんがそう言うなら、きっとそうね。うん」

まひろの言葉に安心したのか、優香は急に笑顔になってパスタを機嫌よく食べ始める。

「まひろさんは旦那さんと仲良くしてる？　警察官の奥様って、いろいろとたいへんそうだよね。田代さんに聞いたけど、この間だって事件現場にいたんでしょ？　美術館のナイフ男、あれって美術館の職員だったんですってね」

件の事件については、もうすでに解決しておりダミアーニ夫妻も無事イタリアに帰国済みだ。厳重な警備により展示品には一切の被害もなく、負傷したのは犯人のみ。

供述によると、彼は以前から今回の美術展で展示されたヴィーナスに傾倒しており、想いを募らせるあまり凶行に及んだらしい。

「キャリアも場合によっては身体を張らなきゃならないのね。まひろさん、あの時はたいへんだったんじゃない？」

確かに、優香の言うように当時はいても立ってもいられない状態だった。公貴にもしものことがあったらと思い生きた心地がしなかったし、自分がいかに彼を深く想っているか改めて思い知った感じだ。

「うん、だからこそ毎日無事に帰ってきてくれるだけでありがたいの。それだけで嬉しいし、公貴さんが家にいる間はずっとくっついていたくなるくらいで——」

つい余計なことまで喋りそうになり、まひろはあわてて咳払いをする。

「仲がよくていいわね～。それに、御堂さんみたいな人がそばにいると、怖いものなしよね」

すっかり元気を取り戻した様子の優香は、ペロリとパスタを平らげてにっこりする。

「そういえば、まひろさんって結構な怖がりだったよね。夜も真っ暗だと寝られないとか言ってたし。でも、もう御堂さんと一緒に寝てるんでしょ？」

「えっ……うん、まあそんな感じかな」

当たり前のようにそう言われたが、本当はそうじゃなかった。

確かに妊活を始めて以来排卵日辺りにはベッドをともにしている。けれど、普段の寝室はいまだ別々のままだ。

それに加えて、ここのところ仕事が立て込んでいる様子で、数日帰宅できない状況が続いたりしていた。ちょうどそれが排卵日に重なり、今月は一度しかベッドをともにできなかったのだ。

仕事だから仕方がないと割り切っているし、それについてはまったく不満はない。

公貴は積極的に妊活に励んでくれているし、まひろだって同じだ。

けれど、本音を言えば排卵日以外でも公貴の隣で眠りたい。

むろん、自分からそんなことを言えるはずもないし、公貴がそうしたいと望んでくれない限りは今のままの状態を続けるしかなかった。

公貴が妻としての自分を大切にしてくれているのはわかる。

だが、果たして彼は一人の女性としての自分をどう思っているのだろうか？

まひろは心身ともに公貴に夢中だしその上で子作りをしている。しかし、それはあくまでもまひろだけの話であり、公貴は必ずしもそうではないのだ。

「夫婦っていいなぁ。私も早く結婚したくなっちゃった。ね、毎日『愛してる』って言い合ったりしてるの？」

「え？　えっと、そこまでは……」

「なんでよ～。私なら毎日毎時間でもそう言い合いたいなぁ」

優香がうっとりとした顔で宙を見つめる。

思えば、まひろはこれまでに一度も公貴とそんなふうに言い合ったことはなかった。

以前、好きとか愛しているという気持ちを、もっと積極的に伝えようと思ったことがあったが、結局はそうできていない。

最近、彼との距離がグッと縮まってきており、黙っていても伝えている気になっていたのかもしれない。公貴自身の気持ちもよくわからないままだし、それを知る術もない。そんなことを考えて、フォークを持つ手が止まったままになる。

「まひろさん、どうしたの？」

優香に声をかけられ、ぼーっとしていた自分に気づく。

「な、なんでもない」

「ふふん、どうせ旦那様のことでも考えてたんでしょ～？　うーん、美味しかった！気分いいし、今夜は私に奢らせてね！」

食事が済むと、優香はまひろを急き立てるようにキャッシャーへと急いだ。どうやら食べながら田代に連絡をして、これから会う約束を取り付けたようだ。

優香と駅前で別れ、帰りの電車に乗る。

公貴は昼間は少し外出すると言っていたが、今頃はもう風呂と食事を済ませているはずだ。

（夜は仕事関連の本を読むって言ってたし、もう書斎にいる頃かな？）

家の前まで来て様子を窺うと、リビングの電気がついているのがわかった。家族がいる家に帰る喜びを感じながら玄関を開け「ただいま」と声をかける。すると、奥のほうから公貴が「おかえり」と返事をしてくれた。

リビングに行くと、公貴が本を広げながらソファに腰かけていた。振り向いた彼が眼鏡を取って目頭に指を当てる。そんな何気ないしぐさにも激しく胸がときめいてしまう。

「高倉さんはどうだった？　さっき田代から電話があって、彼女から連絡があったって喜んでいたが」

公貴に訊ねられ、まひろは優香に田代について愚痴を言われたことを話した。

「そんなことだろうと思った。以前から何度もそれで失敗してるくせに、あいつのサプライズ好きも困ったものだ」

公貴の話では、田代は優香の誕生日に特別なイベントを計画しているらしい。サプライズなら準備もこっそりすればいいものを、彼は優香とデートをしている最中に問い合わせをしたり予約電話を入れたりしているようだ。

「公貴さん、今晩は何を食べたんですか？」

「昨夜のポテトサラダをバゲットに載せたのを食べた。それとミネストローネも。美味しかったよ」

ポテトサラダ同様、まひろが作るミネストローネも公貴の好きなメニューだ。

彼はまひろが何が食べたいか訊ねると、毎回のようにそのどちらかをリクエストしてくる。

なかなか休日が合わない二人だから、昼間一人で家にいる時などは作り置きがあればサッと食べられるから便利だ。

逆に、公貴から訊ねられた時にはポトフを頼む。美味しいし、比較的手間をかけずに作れるからまひろとしても頼みやすい。

お茶を淹れ、飲みながらリビングで田代の更なるサプライズの話を聞く。それによると、田代は公貴の結婚に触発されて優香に真剣交際を申し込むつもりだという。

「すごい！　優香さん、きっと大喜びですよ」

お嬢様育ちで容姿も華やかな優香だが、実は人一倍実直で真面目だ。

そんな彼女と仕事を通じて少しずつ親しくなり、誘われた合コンをきっかけに公貴と知り合うことができた。優香には感謝しかないし、彼女には是が非でも幸せになってほしいと思う。田代についても同様だし、二人が結婚を前提とした付き合いをするのなら、これ以上嬉しいことはなかった。

まだ少し資料を読むという公貴を残し、まひろは風呂に入って寝る準備をする。

優香の采配のおかげでパート社員の増員は実現した。しかし、いずれもスーパーマーケットでの職歴はなく、教えるのに時間を取られることも多々ある。

加えて近隣の中学生が職場体験に来ており、ここ数日気ぜわしい日々が続いていた。

リビングにいる公貴に「おやすみなさい」と言ったあと、早々に自室のベッドにもぐり込む。

(今日も一日充実してたな。本当に幸せ。だけど、私ももっと前に進みたいな。何か目標というか夢みたいなものを持ってみたい……)

まひろは昔から子供好きで、本来なら高校卒業後は大学で幼児教育を学ぶ予定だった。しかし、祖母が亡くなり、進学という夢に続く道を捨てざるを得なくなってしまったのだ。

（あの頃は無我夢中だったなぁ。一人で生きていくだけで精一杯だったし、いつの間にか夢のことも忘れちゃってた）

結婚した今、ようやく足元だけではなく少し先の未来を見る心の余裕ができた。

僅かながら貯金もあるし、働きながら幼児教育を学べるところを探してみてもいいかもしれない。

（私も、もっと人の役に立ちたい。一度公貴さんに相談してみようかな）

そんなことを考えながら常夜灯の灯りを見つめていると、窓を打つ雨音が聞こえてくる。少しずつ強くなっていく音を聞いているうちに、だんだんと眠くなってきた。

そのまままうとうとと寝入ったが、急に大きな音が鳴り響き、びくりと身体が跳ね上がった。

「い、今の何っ？」

目が覚めて驚いてベッドから飛び上がると、カーテンの隙間から空が光るのが見えた。それに続き、ゴロゴロという雷の音が聞こえてくる。

「雷？　うわぁ、やだ……」

窓は庭に面しているから、空の様子がダイレクトに伝わってくる。音がないのは苦手だが、夜の雷には恐怖しか感じない。おまけに強い雨と風が窓ガラスを打ちつけている。部屋は広いのに、迫りくる閉塞感に身体がぶるぶると震え出す。

まひろは耳を塞ぎながら、急いでリモコンを手にして部屋の灯りをつけた。室内が明るくなってホッとしたのも束の間、いきなり耳をつんざくほどの大音量が聞こえ、再び部屋の中が真っ暗になる。

停電だ！

そう思った途端、ガラガラと音がして一瞬窓の外が白く光った。地を這うような地響きを感じて、まひろは目を固く閉じながら膝を抱えて丸くなった。

おそらく近くに雷が落ちたのだろう。もしそうなら、当分灯りはつかないかもしれない。

（怖い……！）

一瞬公貴に助けを求めようとしたが、恐怖のせいか喉が詰まったようになって声が出ない。暗くてベッドから出る勇気はないし、廊下を歩きとおす自信もない。

どうにか声を出してみたが、雨音にかき消されてしまう。

きっと我慢していればそのうち雷も雨も静まるに違いない。そう思ってどうにかこのまま恐怖をやり過ごそうとするも、暗闇が気になってどんどん息が苦しくなる。

（公貴さん、助けてっ……）

まひろが心の中でそう叫んだ時、部屋のドアが開く音がして中に懐中電灯の灯りが差し込んできた。

「まひろ！」

名前を呼ばれ、まひろは丸くなったまま目を開けてドアのほうを振り返った。

「き、公貴さんっ」

彼はベッドにいるまひろを確認すると、すぐに駆け寄ってきてくれた。

「雷が落ちたみたいだな。かなり大きな音がしたが、大丈夫だったか？」

懐中電灯をヘッドボードの上に固定すると、公貴がブランケットの上からまひろの背中を撫でてくれた。

「だ……大丈夫です」

本当は、ぜんぜん大丈夫じゃなかった。

しかし、こうして公貴が来てくれただけでも救われた思いだ。

「本当か？　身体がひどく震えてるぞ。無理をするな。暗闇を怖がる君が大丈夫なはずがない」

すぐ隣に横になった彼が、まひろをブランケットごと胸に抱き寄せてきた。

「暗くても、今は僕が一緒だ。まひろは一人じゃない。だから、安心していい」

「は、はいっ……」

耳元でそう言ってもらい、ようやく身体から力が抜け始める。

抱き寄せてくる彼の体温を感じて、まひろの喉から安堵のため息が零れた。

「本当は、ものすごく怖かったです。だけど、公貴さんが来てくれたから、もう大丈夫になりました」

まひろはミノムシのようにもぞもぞと動いて公貴のほうにすり寄った。顔を上げて微笑むと、公貴がホッとしたような表情を浮かべる。

「今度怖いと思ったら、大声で僕を呼んでくれ。すぐに駆けつけるし、まひろを怖がらせるものを僕がすべて取り除いてやるから」

ブランケットを解かれ、彼の腕の中にすっぽりと包み込まれる。額に唇を押し付けられ、心拍数がグンと跳ね上がった。

「はい、そうします。さっきも、そうしたかったんですけど、怖くて声が出なくなってて……」

「声が？　……そうか。もしまたそうなったら、なんでもいいから大きな音を出してくれ。近くにあるものや壁を叩いたり、なんならそこにある置時計を床に叩きつけてくれてもいいし」

「えっ……あの時計は大事にしてるからダメですっ」

まひろは公貴を見つめながら首を横に振る。

今まひろが使っている部屋はもともとは彼の祖母の貴子が使っており、ベッドサイドの置き時計を始め、姿見などたくさんのアンティーク家具が残されている。

「部屋や家具を壊さなくて済むように、今度寝ている時に雷が鳴ったり停電になったりしたら、頑張って声を出して公貴さんを呼びますね」

公貴が頷き、おもむろに眼鏡を取ってヘッドボードの棚に置いた。

彼が今のように眼鏡を取る時、その先には決まって甘いキスが待っている。

はじめての夜を過ごして以来、公貴はことあるごとにまひろにキスをしてくれるようになっているのだ。期待で胸が膨らみ、もはや雷の音などまったく気にならない。

まひろは無意識に唇の内側を舐め、その時を待った。

「うむ……だが、それだとどうしてもタイムラグが生じる。やはり普段も寝室は同じにしたほうがいいな。まひろの考えはどうだ？」

「し、寝室を一緒に？　ってことは、毎晩公貴さんと同じ部屋で寝るってことですか？」

「そうだ。幸い僕のベッドはキングサイズだし、毎晩同じベッドで寝れば、すぐ隣に僕がいる。それなら、何かあっても安心していられるんじゃないか？」

思いがけない提案をされ、まひろは薄闇の中で口を開けたまま彼の顔を見入った。

そして、喜びで胸がはちきれんばかりになりながら、大きく頷いてにっこりする。

「そんなの、願ったり叶ったりです！　是非そうしましょう！　なんなら、今夜からでも。私、公貴さんが隣にいてくれるなら真っ暗でも平気です。どんなに大きな雷が落ちてもぜんぜん大丈夫だし、私にとって公貴さんのそばが一番安心できる場所ですから」

「そうか。じゃあ、そうしよう」

話し合い、まひろが先に寝る時は枕もとの間接照明をつけたままで眠り、二人が同時にベッドに入る時は灯りはすべて消すと決めた。

まひろはもう嬉しくてたまらない。唇を嚙んで喜びを嚙みしめていると、公貴が首を傾げながら顔を覗き込んできた。

「目が潤んでるな。まだ怖いのか？」

訊ねられ、まひろは首を横に振りながらパチパチと瞬きをする。

「怖くなんかありません。公貴さんが一緒だから、今の私は無敵です。目が潤んでるのは、これからずっと一緒に寝られるのが嬉しくて仕方ないからで――」

言い終える前に身体をグッと上に引き上げられ、唇に軽くキスをされる。公貴の身体にぴったりと身を寄せ、彼の強健な筋肉を肌で感じ取った。

雷は遠ざかったようだが、外はまだ強い雨が降り続けている。

まひろは公貴の背中に腕を回し、彼の熱い胸板に頬を押し当てた。

「私、公貴さんをはじめて見た時、ものすごく胸がときめいたんです。あんな経験今までしたことがなかったし、今思えばあれは一目惚れだったんだと思います。ダメ元でカフェに誘ったのも、もっと話したいと思ったからです」

当時のことが思い出されて、まひろは眉尻を下げて微笑みを浮かべる。

「公貴さんに『結婚しよう』って言われて、言葉では言い尽くせないほど嬉しかったです。だって、本当は私からそう言いたいくらいだったから……。でも、そんなの受け入れてもらえるわけないって思って」

公貴の唇がまひろの額に触れ、そこに繰り返しキスを落としてくる。

「そんなふうに思っていたとは、まったく気づかなかった」

いかにも彼らしい返事をされ、まひろは小さく声を出して笑った。

「ふふっ、次に優香さんに会った時『まひろさん、わかりやすすぎ！』って言われたんですよ。ほかの皆さんも、そう言ってたって。あの時の私は、それほど公貴さんばかり見てたみたいです」

まひろは顔を上げて彼の目をまっすぐに見つめた。

ほんの二カ月半前のまひろは、今のような生活を予想だにしていなかった。

公貴の妻になり、彼とともに生きられる自分は、間違いなく世界一の幸せ者だ。

「公貴さん、私と結婚してくれて、ありがとうございます。私、公貴さんとこうして暮らすようになってから、どんどん幸せになって、ますます公貴さんのことが好きになっているんですよ」

言いながら、恥ずかしさに頬がチクチクと痛んでくる。けれど、懐中電灯の灯りだけの今なら思いのたけをぶつけられそうな気がした。

「今まではっきり言う勇気がなかったけど、私、公貴さんを心から愛してます。私、こんなに誰かを想ったことなんか今まで一度もありませんでした。……私がこの世に生まれたのは、公貴さんを愛するためだったんだと思います」

言い終えると同時に、急に部屋の電気がついて辺りがぱあっと明るくなる。

まひろは眩しさに驚いて硬く目を閉じ、公貴の腕の中で首をすくめた。

「復旧したようだな」

公貴が言い、まひろは彼の腕の中で目を瞬かせた。

大きな掌で髪の毛を撫でてもらっているうちに、ようやく目も明るさに慣れてくる。

「よかった。復旧、思ったよりもずっと早かったですね」

まひろは安堵の表情を浮かべながら顔を上げ、公貴を見た。すると、彼の顔がこれまで見たこともないほど赤くなっている。

「き、公貴さん、どうかしましたか？　顔、ものすごく赤いですよ！　どこか具合でも悪いんじゃ……」

驚いて起き上がろうとすると、公貴がまひろを仰向けにしてそっと上からのしかかってきた。そして、息をつく暇もないほど激しく唇を重ねてくる。

「……ん、んっ……」

彼のキスが徐々に穏やかなものに変わっていく。

唇を通して、彼の温かな想いが伝わってくる。

まひろがすっかり夢心地になっていると、公貴がようやく唇を解放してくれた。

見つめてくる顔が、いつになく優しい。今なら訊ねてみてもいいかもしれない。

まひろは思い切って心に浮かんだ言葉を口にしてみた。

「公貴さん……もしかして、少しは私のことを愛してくれてますか？」

質問をされた公貴の顔に、とろけるほど優しい微笑みが浮かぶ。

「当然だ。僕の全人生をかけて愛してる。僕が愛するのは生涯で、まひろただ一人だ。まひろほど愛おしく想う人はほかにいないし、今はもうまひろがいない人生なんて考えられないほど愛してるよ」

心に染みる甘い言葉とともに、温かなキスがまひろの上にとめどなく降り注ぎ始める。嬉しすぎて心臓が止まりそうだし、今にも涙が零れそうなほどの幸せを感じた。

溶けるほど唇を重ね合わせたあと、まひろはふと以前から気になっていたことを公貴に聞いてみようと思い立った。

「公貴さん、前から一度ちゃんと聞こうと思ってたこと、今聞いていいですか？」

まひろが思い切ってそう訊ねると、公貴が微笑みながら頷いた。

「いいよ。なんでも聞いてくれ」

まひろはその微笑みに勇気を得て、ゆっくりと口を開いた。

「なんで、私なんですか？　どうして、私を公貴さんの奥さんにしてくれたんですか？」

彼に出会い、結婚してからもずっとそれが気になっていた。

愛し愛されているとわかった今、その理由を知りたいと改めて思ったのだ。

「どうして、か。それは、まひろだからだ」

「……私だから？」

「そうだ。どうして、という答えとは少し違うかもしれないが、まひろだから結婚したいと思った。あの日まひろと会って話してみて、この人とずっと一緒にいたい――そう強く思ったからプロポーズをしたんだ」

公貴の顔に照れたような表情が浮かぶ。それを見るだけで、彼が一生懸命言葉を選びながら答えてくれているのがわかる。

「まひろとあのカフェで顔を合わせた時、本当に嬉しかった。この出会いは奇跡に近いものだと思ったし、まひろこそ僕の運命の人だと直感した。だから、まひろを僕の奥さんにしたんだ。うまく説明できている自信がないが、これで納得してもらえるか？」

「はいっ……」

愛する人にそこまで言ってもらえて、まひろの全身が喜びに震えた。

「愛してます、公貴さん……。私の運命の人は公貴さん以外に考えられません」

「愛してるよ、まひろ。まひろを愛しすぎて胸が痛いくらいだ」

愛し愛され、もう二人の間には一ミリも隔たりはない。

まひろは公貴の愛を全身に感じながら、幸せな涙で頬をしっとりと濡らすのだった。

第四章　ゆるぎない心

もうじき梅雨が明けそうな天気が続く七月中旬の土曜日、まひろはサービスカウンターの中で忙しく立ち働いていた。カウンターの前にはお中元の品が並べられており、やって来る人達は好みのものを選んでまとめ買いをしていく。

今年の売れ筋は提携先農家の「おすすめ農産ギフト」で、中でもりんごとジュースの詰め合わせセットが人気だ。

今日は天気もよく週末でもありいつもよりだいぶ客足も多い。繁忙期はいつも以上に時間が経つのが早く、気がつけばもう午後六時の退勤時間を過ぎている。

パート社員の女性にカウンター業務を託し、着替えを済ませ帰途についた。手に持っているのは、帰り際に総菜コーナーで買ったお弁当だ。ちょうど全国の駅弁フェアをやっており、その中から豚肉の味噌漬け丼をチョイスした。

（公貴さん、ちゃんと食べてるといいけど……）

彼は三日前に起きた事件に関わる業務のため、ここ二日間帰宅していない。着替えは三日分持って行ったから、もしかすると明日も帰らないかもしれなかった。

玄関の鍵を開け、中に入るとすぐに施錠する。

公貴がいない家はいつにも増してシンとして静かだ。住み始めてもう二カ月になるが、一人には広すぎるせいもあり彼が不在中はやはり少し心細い。

まひろはリビングに入るなりテレビをつけて、すぐに風呂の準備をする。音楽番組を見ながら弁当を食べ、後片付けを済ませ風呂に向かった。

丁寧に身体を洗ったあと、湯船に浸かり思い切り脚を伸ばす。まるで高級旅館を思わせる浴室はゆったりとして広く、浴槽は総檜造りだ。

ゆらゆらと揺れる湯の中を見つめながら、まひろはまだぺちゃんこの下腹をさすった。

「今月も赤ちゃんはまだだったな。……って、そううまくいかないよね」

先月の終わり頃、念のため産婦人科に行ってブライダルチェックをしてもらった。その結果、二人とも特に問題はなく、タイミング療法だけでも妊娠は可能らしい。

基礎体温のチェックは続けているし、妊娠しやすい身体づくりを心掛けている。

本格的な妊活を始めてから間もないが、夫婦のみならず公貴の親族も心待ちにしているだけに、妊娠が待ち遠しくて仕方がない。

(何かもっとできることはないかな……)

入浴を終え、リビングで妊活雑誌を眺めながらあれこれと考えを巡らせる。

〝妊活にはお互いへの思いやりが必須です〟

これについては、大丈夫だ。

〝行為自体がプレッシャーにならないようにしましょう〟

これも特に問題はないし、今では排卵日以外でも求め合えるようになっている。

〝妊活ばかりに気を取られて、行為自体を楽しめなくなっては問題ありです〟

まひろは雑誌から目を離して、赤面した。楽しめないなんてことはあり得ないし、毎回心身ともに満たされている。少し前に公貴に訊ねたら、自分もそうだと言ってくれた。妊活自体は順調にいっているし、あとはコウノトリの到来を待つのみだ。

思い返してみれば、はじめて着るネグリジェや自分からの愛の告白など、まひろなりに二人の仲を深めるために頑張ってきた。

嬉しいことに公貴はその努力に応えてくれたし、夫婦の仲はもう確固たるものになっている。

(「僕の全人生をかけて愛してる」って言ってもらえたんだもの。あの時は感動しすぎて我を忘れちゃったって感じだったもんね)

あの夜のことを思い出すと、今でも心身ともに満たされた気分になる。日々公貴に愛されていると感じるし、それだけに彼がいない夜は寂しさが募る。

けれど、公貴の愛を感じるようになってからは、前にも増してこの家が好きになった。暗闇に対する恐怖心もかなりなくなってきたように思うし、ベッドに入れば彼の温もりを感じることができた。それ以前に、この家が公貴自身であるように、まひろを暖かく包み込んでくれている。

寝る準備を済ませ、寝室に入った。窓から近いベッドの左側は公貴のスペースだ。まひろはベッドの右側にもぐり込み、少しだけ開けたカーテンの隙間から見える空を眺めた。

仕事の合間にくれた公貴からの連絡によると、昨夜は深夜まで起きていたようだ。今日は一日事件に関するマスコミ対応に追われていたみたいだし、その合間に報告書を作ったり緊急会議に出席したりしたとも書かれていた。危険と隣り合わせではないにしろハードワークには違いない。

もしかすると、今夜もまた仕事で眠れない夜を過ごすのでは……。そう思うと、彼の身体が心配でたまらない。

けれど、今の自分にできるのは公貴の無事を祈り、彼が帰る家をしっかりと守ることだけだ。寂しがってばかりいられないし、警察官の妻としてもっと強くなければならない。

まひろは公貴の枕の端を握ると、頭の中で彼に「おやすみなさい」の挨拶をした。

そして、公貴の無事を祈りながら、静かに目を閉じて眠りにつくのだった。


週明けの月曜日、空は雲ひとつなく晴れて今日にも梅雨明け宣言が出ると予想されている。気温はもう三十度を超えており、かなり蒸し暑い。

休みである今日、まひろは朝一で洗濯を済ませ、ついさっき家中の掃除を終えたところだ。

「お昼、何を食べようかな。そうだ、久しぶりにパンの耳でラスクを作ろう」

そう思い立ったまひろは、キッチンに向かい昨日買ったばかりのパンの耳を取り出した。

それは「スーパーたかくら」のインストアベーカリーで売っているもので、サンドイッチを作る際に出るあまりものだが、味は保証付きの隠れた人気商品だ。

昨日はたまたま帰りがけに棚に残っているのを見かけ、一袋買い求めた。食べ方はいろいろだし、場合によってはパン粉にして料理にも使える。

今はめったに手にすることはないが、上京したての頃は安価で量もあるそれをよく買って食べたものだ。

「よし、今日は奮発してバターと黒砂糖たっぷりのラスクにしよう。美味しくできたら公貴さんにも食べてもらおうかな」

たとえば、三時のおやつとして熱いコーヒーと一緒に。

まひろは、その時の公貴の顔を想像してクスクスと笑った。

「なぁんて、パンの耳なんか出したらびっくりされちゃうかも。だってこれ、一袋三十円だもの」

裕福な家に育った彼は、おそらくパンの耳など食べたことがないのではないだろうか。

けれど、作り慣れている分味には自信があるし、彼ならきっと何の偏見もなく美味しく食べてくれそうだ。

(公貴さんって、旦那様としてもそうだけど人としても本当に素敵だもの)

つい最近知ったのだが、公貴は毎月一定額を各方面への寄付に回しており、それをもう十年以上続けている。むろん、それも今かなり余裕ある暮らしができているからこそのものだが、もともと彼の暮らしぶりは極めてシンプルだ。

持ち物は良質で長く使えるものを好み、不要な贅沢は一切しない主義だ。それに思っていた以上に懐が深く情に厚い。

そういうところも込みで妻として彼を尊敬するし、ますます愛おしくなって叫びだしたくなるくらいだ。

トースターでラスクを焼いていると、キッチンに甘く香ばしい匂いが広がる。焼き上がりをひとつ摘まんで食べていると、玄関のドアベルが鳴った。

まひろは口の中のラスクを飲み込み、リビングの壁にあるカメラ付きインターフォンの画面を確認する。見えているのは、髪の長い女性のうしろ姿だ。

「はい。どちら様ですか?」

応答するも、女性は振り返る気配がない。とりあえず玄関に急ぎ、格子戸のガラス越しにもう一度声をかける。ようやく振り向いた女性が、まひろににっこりと微笑みかけてきた。肩までの髪は栗色で、かなり美人だ。

「こんにちは。公貴さんの奥様ですね? はじめまして。私、沢田加奈子(さわだかなこ)といって以前公貴さんにお世話になったものです」

加奈子の背丈はちょうどまひろと同じくらいで、よく見ると赤ちゃんを抱っこしている。

「主人に?」

公貴から、留守中に誰か来てもむやみに鍵を開けないよう言われている。しかし、加奈子は悪い人ではなさそうだし、何より乳児を暑い中、外にいさせるのは酷だ。

とりあえず涼をとってもらおうと、まひろは格子戸を開けて彼女を玄関の中に招き入れた。彼女の足元には大きなバッグがひとつ置かれている。

まひろはバッグを持ち上げて玄関の中に移動させた。それはずっしりと重く、赤ちゃん連れで持ち運ぶのに相当苦労したはずだ。

「主人は仕事中ですが、ご用件はなんでしょうか」

まひろが訊ねると、それまで眠っていた赤ちゃんが目を覚ました。ぱっちりとした目が愛くるしいその子は、薄いピンク色のベビー服を着ている。

「実は近いうちに東京を離れることになったんです。だから、一度ご挨拶に伺っておこうと思って。お仕事中だとはわかっていたんですが、奥様ならいらっしゃるかと思って――」

加奈子はなぜかまひろが「スーパーたかくら」に勤めていることを知っており、店に電話して今日が休みだと聞いた上でここに来たらしい。そこまでして来たのなら、何かどうしても公貴に伝えたいことがあるのだろう。

ちょうど赤ちゃんもぐずり始め、まひろはバッグを持って彼女をリビングに通した。

「立派なご自宅ですね。あの、申し訳ないんですけど、おむつ替えと授乳をさせてもらってもいいですか？」

加奈子がすまなさそうな顔で赤ちゃんとまひろを交互に見る。赤ちゃんはお腹が空いているようで、今にも声を上げて泣き出しそうだ。

「ええ、もちろんです。私、お茶を持ってきますね。エアコン、寒くないですか？ それと、何かほかにいるものがあれば遠慮なく言ってください」

まひろはそそくさとリビングを出てキッチンに向かった。

冷たい麦茶とおしぼりを用意して戻ると、加奈子が赤ちゃんに授乳している最中だった。同性とはいえ、直視するのはよくないと思い、それとなく視線を外しながらトレイをテーブルの上に置く。

「麦茶、ここに置きますね。おしぼり、よかったら使ってください」

「お気遣いいただいて、ありがとうございます。すみませんが、あとでお手洗いをお借りしてもいいですか？」

「いいですよ」

加奈子に手洗いの場所を教えたあと、まひろは邪魔にならないようもう一度キッチンに戻った。キッチンペーパーの上に置いたままになっていたラスクをガラス瓶に詰め、いつでも摘まめるようにしておく。

　授乳が終わった頃を見計らってリビングを覗くと、加奈子が赤ちゃんを縦抱きにして背中をトントンと叩いているところだった。まひろに気がついた女性が、赤ちゃんを横抱きにする。

「可愛いですね。お名前はなんていうんですか？」

「亜子(あこ)っていいます。今月で六カ月になるんですよ」

「亜子ちゃんっていうんですね。ふふっ、おめめぱっちりですね。亜子ちゃんは、お母さん似ですか？」

「どうでしょう。パパ似かもしれません。どう思います？　目の辺りとか、公貴さんそっくりだと思いますけど」

「えっ……？」

　加奈子の言葉に、まひろは一瞬にして凍りついた。

　愕然とするまひろをよそに、彼女は「いただきます」と言って麦茶をごくごくと飲んだ。

「あの、今なんて……？」

「亜子はパパ似かなって。私、公貴さんと以前お付き合いしていました。亜子はその時にできた子供です。彼には妊娠を知らせてなかったんですけど、やっぱり一度くらい顔を見せてあげたくって」

いったいぜんたい、この人は何を言っているのだろう？

公貴がそんないい加減なことをするはずがないし、きっと何かの間違いに決まっている。そうに違いないのに、思考が停止して声が出ない。

「ショックですよね。でも、もう彼とはとっくの昔に終わってますから安心してくださいね」

加奈子は亜子を優しい目で見つめ頬ずりをした。そして、前に身を乗り出すようにして亜子をまひろに手渡してきた。

「お手洗いをお借りします。すみませんが、ちょっとだけ亜子をお願いしますね」

半ば強引に亜子を託されて、まひろは呆然としたままリビングを出ていく彼女の背中を見送った。亜子がピクリと脚を動かし、まひろの腕を蹴る。

腕に小さくて柔らかな体温を感じて、まひろはあわてて亜子をきちんと抱き直した。

仕事柄幼児や子供の相手なら慣れているが、さすがに赤ちゃんの扱いには不慣れだ。

幸い亜子はお腹がいっぱいになったおかげか、まひろの腕の中で大人しくしている。

（公貴さんがパパ？　この子は公貴さんの子供なの？）

あえて聞いていなかったため、まひろは彼の恋愛遍歴については何も知らなかった。

以前、田代が「御堂はかなりモテる」と言っていたし、かつて別の女性と付き合ったことがあっても何ら不思議ではない。過去の恋愛についてどうこう言うつもりはないし、だからこそ今の今までさほど気にすることはなかった。

仮に公貴がかつて加奈子と真剣に交際し、子供を作ろうとしたことがあったとしたら……。

その可能性は否定できないし、彼女が妊娠を隠していたとしたら公貴は亜子の存在を知る由もなかったはずだ。

むろん、いきなりやってきた加奈子の話を全面的に信じるには無理がある。

しかし、彼女は少なくとも公貴の名前や住所ばかりか、まひろの勤務先まで知っているのだ。

そもそも、何をしにここにやってきたのかもわからない。

いろいろな憶測が頭をよぎり、まひろはそれらを振り切るように首を横に振った。

加奈子の話の真偽はどうであれ、自分だけではどうにもならないのだけはわかる。

時計を見ると、まだ午後一時過ぎだ。

とにかく、公貴が帰宅するのを待ってきちんと話し合う必要がある。そうなると、加奈子の連絡先などを聞いておくべきだろう。

まひろは亜子を抱っこしながら加奈子がリビングに帰って来るのを待った。けれど、彼女はなかなか帰って来ないし、亜子はすでにすやすやと寝息を立てて寝入っている。

「とりあえず、どこか寝かせてあげられる場所を作らないと」

まひろは部屋を見回して、ベビーベッドの代わりになるような場所を探した。ソファだと動いて落ちる可能性もあるし、床に寝かせるなら何か敷物がいる。そういった準備をするためにも、加奈子に早く戻ってほしいと思うも、十分以上経っても彼女は手洗いに行ったきりだ。

(どうしたんだろう？　まさか、具合でも悪くなったんじゃ……)

まひろはそう思い立ち、亜子を起こさないようにゆっくりとソファから立ち上がった。そろそろとすり足で歩き、リビングを出る。廊下の突き当りを右に行き、手洗いに向かった。

入口の電気はついていないが、昼間だから窓から入る外光で中は十分明るいはずだ。

「加奈子さん、大丈夫ですか？」

まひろは小さな声で加奈子に呼びかけてみた。

しかし、返事はなく、いくら待っても出てくる気配がない。さすがに変だと思い、亜子を起こさないよう気を遣いながらドアをそっと叩いてみる。それでも反応がないため、思い切ってノブを持って開けようとしてみた。

するると、あっさりドアが開いたばかりか、中はからっぽで誰もいない。

「あれっ……加奈子さんは？」

思ってもみない展開に狼狽えたまひろは、抑えた声で彼女の名を呼びながら家の中を歩き回った。しかし、加奈子はどこにもおらず、まさかと思って玄関に行ってみると彼女の靴がない。

あり得ない事態が重なり、まひろはどうしていいかわからなくなる。急ぎ靴を履いて外に出てみるも、加奈子の姿はない。

少しだけ辺りを探してみたが、結果は同じ。あらゆる可能性を考えてみたが、何も告げずいなくなるなんて明らかに普通ではなかった。

（子供を置いて、いったいどこへ行ったの？　まさか、置き去りに……？）

そう考えた途端、動揺してパニックに陥りそうになる。けれど、亜子を預かっている今、そんな状態になるわけにはいかなかった。

（とりあえず、落ち着こう！）

自分にそう言い聞かせ、自宅に戻る。まだ眠っている亜子を寝かせようと自室に向かい、ベッドの上にそっと下ろした。

途端に目を覚ました亜子が、手足をジタバタさせたあと、盛大に泣き始めた。

まひろはあわてて亜子を抱き上げ、歩きながらなんとか泣き止んでもらおうとする。

けれど、母親の不在を感じ取ってか、亜子は一向に泣き止まない。

心の中は嵐の真っただ中だし、複雑な思いはある。けれど、泣きながら首を巡らせて母親を探す亜子を見て、まひろは胸が痛くなった。

(まるで、両親を亡くした時の私みたい……)

当時の記憶は抜け落ちているが、突然父母がいなくなり、祖父母のもとに行くまでに感じた底知れぬ不安と寂しさだけは今もまひろの心の奥底に留まり続けていた。

今はとにかく亜子のケアが最優先だ。しかし、上手くあやしたいと思うものの、ここには赤ちゃんが喜ぶようなおもちゃなどあるはずもなかった。

「そうだ、バッグは?」

加奈子が持参したバッグは、リビングに置いたままになっている。急いで中を開けると、哺乳瓶や粉ミルクのほか、紙おむつやおしゃぶりなどのベビー用品が一式入っていた。更に探ってみると、母子手帳と空色の封筒が入れられたクリアケースを見つけた。

母子は沢田姓で、住所は東京都内。連絡先として書いてある二つの番号に電話するも、いずれもコール音のみで繋がらない。

母子手帳をよく見ると、病院が記入した出生体重などのほかに加奈子が書いたと思われるメモ書きが目につく。それは亜子の日々の成長や心配事などをこと細かに書いたもので、読んだだけで彼女がいかに我が子を大切に思っているかがわかった。

それほど大事な亜子を、どうして置き去りになどしたのか……。

まひろは、そう思いながら便箋を開いた。

『わけあって、亜子を連れて行けません。パパである公貴さんに託しますから、どうか愛情をかけて育ててやってください』

その言葉の下には、赤ちゃんの世話の仕方や関連のサイトのアドレスがびっしりと書かれている。亜子自身に関しては、まったくと言っていいほど人見知りをせず穏やかな性格であるらしい。母乳を好んで飲むが、生まれた時からミルクとの混合育児であるとの補足もあった。

いくら人見知りをしないとはいえ、いきなり知らないところに置き去りにされては泣きたくもなるだろう。さっきおむつ替えと授乳は済ませたから、泣いているのは母親がそばにいない不安が原因なのだろうと思う。

『何かあったらすぐに連絡をくれ。仕事中は無理だが、できるだけ早く返事をする』

そう言ってくれた公貴の言葉を思い出し、スマートフォンを手にする。

しかし、彼は泊まり込みの仕事中だ。今はまだ何もわからない状況だし、もう少し様子を見たほうがいいかもしれない——そう思ったまひろは、結局連絡をしないままスマートフォンを置いた。

そうこうしているうちに、亜子の泣き声が一段と大きくなる。

いったいどうしたら泣き止んでくれるだろう？

まひろは何か対策はないかと考えを巡らせていたが、ふと昔自分が好きだった遊びを思い出した。

「そうだ、シャボン玉遊びはどうかな？」

まひろは亜子を抱いたまま急ぎキッチンに向かい、スマートフォンでシャボン玉液の作り方を検索した。片手で苦労しながら液を作り、ストローの先にそれをつけてふうっと息を吹き込む。すると、ビー玉大のシャボン玉がたくさんできた。透明な球体が目の前を飛び交うのを見て、亜子が目を丸くする。

「よし、亜子ちゃん、お庭に行こうか！　そこだと、もっと綺麗なシャボン玉が見られるかも」

まひろは泣き止んだ亜子を抱いて縁側に移動した。亜子を落とさないよう注意しながら腰を下ろし、庭に向かってシャボン玉を飛ばす。陽の光を取り込んで虹色になったシャボン玉が、穏やかな風に乗ってそこらじゅうをゆらゆらと飛び回る。

それを目で追う亜子が、機嫌よく声を上げて笑い出した。

「よかった……！　亜子ちゃんが笑ってくれた」

まひろは心底ホッとしていくつものシャボン玉を飛ばした。途中、まひろがシャボン玉の歌を口ずさむと、亜子がそれに合わせるように「あー」と声を出してはしゃいだように足を曲げたり伸ばしたりする。

「亜子ちゃん、お歌好き？　シャボン玉の歌、気に入ってくれた？」

そうしている間も加奈子を待ってみるも、彼女は一向に帰ってこない。

（加奈子さん、亜子ちゃんをどうするつもりなんだろう？　亜子ちゃん、本当に公貴さんの子供なのかな？）

月齢から逆算すると、去年の四月頃に妊娠した計算になる。

今から一年以上前の話だし、公貴が加奈子と出会い別れるまでに十分な期間だと言える。

もし本当に亜子が公貴の子供なら……？

そう考えるだけで心が凍えそうになる。

まひろがストローを握りしめていると、亜子が腕の中で手足をばたつかせた。辺りを見ると、もうシャボン玉はひとつも残っていない。

「ごめんね、今飛ばすからね」

まひろが再びシャボン玉を飛ばすと、亜子がニコニコと笑った。その顔を見るまひろも、つられて笑顔になる。

言葉では言い表せないくらい複雑な心境ではあるが、まだ真相はわからないし、今は突き詰めて考えるよりは亜子の世話に注力すべきだ。

いずれにしても、まひろは一生公貴とともに生きたいと思うし、ぜったいに別れたくない。

まひろはシャボン玉を飛ばしながら、亜子の顔をじっと見つめた。

(公貴さんを愛してる……。それは何があっても変わらない。私には公貴さんしかいないし、私達は家族だもの)

加奈子に嫉妬していないと言えば嘘になる。けれど、同時に過去の恋愛に関してはどうすることもできないとわかっていた。胸が掻きむしられるように痛むが、今公貴の妻の座にいるのは自分なのだ。

(今は亜子ちゃんのお世話に集中しようって決めたでしょ)

まひろはそう自分に言い聞かせ、強いて心の乱れから気を逸らした。

亜子を見守りながら何度となく深呼吸をして、どうにか落ち着きを取り戻す。

「亜子ちゃん、シャボン玉って綺麗だね」

笑顔で亜子に話しかけ、またシャボン玉を飛ばす。

そうしながら、まひろは漠然と今の状況について考えてみた。

もしこのまま加奈子が帰って来ないなら、亜子を自分の手で育てるという選択肢はあるだろうか?

今後夫婦の間に子供ができるとは限らないし、いずれにしても亜子が公貴の子供なら守り育てていく義務がある。

たとえ自分との血の繋がりはなくても、今手の中で笑っている亜子を見捨てるなんてできない。

特別に大きなシャボン玉ができたのを見て、亜子がパチパチと手を叩くしぐさをする。

その姿がなんとも可愛らしく思えて、まひろは思わず亜子の額に頬ずりをした。

突然のことで、何ひとつはっきりしていない。

まったく想像もしなかった状況ではあるが、今の亜子には自分だけが頼りなのだ。決して一人ぼっちにしてはならないし、不安で寂しい思いだけはさせたくないと思う。

「亜子ちゃん、大丈夫だからね」

まひろがにっこりと笑いかけると、亜子が天使のような笑顔になる。

「可愛い……。子供って本当に天から降りてきたみたいな存在だな」

まひろはしみじみと呟き、もう一度亜子の額に頬を寄せた。

シャボン玉液が尽きると、亜子を抱っこしたまま庭を練り歩いた。

幸い花壇には色とりどりの花が咲き乱れており、亜子は興味津々といった様子で草花に見入っている。

大きなクレマチスの花に伸ばした亜子の手が、いっそう小さく可愛らしく見えた。

まひろは庭の別の花を見せようと身体を前かがみにした。すると、亜子がソワソワと手足を動かし、口を開けながら母親の乳房を探すようなしぐさをする。

「亜子ちゃん、またお腹すいちゃったのかな？　ちょっと待ってね」

急いで家に入り、引っ張り出した座布団の上にぐずる亜子を寝かせた。懸命にあやしながら粉ミルクと哺乳瓶を用意し、書いてある手順を頼りにミルクを作り始める。

何もかもはじめてのことで、我ながら手際が悪い。

それでもどうにかでき上がったミルクを飲ませ、縦抱きにしてトントンと背中を叩いてげっぷさせる。それが済むと、床に置いた座布団の上に寝かせ、育児サイトの手順を参考にしながらおむつ替えをした。どうにかそれをやり終えて、いつの間にか額に浮かんでいた汗を手の甲で拭う。

遊び疲れお腹もいっぱいになったのか、亜子はそのままコトンと寝てしまった。

(やった！　亜子ちゃん、寝てくれた……！)

ようやく束の間の自由を得て、まひろは無言のままガッツポーズをとる。それからすぐに自室からブランケットを持ってきて亜子をそっと包み込む。

慣れない育児でヘトヘトになったまひろは、亜子の隣でごろりと横になった。眠る亜子を見つめながら、職場で出会う子供達やその母親を思う。

そして、改めて子育て中の母親に対して心から尊敬の念を抱いた。

(お母さんって思っていた以上にたいへんなんだな……。今はネットでいろいろと調べられるけど、昔はもっと苦労したんじゃないかな)

そんなことを考えているうちに、自分が子供だった頃の映像が頭の中に思い浮かんだ。

桜が満開の川辺に、祖母の笑顔。好きだった散歩道にはいろいろな草木が茂っており、季節の移り変わりがはっきりと感じられた。

いつの間にかウトウトとしてしまったようで、ハッとして目を開けると十分ほど経っていた。

幸い亜子はまだ夢の中だ。

まひろはできるだけ静かに起き上がり、亜子を気遣いつつキッチンでお茶を飲んだ。

一息ついたところで、改めてバッグの中を確かめてみると、底のほうにガラガラが二つと、おしゃぶりがひとつ入った巾着袋を見つけた。

(なぁんだ、ここにあったんだね、亜子ちゃんのおもちゃ)

赤ちゃんに必要なもの一式と、丁寧に書き込まれた手紙。

今思えば、加奈子は亜子を託す準備を万全に整えてここに来たのではないだろうか。

そうでなければ、ここまで必要なものが揃っているはずはない。

だが、決して進んでそうしたわけではないと思う。今頃亜子のことを心配しているのではないかと思うし、そうであってほしい。けれど、いくら待っても彼女が戻ってこないのも事実だ。

夕方になり、冷蔵庫にあるもので夕食の準備に取り掛かる。亜子はまだ寝ていたが、途中で目を覚まして一時間ばかりぐずられてしまう。何度も様子を窺いながら料理したから、いつもの倍以上時間がかかってしまった。

ようやく亜子が眠り、夕食もでき上がった頃、公貴から連絡が入った。

『今から帰る』

てっきり今日も泊まりだと思っていたし、今夜は一人で亜子の世話に明け暮れる覚悟もしていた。

まひろは急ぎ公貴にメッセージを返そうと、考えを巡らせる。事情や正偽はともかく、今はわかっている事実だけを伝えるべきだ。

とりあえず、公貴の元カノだと名乗る沢田加奈子という女性が二人の子供だという亜子という赤ちゃんを連れて自宅を訊ねてきたこと。その後、加奈子が亜子を置いていなくなったという事実をできるだけ簡潔に書き送った。

直後また亜子がぐずり出し、まひろは持っていたスマートフォンをソファの上に放り投げた。すぐに亜子を抱っこし、歌いながら部屋を歩き回る。

それから三十分ほど歌い続け、ようやく亜子が寝入った直後、玄関の格子戸が開き公貴が帰ってきた。

「ただいま」の声にあわてたまひろは、大急ぎで玄関に向かい何か言おうとする公貴の唇を人差し指で押さえた。

「あまり大きな声を出さないでくださいね。亜子ちゃんがやっと今寝たところなんです」

公貴はいつになく難しい顔をしていたが、まひろの言葉を聞いて無言で首を縦に振った。彼はまひろの手をとって身体ごと自分のほうに引き寄せると、屈み込むようにして耳元に囁きかけてくる。

「まず言っておくが、僕と沢田さんは誓って男女の関係ではない。過去付き合ったという事実はないし、言うまでもなく赤ん坊は僕の子供ではない。それだけはわかってくれ」

きっぱりとそう言い切った公貴が、いつになく真剣な顔をしている。

身体が密着するほど強く抱き寄せられ、まひろは「はい」と返事をして深く息を吐いた。安心するあまり泣き笑いのような表情になる。

結婚当初より、まひろは公貴に絶対的な信頼を置いている。彼がそう言うのなら間違いないし、疑う気などさらさらない。動揺はしたし不安ではあったが、それよりも公貴を信じる気持ちのほうが遥かに勝っていた。

「わかりました」

そう言って見つめ返すと、公貴が目を細めて頷いてくれた。

「ここへ来た目的は何だと言っていた？　そのほかに気になるようなことは言っていなかったか？」

「ここに来たのは、近いうちに東京を離れるから一度挨拶に伺おうと思ったからだと言ってました。それから、以前公貴さんと付き合っていて、子供ができたことを隠したままだったっていう話を聞かされて――」

まひろは公貴の胸に頬をくっつけたまま、加奈子がここにきていなくなるまでの経緯を彼に話した。

すべてを伝え終えて自分なりに加奈子のことを考える。

外見で人は判断できないが、彼女はきちんとした身なりをしていたし、言葉遣いも悪くなかった。彼女なりに考え抜いたのちにここに来たのだろうと思うし、決して軽い気持ちで亜子を置き去りにしたのではないような気がする。

「加奈子さんが亜子ちゃんを置いていなくなったのは、きっとどうしてもそうしなきゃいけない理由があったんだと思います。そうじゃなきゃ、あんな手紙なんか書かないし、亜子ちゃんを見る顔は本当に優しいお母さんって感じでしたから」

まひろから加奈子の様子を聞いた公貴は、何事か考えるような顔をして頷く。

彼はまひろとともにリビングに入り、ぐっすりと寝入っている亜子と対面した。

そして、まひろとともにソファに腰かけると、加奈子との関わりについて話し始める。それによると、加奈子は公貴がまだ都内の交番に勤務していた時に関わった事件を起こした犯人の妻であるらしい。

事件を起こしたのは沢田隆（たかし）、当時二十五歳。彼はとある反社会勢力の構成員であり、上に言われて多くの人命に関わる悪事を働いた。

その結果、五年の実刑判決を受けて服役。その後出所するも再度事件を起こし、現在は執行猶予中の身であるらしい。

沢田隆の一件は、当時まだ新米警察官だった公貴の記憶に深く刻まれた。そのため、まひろが送った加奈子に関するメッセージを見た時、公貴はすぐに沢田隆が起こした事件を思い出したのだ。

「加奈子さんは沢田が収監されたのちに彼との離婚を希望した。だが、それだけは勘弁してくれと泣きつかれて結局は離婚せずに帰りを待つことになったんだ」

公貴はその件で当時加奈子からいろいろと相談を受けていた。だが、むろんそれは仕事上のやりとりで個人的な関わりは一切なかったという。

その後も加奈子は何度か交番に顔を出していたようだが、ほどなくして公貴が異動になり彼女とはそれきりになったらしい。

職業柄、異動先などの情報管理は徹底されており、家族も口外しない。加奈子がどうしてここに辿り着いたのか疑問だが、それよりも自宅に乳児を置き去りにされたという事実が公貴を大いに困惑させていた。

事情はともかく乳児遺棄には違いないし、その現場が自分の家となるとなおさらだ。

「ごめんなさい。私が安易な行動をとったから……」

もとはと言えば、加奈子の言葉を鵜呑みにして母子を家に入れてしまったまひろに原因がある。

まひろは今さらながら警察官の妻として軽率すぎる行動をとってしまったのを後悔した。

「いや、まひろは間違ってはいない。赤ん坊を最優先に考えれば、正しい判断だったと言える。それに、詳しい事情は不明だが、まひろの言うとおり加奈子さんはやむを得ず亜子ちゃんをここに置いて行った——おそらく、それが亜子ちゃんを守る一番いい方法だと考えた末のことだろう」

出所後の沢田は妻子とともに暮らしているということだが、現在の夫婦関係については不明だ。

いずれにせよ、加奈子は亜子を連れて家を出た上に、子を置いて失踪した。理由はどうであれ、身を隠すのに乳児はどうしても足手まといになる。だからこそ亜子を公貴に託したのだろうし、そうするためにまひろに嘘までついた。

加奈子が今どんな気持ちでいるかはわからない。

けれど、まひろはどうしても加奈子が悪い母親だとは思えなかった。

「もしかすると、夫婦仲が上手くいっていなかったのかもしれない。そうだとすると、加奈子さんは沢田から逃げるためにここに亜子ちゃんを預けたのかもしれないな」

それはひとつの憶測にすぎない。しかし、仮にそうであれば加奈子はその目的を果たすために、いったん亜子を安全と思われる場所に預けたとも考えられる。

彼女は苦渋の選択をして、亜子を置き去りにした――そうであれば、まひろにも納得がいく。

「じゃあ、加奈子さんはここに連絡をしてきますよね？」

まひろがそう願う一方で、公貴は眉間の縦皺を更に深くする。

「いや、そうとは限らないし、愛情があるからこそ二度と連絡をしてこない可能性もある」

「えっ……もしそうなったら亜子ちゃんはどうなるんですか？」

「今はまだ事件性はないものとして扱っているが、今後の展開によっては対応も変わってくる。最終的に引き取る者がいないとなると、乳児院に預けることになるだろうな」

「そんな……」

まひろは絶句し、公貴も苦悶の表情を浮かべる。

「ダメです。そんなの、ダメですよ……」

無心に眠るその頬はほんのりとした桜色で、何もわからないまま健やかな寝息を立てて眠っている。

乳児院で幸せに暮らしている子供はたくさんいるだろう。しかし、事情や経緯はともかく亜子は今まひろの目の前にいるのだ。

「加奈子さんは、きっと連絡をしてきますすよ。だってほら……ほっぺもつやつやで大事に育てられてるってすぐにわかりました。でも、もし加奈子さんがこのままいなくなったら……もしそうなったら、私が面倒を見ちゃダメですか?」

気がつけば、そんな考えが口をついて出ていた。咄嗟の言葉ではあるが、それは本心から出たものだ。

「まひろ、落ち着くんだ。そういうことはもっとよく考えてからでないと――」

公貴に諭され、まひろは大きく頷いて彼を見た。

「わかってます。……わかってますけど、こんなに小さいのに……。まだお母さんのおっぱいやミルクがないと生きられないんですよ。誰かが守ってあげないとダメなんです、ぜったいに」

諸々の境遇は違うが、亜子を見ているとどうしても幼い頃の自分に重ね合わせてしまう。両親が亡くなった時、まひろには引き取ってくれる祖父母がいた。しかし、もしそうでなかったら今頃どうなっていたかわからない。そう思っただけで心臓がギュッと痛くなる。

状況は違えど、今の亜子を放ってはおけない。

できる範囲でもいいから手を差し伸べてあげたいし、せめて加奈子が帰って来る希望があるうちだけでも面倒を見たいと思う。

まひろは自分の意思を公貴に伝えた。普通に考えれば保護する義務もなければ縁もなく、あるのは過去のごく薄い仕事上の繋がりだけだ。それなのに加奈子が公貴を頼りにしたということは、それだけほかに頼る人がいなかったという証拠でもある。

「しかし、まひろも仕事があるだろう？」

「そうですけど、有休が溜まっているのでなんとかシフトを代わってもらえるよう頼んでみます。ちょうど夏季休暇の時期だし、せめて一週間はここで預かっちゃいけませんか？」

日頃シフトを代わってあげることが多いまひろだから、比較的頼みやすい。パート社員も増えたことだし、ある程度事情を話せばまとめて休めなくもないだろう。

幸い祝日もあるし、大きな事件さえ起こらなければ公貴の休みもカレンダー通りだ。

降って湧いたような出来事により、突然乳児の世話をすることになった。

経験がないから不安だし上手くできるかどうかも、わからない。

今胸に込み上げてくるものが母性なのかどうかも判断できないが、どうしてもそうしたいと思ったのだ。

「わかった。とりあえず明日調整してみてくれ。僕もできる限り早く帰るようにする」

「よかった……。公貴さん、ありがとうございます」

「僕のほうこそありがとう。待っている間、不安だっただろうに……。まひろは本当にいい妻だな」

公貴の右手が、まひろの左頬に触れた。

そっと撫でられ、顎を上に向けられると同時に唇を重ねられる。

それだけでもう今日一日の苦労が吹き飛んだ気がして、まひろはうっとりと目を閉じてキスに集中した。

ちょうどその時、亜子が小さくくしゃみをして身じろぎをした。口を動かしているところを見ると、じきに空腹を感じて目を覚ましそうだ。

キスを途中で止めるのはもったいないが、今はそれどころではない。

「キッチンでミルクの用意をしてきますから、公貴さんは亜子ちゃんを見ててくださいね」

「あ……ああ、わかった」

ソファから立ち上がりながら公貴の様子を窺うと、彼はいつになく困惑したような表情を浮かべながら亜子のそばに行こうとしている。キッチンに着くと同時に亜子の鳴き声が聞こえ始め、それがだんだんと大きくなっていく。

大急ぎでミルクを作りリビングに戻ると、公貴が泣いている亜子を抱っこして必死にあやそうとしているところだった。抱き方はぎこちないし、見るからにおっかなびっくりといった感じだ。

けれど、彼の何事にも真面目に取り組もうとする姿勢を見て、まひろは我知らず口元に笑みを浮かべた。

「亜子ちゃん、公貴さん、おまたせ！」

まひろは呼びかけると、それに気がついた様子の亜子がいっそう大声で泣きながら公貴の腕の中でもがいた。そして、顔を見るなりまひろに向けて小さな手をいっぱいに伸ばしてくる。

その愛くるしさといったら……。

まひろはすぐに公貴から亜子を受け取り、涙に濡れた柔らかな頬をガーゼで拭った。つぶらな瞳に見つめられ、思わず抱きしめてあげたくなる。

ミルクを飲んでおむつを替えている間に、公貴が夕食をダイニングテーブルに運んでくれた。

しかし、いざ食べようとしても亜子は起きている間はまひろが抱っこしていなければ大泣きをする。レストランで赤ちゃんを抱っこしたまま食事をする母親を真似てみるも、片手だけで亜子を支えるにはまひろは未熟すぎた。

「よしよし、大丈夫だよ～。ぜんぜん平気だからね～」

まひろは亜子を抱いたままダイニングテーブルの周りをウロウロと歩き始めた。

だが、亜子は一向に泣き止まない。

ガラガラやおしゃぶりを渡しても効果がなく、まひろはほとほと困り果ててしまう。

「亜子ちゃん、どうしたら泣き止んでくれるのかな？　そうだ、お歌を歌おうか。昼間シャボン玉をして楽しかったよね。亜子ちゃん、シャボン玉好きだもんね」

まひろはゆらゆらと身体を揺らしながらシャボン玉の歌を歌い始めた。

すると、徐々に泣き声が小さくなり、五分後にはどうにか泣き止んだ。

ようやく椅子に座ろうとした時、抱っこが安定するようにと公貴がソファからクッションを持ってきて膝の上に載せてくれた。

「昼間、シャボン玉遊びをしたんだな」

「はい。亜子ちゃんのおもちゃを探し出す前に、なんとか喜んでもらえそうなものはないかと考えた時に思いついたんです。私、シャボン玉って大好きなんです。祖母がやっていた駄菓子屋にも売っていたし、大人になってからもたまに飛ばしたくなったりして」

抱っこしながら箸を持つことができず、結局すぐ隣に座った公貴にほとんど食べさせてもらうことになった。亜子の上にこぼさないように、いつも以上に大口を開けるのはものすごく恥ずかしい。

まるで親鳥が運んでくるエサを待つヒナのような気分になったし、同じ箸で食べものを運んでもらうたびに、頭の中に「間接キス」という言葉が思い浮かんだ。

ついにやけそうになって下を向くと、亜子が大きく目を開けて公貴を見ていた。ミルクと抱っこでどうにか泣き止んだ亜子だが、そばにいる強面から目が離せない様子だ。

「亜子ちゃん、公貴さんが気になってるみたいですね」

「そうみたいだな。だから、なるべく目を合わせないようにしてる。また大泣きをされたら困るからな」

まひろの口に煮物を運びながら、公貴がいっそう顔を強張らせた。

「きっと、はじめて見る顔だから泣いちゃったんだと思います。子供って男の人が苦手な場合が多いですけど、亜子ちゃんは人見知りはしないほうみたいだし慣れたらきっと平気ですよ。試しに、ちょっと笑いかけてみたらどうですか?」

乳児の扱いには慣れていないが、子供なら毎日のように接しているしその分対処法もわかっている。思うに、亜子が泣く理由は公貴の表情のせいだ。

「笑いかける、か……目が合っただけで泣かれそうだがな……」

公貴がまひろを見てますます表情を硬くする。

まひろは公貴に向かってにっこりと笑った。そして、自分の顔を手本にして彼に笑ってみるよう促した。

公貴は軽く咳払いをしてピクリと頰を引きつらせる。そして、意を決したように白い歯を見せて笑った。だが、目元が強張ったままだし、どう見ても作り笑顔だ。

「公貴さん、目が笑ってませんよ。そんなに力まないでください」

「うむ……こうか?」

公貴が下を向き、亜子に向かって微笑みかけた。

亜子は彼の顔をじっと見つめたあと、頰を膨らませて手足をばたつかせた。

「うーん……まだ表情が硬すぎるみたいですね。それと、もっと目線を下にして亜子ちゃんと目の高さを合わせてみたらどうでしょう」

公貴は、まひろに言われたとおり腰を落として亜子の目の前に顔を移動させた。

亜子は一瞬驚いたように目を丸くしたが、ふいに彼の顔に向けて両手を伸ばすしぐさをする。

「おっと、眼鏡はダメだ」

亜子に眼鏡の弦を引っ張られそうになり、公貴がサッと顔を引いた。

その動作が気に入ったのか、亜子が急に機嫌よく笑い声を上げる。

「わぁ、亜子ちゃんが公貴さんを見て笑った！　やればできるじゃないですか！」

まひろは嬉しくなり、亜子を少しだけ公貴のほうに近づけた。

「ほぉら、亜子ちゃん。イケメンのおじちゃん、ぜんぜん怖くないよ～」

まひろは亜子を抱いて歌うようにそう言った。公貴が片方の眉を上げて、チラリとまひろを見る。

「おじちゃん、か」

「そうですよ。亜子ちゃんから見たら、私達はおじちゃんとおばちゃんです」

「ふむ……そうか。確かに、そうだな」

不満なのかと思いきや、公貴は意外にもさっきよりも自然な笑みを浮かべながら亜子に見入っている。

（優しい顔……公貴さん、表情が豊かになったなぁ）

公貴が笑うと、まひろはそれだけで嬉しくなる。

まひろがお道化て顔をくしゃくしゃにすると、亜子がキャッキャと甲高い声で笑った。

「ご機嫌だな」

「ほんとに。いいなぁ、赤ちゃんって……。亜子ちゃん、明日はもっと上手にお世話できるよう頑張るからね」

その言葉が通じたのか、亜子がまひろの顔を見て今日一番の笑顔を見せた。

微笑み合う二人を、公貴がすぐそばで見守っている。

(早く公貴さんとの赤ちゃんが欲しいな)

顔を上げると、公貴も同じことを考えているのがわかった。

きっともうじきそんな日が来るに違いない——そう思うまひろの頬に公貴の唇がそっと寄り添うのだった。


まひろが有休を取って亜子の世話をし始めてから、六日間が過ぎた。

その間、公貴は加奈子の行方を探す努力を続けていたが、いまだ彼女からの連絡はないし行方もわからないままだ。

調査の結果、沢田夫妻の仲はうまくいっておらず、近隣の人の話によると喧嘩が絶えなかったらしい。泥酔して帰宅する沢田の姿も頻繁に見かけられており、育児をする環境が整っていたとは言いがたいようだ。

万が一のことを考えて再度乳児院の話も出たが、まひろは断固として亜子の面倒は自分が見ると言い張っていた。

普段そこまで自分の意思を押し通すことはないが、亜子のことだけは譲れない。

公貴に会うまで天涯孤独の身だったまひろには、今の状態のままの亜子を手放すなんてことだけはできなかった。公貴もその点は理解して、何かと気遣ってくれている。

彼は忙しい中できる限り早く帰宅してくれており、昨日は育児にかかりきりのまひろに代わって家事をすべて引き受けてくれた。

寝返りは打てるがハイハイはまだの亜子は、起きている間は常にまひろと一緒だ。おむつ替えの時以外は常に抱っこしていないとぐずるため、一日目にして腕が筋肉痛になった。育児はたいへんな重労働だと覚悟していたが、思っていた以上に体力を使うし神経もすり減る。殊にお風呂は毎回びくびくしながら入れているし、公貴と連携しながら脱衣所に必要なものをぜんぶ用意した上でのスピード勝負だ。

それに加えて、まとまった睡眠がとれないのでどうしても寝不足になる。

亜子はミルクを飲むとたいていすぐに寝てしまうが、時折ふいに目を覚まして大泣きすることもあった。

職業柄もあるのか、元来音に敏感な公貴だ。亜子が泣くと当然起きてくれるが、それでは仕事に支障をきたさないとも限らない。公貴は大丈夫だと言ってくれたが、とりあえずまひろは亜子とともに自室で常夜灯をつけたまま眠ることにしていた。

夜中に目を覚ます時、亜子は必ず不安げにきょろきょろして何か摑まるものを探すようなしぐさをする。

それを見るたびに亜子が母を探しているのがわかるし、可哀想で仕方なかった。

手際の悪い自分では加奈子の代わりにはなれないかもしれない。だが、せめて亜子の手の届く場所にいようと思い、赤ちゃんとの密着度が高いベビースリングを買って絶賛愛用中だ。これなら亜子を抱っこしながら家事もできるし、腕への負担もかなり軽減されて今ではなくてはならないベビー用品のひとつになっている。


「亜子ちゃん。天気いいし、公園に行ってみようか」

七月最後の日曜日、まひろは亜子に着替えをさせながらニコニコ顔で話しかけた。

今日はさほど暑くないし、公貴もいる。

彼は快く散歩に同意し、すぐに亜子に必要な外出の準備を整えてくれた。

自宅から歩いて五分のところにあるそこは広さが五十ヘクタールあり、中には薔薇園や児童遊技場もある。そのため、特に子供に喜ばれる人気のレジャースポットとしても知られていた。何より亜子は外が大好きで、出かけるたびに通りすがる人や犬達にも愛嬌を振りまくほどご機嫌になるのだ。

公園に行くと、様々な年代の人達が思い思いに休日の午後を楽しんでおり、親子連れもたくさんいる。

短期間とはいえ、ゼロ歳児と過ごす時間は想像以上に密接で濃い。

接する時間が短いのもあっていまだ公貴の抱っこは嫌がるが、顔を見ただけで泣いたりしなくなったし、彼がそばにいても寛いだ様子を見せるようになった。

すれ違う親子がベビーカーを押しているのを見て、まひろは思案顔をする。

一昨日買った育児用雑誌を見ると、いろいろなベビー用品が目につく。

紙おむつは買い足したが、ベビー服や肌着など当面必要なものはすべて加奈子が持ってきたバッグに入っていた。しかし、これからもっと暑くなることを考えると着替えも必要だし、新しいおもちゃもあったほうがいいだろう。

広場に着き、木陰に敷物を敷いて腰を下ろす。

「亜子ちゃん、お座りする？」

まだ手を前につかなければならないし安定はしないが、亜子はもう首も据わっているし一人でお座りもできる。だが、当然いつうしろに倒れるとも限らないので、背中を支えるものが要った。家ではまひろが支えたり背中にクッションをあてがったりするが、今日は公貴が亜子の背もたれ役だ。

まひろはベビースリングを外し、公貴の広げた脚の間に亜子を下ろした。亜子は早速前に手をつき、目の前の景色に見入っている。公貴はと言えば、亜子を驚かせないようにするためか、うしろに手をついた姿勢をとった。

「少し風もあって、気持ちいいですね」

「そうだな。まひろも少し横になったらどうだ？　昨夜も一度起きてたみたいだし、ここのところずっと寝不足気味だろう？」

「じゃあ、あとで亜子ちゃんが寝た時に一緒にゴロンします。今日は朝起きるのが早かったし、もうじき眠くなると思いますから」

「亜子ちゃんと一緒に昼寝できるようになったか？」

「はい。ここ二日、お昼寝が上手にできるようになったので、三十分くらいは一緒に寝てますよ」

生後六カ月だとまだ眠りのサイクルが乱れがちだし、上手く入眠できず寝ぐずったりしがちだ。亜子も眠りにはむらがある。けれど、日を追うごとに少しずつ慣れて落ち着き始めているし、母親がいない状況の中で健やかに眠ってくれるだけでもありがたいと思う。

「そうか。まひろは少し痩せたんじゃないか？」

「体重は変わってないですよ。でも、仕事をしてる時より運動量は増えてるかもしれないです」

まひろは空色のチュニックを着た自身の腕や腰を掌でパンパンと叩いた。

「腕の筋肉痛はどうだ？　やはりベビーカーとか昼寝用にベビーラックとかあったほうがいいんじゃないかな。あとは、遠出する時用にチャイルドシートも――」

亜子が来て以来、育児の関する情報収集をしている公貴は、まひろ同様ベビー用品の必要性を感じている様子だ。

「プレイマットも楽しそうだし、キャスター付きのプレイヤードもあると便利かもしれないです。どれもレンタルできるみたいだし、帰ったらサイトを見てみましょうか」

「そうするか」

二人が話している間も、亜子は広場を散歩する犬やボール遊びをしている子供達を見るのに夢中だ。

「亜子ちゃん、喜んでくれてるみたいですね。連れて来てよかった」

「そうだな」

「周りから見たら、私達も仲のいい親子に見えるのかな」

ふと口をついて出た自分自身の言葉に、まひろはハッとして口を噤んだ。

「そうかもしれないな。だが――」

「わかってます。亜子ちゃんは、加奈子さんの子供で、私達の子供じゃない。加奈子さんは、きっと迎えにきます」

そう望んでいるし、そうでなければならない。

今自分達は、加奈子が亜子を迎えに来る前提で面倒を見ているのだ。

「いつか亜子ちゃんが大きくなって昔のことを思い出した時、私や公貴さんのことを覚えててくれるかな？」

まひろはそう言いながら、亜子の顔を見つめた。

せっかくこれほど仲良くなったのだから、少しは自分達のことを覚えていてほしい気もする。けれど、生後六カ月の時の記憶など、すぐにでも忘れてしまうだろう。

そうでなくても母親が不在中に感じた寂しさや不安な気持ちなど、覚えているよりは綺麗さっぱり忘れたほうがいいに決まっている。

「私自身、両親が亡くなったあとの一年半の記憶がありません。いくら思い出そうとしても何ひとつ思い出せなくて……。まだ祖父母が生きていた頃、何度か当時のことを聞いたことがあったんですけど、忘れたならそのままにしておきなさいって言われました」

それと関係があるのか、まひろが持っている幼少期からの写真を収めたアルバムには、その頃の写真が一枚も貼られていない。

「人が過去の出来事を忘れてしまう理由のひとつは、自己防衛だと言われている。ご両親が亡くなったあとと言えば、まひろにとって辛い時期だったんだと思う。おじい様達は、まひろのためを思って、あえて当時のことを話さないでいてくれたんだろうな」

「はい。きっとそうだったんだと思います」

まひろは頷き、祖父母の顔を思い浮かべた。

そもそも人の記憶というのは曖昧だし、特に古い記憶ほど時系列に狂いが生じがちだ。

生まれた時のことを覚えていると言う人がいるが、ある科学的な見解では二歳半頃のものが最も古い記憶になるらしい。また、成人する頃には七歳までに起きた出来事は思い出せなくなる傾向にあるという研究者もいる。そうだとしたら、亜子が自分達のことを覚えている可能性はかなり低い。

「だが、人の脳は未解明の部分が多い。それに、想い出を刻むのは頭ではなく心だ。こうして楽しく過ごした時間や大切にされた記憶は心の底に積み重なって残っていくんだと思う」

話している途中で、空を見上げた亜子がうしろに倒れそうになる。それを掌で支える公貴の口元に、優しい笑みが広がった。

「そっか……そうだといいな」

まひろは亜子の髪の毛をそっと撫でた。ふわふわの綿毛のように柔らかなそれは、綺麗な栗色をしている。

「確かに小さい頃の記憶って、すごく曖昧ですよね。断片的だったり、ある部分だけ鮮明だったりして」

遠い記憶を辿りながら、まひろは持参したシャボン玉セットをバッグから取り出した。それは一昨日亜子を連れて買い物に行った際に見つけたもので、シャボン玉液に二本の吹き棒がついている。

「駄菓子屋の軒先でシャボン玉遊びをしたことや、桜の木の下で祖父母とお弁当を食べた時のことは今でもよく思い出します。……それと、記憶というか昔からよく見る夢があるんですけど──」

まひろは結婚当初、公貴に話そうかどうか迷い、結局言わないままだったオバケの夢のことを話し始める。

「夢の中の私は五、六歳くらいで、暗い小屋のようなところで白い服を着たオバケにとことん追いかけられるんです」

まひろは夢で見るオバケを思い出して身震いをした。何度となく見た夢だが、こればかりは慣れない。

「白い服を着たオバケか……。形とか顔は、はっきりと見えているのか？」

公貴が神妙な顔でそう尋ねてくる。

彼に限って、笑い飛ばすようなことはしないとは思っていたが、やはりそのとおりだった。

まひろは公貴に感謝しつつ、彼の質問に答えた。

「いいえ、白い服を着ているのはわかるんですけど、ほかはぼんやりとしていて……。毎回必死に逃げて、いつも最後には転んじゃうんです。だけど、私が倒れている間に、いつの間にかオバケはいなくなってるんです。それだけが救いなんですけど、見るたびに怖くてたまらなくて……」

「もしかして、まひろが暗闇を怖がるのはその夢のせいもあるのか？」

「実は、そうなんです。結婚した時に言おうかどうか迷ったんですけど、なんだか子供みたいで恥ずかしくて言えませんでした。でも、公貴さんのおかげで、もうだいぶ平気になりましたよ」

まひろはにっこりして公貴に吹き棒を渡した。彼が棒の先を液に浸し息を吹き込むと、たくさんのシャボン玉がいっぺんにできた。

「わぁ、やっぱりちゃんとしたシャボン玉セットはすごいですね。亜子ちゃん、公貴さんに大きなシャボン玉作ってもらおうか」

まひろが期待を込めた目で見ると、公貴が液をつけた棒の先にさっきよりもゆっくりと息を吹き込んだ。できたシャボン玉は亜子の顔よりも大きくなり、途中吹いてきた風に乗ってふわりと上空に舞い上がった。

それを見て亜子が声を上げて笑い、その拍子にころりとうしろに倒れた。けれど、すぐうしろにいる公貴に支えられ、彼の太ももの上に頭を載せて寝ころんだような姿勢になる。公貴と目が合った亜子は一瞬びっくりした顔になったものの、じきに笑顔になって彼のほうに手を伸ばした。

「公貴さん、抱っこしてほしいみたいですよ」

「抱っこ？　そうか……よし」

公貴は亜子をそっと腕にすくい上げ、遠慮がちに目を合わせた。これまで彼に好んで抱っこされることはなかった亜子が、ニコニコと笑いながら公貴の頬に手を伸ばしている。白いTシャツと生成りのコットンパンツ姿の彼は、どう見ても家族サービスをしている新米パパといった感じだ。

「亜子ちゃん、もう公貴さんのこと、好きになったみたいですね」

まひろが言うと、公貴が照れたような表情を見せた。亜子が彼の持つ吹き棒に手を伸ばすと、公貴はそれを高く上げて小さな手が汚れるのを防いだ。

「シャボン玉を飛ばすのは、もう少し大きくなってからにしようか。ほら、今度はもっと大きいのを作れるか試してみよう」

再び公貴の前に座らせてもらうと、亜子はまるで玉座に座る小さなお姫様のように彼の腹にゆったりと背中をもたれさせた。

そうされた時の公貴の顔がいつになく優しい。

(公貴さんのこんな顔見るのはじめてかも。お父さんって感じで、すごく素敵)

まひろは仲良くしている二人を見て幸せな気分になった。亜子も大人達が飛ばすシャボン玉を見てキャッキャと声を上げてはしゃいでいる。

自分達三人は、今だけのかりそめの家族だ。

それでも確かな絆を感じるし、そこに嘘偽りはない。

(本当の家族じゃなくても、家族になれる。きっと、そう)

まひろはそう考えながら、顔を上げ空を仰いだ。

この世の中には、いろいろな境遇の子供がいる。もし家族の愛がなく、それを欲している子供がいるなら、手を差し伸べてあげたいと思う。

「亜子ちゃん、寝たみたいだな」

公貴に言われ、まひろは亜子を見た。さっきまで元気いっぱいだった亜子は、公貴にもたれた恰好で目を閉じて眠っている。

「ほんとだ。いつの間にか寝ちゃってる」

まひろは小声でそう言いながら、公貴の左太ももを枕にした亜子の顔を覗き込んだ。

「ふふっ、寝ている時の赤ちゃんって本物の天使みたいですね。こんなにも安心しきった顔を見ると、ぜったいに守ってあげなきゃって思います」

「そうだな」

まひろの言葉に頷くと、公貴が頬にかかる髪の毛を指で耳のうしろに撫でつけてくれた。

「まひろもゴロンするんだろう？　ほら、ここに頭を載せて」

公貴が自分の右太ももをポンと叩いた。

「えっ……公貴さんの膝枕……いいんですか？」

予想外の申し出に、まひろは喜んで顔をぱあっと輝かせた。その顔を見て公貴が口元に笑みを浮かべる。

「もちろんだ。ただし、寝心地はよくないと思う」

「そんなことないです。ぜったいに極上の寝心地に決まってますから」

まひろはほくほく顔で横になり、亜子の邪魔にならないよう気を遣いながら公貴の太ももに頭を寄せた。コットンパンツの生地越しに硬い筋肉を感じる。これほど鍛えられた脚なら、駿足の犯人だって易々と捕まえることができるだろう。

（だけど、もう二度と危険な目には遭ってほしくないな……）

まひろは美術館での騒動を思い出し、小さく身震いをした。

「寒いのか？」

訊ねられ、まひろは首を横に振りながら公貴の顔を見上げた。そして、指先で自分の右頬に触れて同じ場所にある彼の傷跡に視線を置く。

「公貴さん、ひとつ聞いてもいいですか？」

まひろが遠慮がちに口を開くと、質問を察した様子の彼が頬の傷跡を指した。

「この傷跡のことか？」

「はい。もしかして仕事で怪我をしたのかと思って」

「いや、これは仕事で負ったものじゃなくて、僕がまだ中学生の頃に大人の男と取っ組み合いをした時の傷だ」

「大人と取っ組み合いを？　いくら公貴さんの体格がよくても、中学生なんてまだ子供なのに……。いったいどうしてそんなことになったんですか？」

まひろが憤ると、公貴がふっと笑い声を漏らした。

「その頃の僕はまだ成長過程で、身長も体重も標準に満たないくらいだった。だが、そいつはとても悪い奴で、大切に思う人を守るためにどうしても倒さなきゃならなかったんだ」

場所は古くからある神社の境内の中。男は中肉中背ではあったが、子供相手に容赦なく目には狂気が宿っていたという。

「子供はぜったいに近づいちゃダメなタイプの大人じゃないですか。いくら大切な人を守るためだからって……公貴さんは、その頃から今のように正義感が強かったんですね」

「後々考えると、そのことをきっかけに警察官を目指すようになったんだと思う。その子がいなければ僕はただ机にかじりついて勉強するだけの青白い男になっていたかもしれないな」

今の公貴を見たら、そんな彼など想像すらできないが、男子は概ね女子よりも成長が遅い傾向にあるのは確かだ。

「大切な人っていうのが〝その子〟なんですね？」

まひろが訊ねると、公貴がゆっくりと頷いた。

彼をそこまで突き動かした〝その子〟とはどんな人だったのだろうか？

昔のことでちょっとしたやきもちを焼く自分には呆れるが、気になるのだから仕方がない。聞くならこのタイミングだ。今を逃せば、もう二度と聞くきっかけを得られないかもしれない。

まひろは敷物の端をそっと握りしめながら、仰向けになって公貴の目を見上げた。

「ちなみに〝その子〟って女の子ですか？」

「ああ、そうだ」

「……もしかして、好きだった……とか？」

「いや、その子はかなり年下だったし、ただ守りたい一心だった」

「守りたい一心で、今も残るような怪我をしたんですね。きっと、それだけ大切に想っていたってことですよ。それって、今思えば初恋だったなぁ——なんていう感じだったんじゃ？」

「さあ、どうだろうな。とにかく、いろいろなことを考える間もなく行動してた。それほど大切に想っていたことだけは確かだ」

（ほら、やっぱり！）

なんだかんだ言って、きっと公貴にとってその女の子が初恋の人だったに違いない。

公貴が当時を思い出しているように空を見上げた。それからすぐにまた下を向いてまひろを見る。目が合った公貴が、怪訝な表情を浮かべた。そして、手を伸ばしてまひろの頬をそっと摘まんだ。

「何をむくれてるんだ？　眉間に縦皺も寄ってるし、ものすごく機嫌が悪そうだ」

「むくれてなんかいません。ただ、ちょっと……やきもちっぽいものを焼いただけですっ」

普段のまひろなら「なんでもありません」と言うところだ。けれど、当時を語る公貴の顔があまりにも優しくて、ひと言言わなければ気が済まなかった。

「やきもちか。たまには焼かれるのもいいものだな」

公貴が愉快そうな表情を浮かべ、まひろはますますふくれっ面になる。

「いいものだなって……。ぜんぜんよくありませんっ……むぐっ」

公貴の指がまひろの唇を押さえた。見つめ合いながら指で唇の先をトントンとタップされる。まるで指先を通じて彼とキスをしているみたいだ。

それまでのふくれっ面はどこへやら——。

まひろは公貴の指先に翻弄され、ふにゃふにゃとした呆け顔になった。

今の自分は、またたびをもらった猫みたいだ。思わず彼の指に吸いつきそうになるも、いつの間にか起きていた亜子に額をペチンと叩かれて我に返る。

「あ、亜子ちゃん起きたみたいですね。そ、そろそろ喉が渇く頃かな？」

まひろはあたふたと起き上がり、バッグから麦茶入りの哺乳瓶を取り出した。

亜子はそれを受け取るなり両足を上げ、うしろにひっくり返る勢いで公貴に寄りかかった。

「公貴さん、もうすっかり亜子ちゃん専用の椅子になっちゃいましたね」

まひろが可笑しそうに笑うと、公貴がその顔を覗き込んでくる。

「まひろも座りたかったら、いつでも座っていいんだぞ」

真顔でそんなことを言われ、つい嬉しくて満面の笑みを浮かべてしまった。

インテリで生真面目。なおかつ厳ついイメージを持つ公貴だが、プライベートでは急にそんな甘い言葉を掛けてくるからたまらない。

（ギャップ萌えしちゃう。瞬殺されてノックアウトって感じ）

まひろは公貴にもたれかかって座る自分を想像し、密かに含み笑いをする。

「少し暑くなってきたな。そこの自販機で何か冷たい飲み物でも買ってこようか。何がいい?」

公貴が広場の左方向にある自動販売機コーナーを指差す。

「じゃあ、コーラを」

「わかった。亜子ちゃん、ちょっとまひろちゃんのほうに行っててくれるかな?」

公貴が亜子を抱き上げてまひろにバトンタッチしてきた。

(ま、まひろちゃん? 今、まひろちゃんって言ったよね? わわわ……)

よもや公貴に〝ちゃん〟づけで呼ばれるとは思わずにいた。

まひろは胸のドキドキを抑えつつ亜子の手を持ち、公貴に向かってバイバイをする。

「いってらっしゃ~い。ばいば~い」

公貴は律儀に手を振り返すと、自販機に向かって歩いていく。

歩いていく彼の背中を見つめ、まひろはほうっと感嘆のため息をついた。

「公貴さんって本当にいい旦那様だし、いいパパにもなってくれそう。亜子ちゃんもそう思うよね?」

まひろの膝の上にいた亜子が、ふいに手足をジタバタさせて敷物の上に手を着こうとする。あわててお腹を支えて前のめりに倒れるのを防ぐと、亜子は更に暴れて空中で泳ぐような動きをした。何事かと思って亜子を観察してみると、どうやら少し前に置いてあるガラガラが気になっている様子だ。

「亜子ちゃん、ガラガラを取りたいの？　っとと……そんなに動いちゃ落っこちちゃうよ」

まひろが片手でガラガラを取ろうとするが、亜子は一時もじっとしていない。

これまでも近くにあるものを取ろうとしたことがあったけれど、いつもうまくいかず一度などは横倒しになって泣き出したこともあった。

けれど、亜子はめげずに何度でも前に行こうとする。見ているほうはハラハラしっぱなしだが、亜子がやる気なら本格的にハイハイの練習をしてもいいかもしれない。

「よぉし、亜子ちゃん。ちゃんと見ててあげるから、一人でガラガラを取る練習をしようか」

敷物の下は柔らかな芝生になっており、手や膝を痛くする心配はない。

まひろは亜子を敷物の上に下ろし、腹ばいの姿勢を取らせた。ガラガラをすぐ近くまで動かすと、亜子は早速バタバタと手足を動かし始める。

まひろはガラガラの近くに移動し、自分もうつ伏せになって両手を前について上体を持ち上げてみせた。

「亜子ちゃん、ほら見て。手をグーンと伸ばして、こうするのよ」

まひろのすることをじっと見ていた亜子が楽しそうに手で敷物を叩いた。前を見ようとして自然とハイハイをする恰好になり、足がぴょこぴょこと空を蹴る。

「そうそう、上手！　足、何か踏ん張るものがあったほうがいいよね。待ってね、今そっちに行くから」

まひろは亜子のうしろに回ろうと靴を履いて敷物の外に出た。スリッポンの踵を整えようと前かがみになった時、突然近づいてきた人に思い切り体当たりをされた。

「きゃあっ！」

身体が横倒しになり、芝生の上で一回転した。すぐに顔を上げて亜子を見ると、きょとんとした顔で転がったまひろを見つめている。

「亜子ちゃん！」

亜子の近くには緑色のジャンパーを着た見知らぬ男が立っている。男はまひろの叫び声に舌打ちをすると、腰をかがめてうつ伏せている亜子を抱き上げた。

「何するの！　やめてっ！」

まひろは地面を蹴り飛ばす勢いで立ち上がり、男から亜子を奪い返そうとした。

「うるせえ！　亜子は俺の子だ！　邪魔すんな！」

男が亜子を腕に抱え込み、まひろを再度突き飛ばそうとする。

いきなりわけもわからず振り回され、亜子が絹を裂くような声で泣き叫ぶ。

「亜子ちゃん！　き、公貴さぁんっ！」

このまま亜子を連れ去られるわけにはいかない。

逃げ出そうとする男の脚にしがみついて叫んだ時、視界の端に鬼の形相をした公貴が見えた。彼が男の前に立ち塞がると同時に、ドスンという鈍い音が響く。

「うぎゃっ！」

男の呻き声が聞こえたあと、公貴の手によって亜子がまひろの腕の中に帰ってきた。

「亜子ちゃんと一緒に、今すぐにここから離れるんだ」

公貴に言われ、まひろは亜子をしっかりと胸に抱いて走り出した。亜子だけは、なんとしてでも守り抜かなければ――。

まひろは亜子を気遣いながら走り続け、男から十分離れた場所まで来てからようやくうしろを振り返った。

すると、もうすでに公貴は男を捕らえ、身動きできないようにしっかりと押さえつけている。スマートフォンでどこかに連絡をしているところを見ると、じきに警察が来て男をしかるべき場所に連行してくれるだろう。

近くにいる野次馬達が、遠巻きにことの成り行きを見守っている。

「よかった……」

公貴の迅速な対応のおかげで、大事にならずに済んだ。

まひろは心の底から安堵して、腕の中で大泣きをしている亜子に頬ずりをした。

「ごめんね、亜子ちゃん。びっくりしたよね、でももう大丈夫だよ。誰も亜子ちゃんを怖がらせたりしないからね」

言いながら亜子の背中をポンポンと叩き、にっこりと微笑みを浮かべた。あやしながら思いつくままにシャボン玉の歌を口ずさみ、ゆらゆらと身体を揺する。

(そういえば、あの人さっき「亜子は俺の子だ」って言ってたよね?)

男の言葉を信じるなら、彼は加奈子の夫である沢田隆だ。彼は執行猶予中であり、何かしら罪を犯して逮捕された場合、即刑務所に収監される。

それはさておき、公貴は加奈子が亜子を置いて行ったのは隆の存在が絡んでいるのではないかと推測した。もしあの男が沢田隆だとしても、いったいどうやって亜子の居場所を知ったのだろうか。

どうであれ、亜子が無事でよかった。

しかし、突然のことでかなりショックを受けた様子の亜子は、いくぶん落ち着いたものの一向に泣き止まない。あれほど乱暴に扱われ間近で大声を出されたのだから無理もないし、受けた衝撃の強さからして当然の反応だ。

それに、そろそろミルクとおむつチェックの時間だ。まひろがぐずる亜子を抱いたまま広場をうろついていると、公園の入口のほうから数人の警察官が駆けつけてきた。

公貴は彼らに男の身柄を引き渡し、何事か指示をしている様子だ。

男が警察官達に連行されたあと、公貴がまひろのほうを見て手招きをしてきた。

まひろは彼に大きく手を振り、亜子ににっこりと微笑みかけた。

「亜子ちゃん、もう怖い人はいなくなったよ。もう安心してパパ――じゃなかった、公貴さんのところへ戻ろうね」

つい本当の親子になった気持ちになり、公貴を〝パパ〟と呼んでしまった。

実際、それだけ亜子と過ごした日々はまひろにとって〝親子〟や〝家族〟を強く意識させるものだったのだ。

まひろは亜子をあやしながら公貴に向かって歩き出した。すると、去った警察官達と入れ替わるように、小柄な女性が公貴に駆け寄っていくのが見えた。

「えっ……誰？」

今度は何事かと目を凝らすと、女性はひどく取り乱した様子で公貴に向かって何かしら訴えかけている。

「あれは――もしかして加奈子さん？」

まひろがそう思った時、女性がハタとこちらのほうを向いた。

やはり、間違いなく加奈子だ。

彼女は泣き叫びながらこちらに駆け寄ろうとするも、足元がおぼつかない様子で並走する公貴に左腕を支えられている。

「亜子ちゃん、ママだよ！　ママが帰って来てくれたよ！」

まひろは更に歩く足を速めた。何も知らない亜子は、まだぐずってはいるもののさっきよりも涙は乾いている。

加奈子がよろけながら走り出し、駆け寄ってきたまひろ達の少し前で躓いて転びそうになった。しかし、前のめりになりつつもなんとか持ちこたえて、亜子に向かって両手を差し伸べる。

「亜子！　亜子っ……！」

母親の声を耳にした亜子が、「あー」と声を上げて大きく目を見開く。

そして、ようやくそばに来られた加奈子の顔を見るなり、身を乗り出すようにして母親のほうに両手を伸ばした。

　まひろは亜子を加奈子に手渡し、しっかりと見つめ合う母子を見て、ホッと胸を撫でおろした。そして、寄り添って来た公貴の顔を見上げ、改めて深い安堵のため息をつく。

「まひろ、大丈夫か？　怪我はないか？」

「はい、私は大丈夫です」

「そうか。よく頑張ったな」

「はいっ……」

　優しい顔で頷いてもらい、一瞬涙が込み上げてきた。けれど今は泣くべき時ではないと思い唇を噛みしめて我慢する。

「亜子、ごめんね……！　亜子、亜子……」

　泣きながら亜子を抱く加奈子を木陰まで連れて行くと、まひろは母子を守るように二人を腕の中に包み込んだ。そして、公貴が片付けを済ませるのを待って二人を自宅まで連れ帰った。

　まひろは加奈子を自室に連れて行き、とりあえず亜子に授乳してもらうことにする。母親の温もりを直に感じて、亜子もようやく落ち着きを取り戻した様子だ。

（よかった……）

まひろは、ひとまず母子を自室に残し、公貴がいるリビングへと急いだ。部屋に入るなり待ち構えていたらしい彼の腕の中に飛び込み、きつく抱きしめてもらう。

「僕がそばにいながら、危ない目に遭わせて悪かった」

「いいえ……公貴さんがそばにいてくれたから亜子ちゃんも私も無事だったんです。よかった……本当によかった……」

公貴の大きな手が、まひろの頭をそっと撫でた。我慢していた涙が溢れ、強張っていた全身の筋肉が緩やかに弛緩する。

まひろは、彼の胸に頬をすり寄せながら、にっこりと微笑みを浮かべた。

「公貴さんの腕の中は私の安全地帯です。こうしてるともう何も怖くないし、安心します」

公貴に導かれ、ぴったりとくっついたままソファに腰かける。

泣いている顔を覗き込まれ、掌で涙を拭きとりながら唇にキスをされた。

「怖かっただろうに、本当によく頑張ったな。沢田が丸腰でよかった」

「沢田……じゃあ、あの人は亜子ちゃんの――」

「父親の沢田隆だ」

「やっぱりそうだったんですね。あの人『亜子は俺の子だ』って言ってました。でも、なんであんなことを……」

「詳しいことは今後わかり次第連絡をもらうようにしてある。とにかく今はここで加奈子さんと亜子ちゃんを保護しておこう」

「はい」

加奈子が失踪した原因はさておき、とにかく母子は安全な場所にいる。

まひろは母子の再会を心から喜び、公貴の胸に寄りかかりながらゆっくりと深呼吸をした。

「かなり引きずられていたようだが本当に怪我はないか？」

改めて訊ねられ、まひろははじめて左膝が痛むのに気づいた。スカートの裾をたくし上げると、膝小僧を盛大にすりむいていた。

それを見た公貴が眉間に縦皺を刻み、拳を強く握りしめる。

「沢田……僕の大事な妻に怪我を負わせるとは……」

呟く彼の顔に憤怒の表情が浮かんだ。彼はすぐに薬箱を持ってきて傷口の手当てをしてくれた。その間も、時折ギリギリと奥歯を噛みしめる音が聞こえてくる。

そっと表情を窺ってみると、般若と鬼が混ざったような顔をしていた。

（怖っ！　でも、すごくかっこいい……！）

まひろはその気迫に驚くと同時に、自分のためにそこまで腹を立てている公貴を見て嬉しくなる。こんな時に不謹慎だと思いつつも、実際に今の公貴は息を呑むほど猛々しい美男だった。

「平気ですよ。きっとすぐに治ります」

浮かれ気味になる気持ちを抑えながら、まひろは落ち着いた声でそう話した。

「いや、たぶん痣ができるだろうし、転んだ時に腰も打っているだろう」

言われてみれば、突き飛ばされた時にかなり派手に転んだ気がする。それでも今は公貴の気遣いのほうに気持ちがいっており、痛覚が鈍っているみたいだ。

「沢田がまひろに対して取った行動は傷害罪にあたる。今回の件は沢田の執行猶予の取り消しに値するし、そのほうがやつのためになるだろうな」

公貴曰く、期間中に罪を犯しても必ず執行猶予が取り消されるわけではないようだ。だが、沢田の場合は明らかにそれには当てはまらない。

「ほかにも何かしらトラブルを起こしている可能性があるし、見たところ目つきも明らかにおかしかったからな」

言われてみれば、沢田の様子は尋常ではなかった。

まひろは亜子を奪った時の彼の顔を思い出し、改めて身震いをする。

間もなくして公貴のスマートフォンに担当警察官から連絡が入った。それによると、沢田は突然いなくなり連絡も取れなくなった妻の行方を探るべく、共通の知人をかたっぱしから締め上げていたようだ。

その後ようやく加奈子の足取りを摑み、あとを追い始めた。それがちょうど六日前のことであり、加奈子がまひろに亜子を託した日にあたる。

だが、結局沢田は妻子を取り逃がし、再度知人を脅して加奈子の居場所を突き止めた。そして、ようやく今日になって加奈子を追い詰め、亜子の所在を聞き出して先ほどの凶行に及んだらしい。

「奥さんと子供を手放したくなかったんですね……。そうしたいと思うなら真っ当な生活をすればいいだけなのに……」

「世の中にはそれができない人間が大勢いる。それに夫婦間の問題が絡んで今回のようなことになったんだろうな」

夫婦と言っても、もとは他人同士だ。

だからこそ、互いを尊重しながらともに歩んでいくべきなのだが……。

「そろそろ授乳が終わる頃ですね。私、加奈子さんと亜子ちゃんを呼んできます」

「そうだな。じゃあ、僕はお茶を用意しておこう」

まひろが自室に行ってみると、加奈子はすでに亜子のおむつ替えと授乳を終えていた。亜子はと言えば母親の腕に抱かれて健やかな寝息を立てている。

「よかった……。亜子ちゃん、すっかり安心したみたいですね」

「はい。……あの……今回のこと、本当にすみませんでした。私、もうどうしても夫とは続けていけないと思って彼が外出しているうちに亜子を連れて家を出たんです。でも、亜子を連れて逃げるのは難しくて……だからって亜子を置き去りにするなんて、どうかしていました」

亜子を連れて沢田から逃げ出した加奈子だったが、ほどなくして彼に追い詰められ、行く宛もなく所持金も尽きてしまう。困り果てた彼女は思い詰めるあまり絶望的な気持ちになった。自分一人なら何をしてでも生きていけるが、そうするには亜子がどうしても足かせになる。

できることなら、少しの間だけでも亜子を誰かに託したい——そう考えた時、真っ先に思い浮かんだのが公貴だったようだ。

「実は何カ月か前に、御堂さんの名前をネットで検索したことがあるんです。それで、たまたま警察庁にいらっしゃるのを知って、それからしばらくして、偶然この家の近くで御堂さんを見かけて――」

加奈子の話によれば、それは近所のママ友に誘われて先ほどの公園でピクニックを楽しんだ帰りのことだったらしい。この家の少し先には、古くから住んでいる住人が経営する古民家カフェがある。そこに立ち寄ろうとした時、偶然帰宅途中の公貴を見て、懐かしさに思わずあとを追って挨拶のひとつでもしようとしたのだ、と。

「その時は、呼び止める前にご自宅に入ってしまわれたので、声はかけられずじまいでした。それをきっかけに、御堂さんがここに住んでいらっしゃるのだけは知っていたんです」

加奈子達が住むアパートは、ここからだと車でも二十分かかる。この近くで公貴を見かけたのは本当に偶然で、その後はこの辺りに来ることもなかったという。

「だけど、夫との関係がこじれて、もう何もかも立ち行かなくなってしまって……。そんな時、御堂さんのことを思い出したんです。あとで連絡を入れるつもりで自宅前に亜子を置いて行こうとしたら、ちょうど奥様が出ていらして――」

加奈子が置き去りを目的に亜子を連れてここを訪れた時、ちょうどまひろが出勤するために家から出てきた。その時にはじめて公貴に妻がいると知った彼女は、一度彼に亜子を託すのを諦めたらしい。

けれど、むしろ妻がいるほうが安心して亜子を預けられると思い直し、まひろだけがいる時を見計らって再度ここへ来たという流れだったようだ。

「二人で生活する準備ができたらすぐに迎えに来るつもりでした。だけど、いざ手放してみると亜子のことが気になって仕方がないし、遠くに行こうと思っても身体が言うことを聞かないんです」

亜子を託したあと、加奈子は実家がある東北の知人宅に身を寄せて働くつもりだった。だが、いざそうしようとしてもどうにも東京から離れがたく、授乳の時間になると胸が張り痛みで動けなくなるほどだったようだ。

「身勝手で浅はかな母親だって自分でもわかってました。だけど、あの時はもう目先のことしか考えられなくなっていて……。本当にどうかしていました」

思い余ってしたこととはいえ、我が子を置き去りにすると「保護責任者遺棄罪」にあたる。

当時の加奈子の心情をすべて理解することはできないが、亜子の幸せを願っての過ちだったのであればまだ救いがあった。

「よく戻って来てくれましたね。加奈子さんは、きっと亜子ちゃんのところに帰って来る――そう思って待ってましたよ。亜子ちゃん、本当に可愛いですね。もし戻らなくても亜子ちゃんは私達夫婦が責任をもって育てるつもりでした」

加奈子のとった行動は、どう考えても悪いことだ。

けれど、心から悔やんでいる加奈子を目の当たりにして、まひろはどうしても彼女を責める気にはならなかった。

「ありがとうございますっ……」

涙ぐむ加奈子の背中をさすり、一息つこうとお茶に誘う。

亜子を抱っこしたままの加奈子とともにリビングに移動し、ソファに腰を下ろす。間もなくして公貴がお茶を持ってリビングに入ってきた。彼は立ち上がろうとする加奈子を掌で穏やかに制し、まひろの右隣に腰かける。

真ん中に座っているまひろは、トレイからお茶を取ってそれぞれの前に置いた。

お茶を飲みながら亜子の寝顔を眺め、加奈子からこれまでの経緯について話を聞く。

それによると、沢田は割と順調に執行猶予中の生活を送っていたが、ひと月ほど前から昔の悪い仲間とつるみ始めたらしい。

だんだんと言動がおかしくなり、勤めていた会社も無断で辞めた上に新しく就職する気は皆無。いよいよダメだと思って別れ話を切り出しても、まったく聞く耳を持たなかったようだ。

「亜子のことを考えて、一度は離婚を踏みとどまりました。だけど、結局それが亜子を置き去りにすることに繋がるなんて本末転倒もいいところですよね」

加奈子は今回の件をきっかけに疎遠だった実家に連絡を入れた。父母は長年音信不通だった彼女を無条件で受け入れると言ってくれたらしく、今後は亜子を連れて実家に帰り、そこで仕事を探すつもりだという。

「どんな理由があれ、亜子を置き去りにするなんて本当にどうかしていました。しかも、十年以上前にご迷惑をかけた上に何かとお世話になった御堂さんを頼ったりして」

加奈子が肩を縮こめて小さくなる。

まひろは彼女の背中に手を置き、気遣うようにそっと撫でた。

「こんなこと、言うべきじゃないかもしれませんが、私、御堂さんにずっと憧れに近い想いを抱いていたんです……。真っ当な道から外れてばかりの夫じゃなくて、御堂さんみたいな人と結婚してたら私の人生はまったく違うものになっていたんだろうなって……」

加奈子の突然の告白に、まひろはたじろいで彼女の背中に触れていた指先を硬くする。これまで亜子の母親としての彼女だけを見ていたが、ここへきて急に一人の女性としての加奈子を意識させられた感じだ。

「転勤して交番から急にいなくなった時には心底悲しかった……。だから、警察庁にいらっしゃるのがわかった時はものすごく嬉しかったし、もしかしてまたご縁が繋がるんじゃないかって思ったりして――」

加奈子は公貴が転勤したあとも、彼のことを思い出すたびにパソコンで名前検索をしていたらしい。むろん、ただそれだけだったし、まさか再会できるとは夢にも思わずにいたようだ。

「御堂さんに亜子を預けようとしたのも、そんな想いがあったからかもしれません。だから、奥様に元カノだったなんて嘘をついて夫婦仲を悪くしようと考えたりして。だけど一人で亜子を思いながら、そんな自分の馬鹿さ加減にようやく気づいたんです」

授乳期の胸の痛みは否が応でも亜子への愛情を改めて自覚させ、母親としての責任感を強めた。それと同時に、自身の弱さや愚かさに気づくきっかけになったようだ。

「すべては私の弱さが原因です。夫との悪縁も私自身の依存心も今日でぜんぶ切り捨てます。御堂さん、奥様、ご迷惑をおかけして本当に申し訳ありませんでした。これからは亜子と二人で支え合って生きていこうと思います」

深々と頭を下げると、加奈子はきっぱりとそう言い切って亜子を胸に抱き寄せた。

その顔には、もうすでに母としての表情しか残っていない。

まひろは心から安堵して、加奈子に微笑みかけた。

「加奈子さん、頑張ってくださいね。もし何かあったらいつでも連絡をください」

まひろが言うと、加奈子はこっくりと頷いて口元を綻ばせる。

「一歩間違えば、御堂さんのストーカーになっていたかもしれないのに……。私みたいな者にそんなことを言ってくださるなんて、御堂さんの奥様って本当にいい人ですね。なんだかいろいろと羨ましいです」

むろん、加奈子の話を聞いて、このまま完全に縁を断ち切ってしまいたい気持ちもある。けれど、今の加奈子を信じたいと思うし、何より亜子と過ごした日々がまひろの心を引き留めていた。

「私、亜子を連れてここへ来た時、奥様を見て思いました。この人は、なんて優しく笑うんだろうって……。だから、きっと亜子を預けても大丈夫だって確信したんです」

微笑んだ顔で見つめられ、まひろも笑顔で見つめ返す。

きっともう加奈子は大丈夫だ。

心からそう思えて、まひろは亜子の頭をそっと撫でた。

沢田は現在留置所におり、このまま身柄を検察官のもとに送られるはずだ。その間に加奈子は自宅に帰り必要な準備を済ませることができるだろう。

「じゃあ私はこれで」

お茶を飲み終えた加奈子が、暇乞いをする。御堂が二人のためにタクシーを呼び、自宅まで送り届ける手配をした。

「どうかお元気で。離婚については、必要に応じてそちら方面に強い弁護士を間に挟んだほうがいいと思います」

公貴が知り合いの弁護士の連絡先を渡すと、加奈子は恐縮しながらそれを受け取った。

「ありがとうございます。もしもの時はお願いするかもしれませんが、まずは自力で頑張ってみます」

「気をつけて帰ってくださいね、加奈子さん。亜子ちゃんも……」

まひろは、改めて亜子との別れがきたことを実感し、胸がシクシクと痛むのを感じた。

それが顔に出ないよう気をつけながら、荷造りをして加奈子に手渡す。せめて最後に抱っこしたいと思ったが、亜子はぐっすりと寝ておりしばらく起きそうもない。

加奈子が起こそうとしてくれたが、まひろはそれを止めて眠っている亜子をこのまま見送ることにした。起きている顔を見れば別れがいっそう辛くなるし、胸に抱けば余計寂しさが募りそうだったからだ。

「本当にいろいろとお世話になりました。さようなら……ほら、亜子もバイバイって」

加奈子が眠っている亜子の手を取り、小さくバイバイをさせた。楽しい夢でも見ているのか、亜子は目を閉じたままニコニコと笑っている。

「バイバイ、亜子ちゃん。元気でね」

まひろが亜子の手にそっと掌を合わせた。

公貴が荷物をタクシーまで運び終えると、シートに腰かけた加奈子が今一度亜子の顔をまひろのほうに向けてくれた。

まひろは手を振って走り去るタクシーを見送り、グッと唇を嚙みしめる。

家の中に入り、縁側に置いていたシャボン玉セットの前で立ち止まった。未開封のそれは、明日亜子と遊ぼうと思い置いておいたものだ。

「これ、荷物の中に入れてあげればよかった」

まひろが涙を拭いながらポツリと呟くと、公貴が縁側のガラス戸を開けた。

「シャボン玉、飛ばそうか」

公貴に言われ、まひろは彼とともに縁側に腰を下ろした。

二人して交互にシャボン玉を飛ばすが、風がないせいか空中に浮かんでもすぐに落ちてきてしまう。

「亜子ちゃん、行っちゃいましたね」

「そうだな。……寂しいか？」

「はい、とっても」

正直な気持ちを口にすると、また寂しさが込み上げてくる。

公貴に肩を抱かれた途端、我慢していた涙がどっと溢れ出した。たった一週間ともに過ごしただけだ。

それなのに、まるで本当の母親のように亜子が恋しいし、妊娠中でも授乳中でもないのに胸の張りまで感じている。

「そういえば、亜子ちゃんの写真、一枚も撮ってなかったです。撮ろうとしたことは何度かあったのに、まだまだ撮る機会はあるだろうって……勝手にそんなふうに思っちゃってて……」

話している間に、少し風が出てきたみたいだ。

公貴が飛ばすシャボン玉が、風に乗って庭中をふわふわと舞った。

今はまだ記憶は新しく亜子の顔もはっきりと思い浮かべられる。けれど、想い出の中にいる父母の輪郭は歳を追うごとに薄れてきていた。それと同じで、会わないでいると記憶はどんどん曖昧になっていく。ましてや一枚の写真もない亜子の顔は、日々暮らす中でいつの間にか忘れてしまうかもしれなかった。

「でも、加奈子さんが戻って来てくれて本当によかったです。亜子ちゃん、加奈子さんの声を聞いた途端一瞬泣き止んで目をきょろきょろさせたんですよ。当たり前ですけど、ああ、この子のお母さんは加奈子さんなんだなって思いました」

まひろは笑っている加奈子と亜子を思い浮かべ、にっこりする。確かに寂しいが、今はもう二人の行く末が幸せであるのを祈るばかりだ。

「うまくいけば、そのうち僕達の子供ができるだろうし、その時は毎日写真を撮ることにしよう」

公貴がシャボン玉を飛ばしながらまひろの身体を胸に抱き寄せてきた。

思えばこの一週間、亜子の世話にかかりきりになり、夫婦としての生活は二の次になっていた。

「そうですね。でも、今月の排卵日、もう終わっちゃいましたよ」

妊娠しやすい期間はちょうど亜子がいた時期と重なり、夫婦は寝室を別にしていた。

今夜からはまた一緒に眠れるが、妊活は来月までおあずけだ。

「終わったからといって妊娠しないわけじゃないだろう？　それに、もう排卵日に限って妊活をしているわけでもなかったしな」

シャボン玉の吹き棒を置くと、公貴がまひろの顔を覗き込んできた。その顔には、やけに意味ありげな微笑みが浮かんでいる。

「そ、それはそうですけど……」

まひろは公貴と目を合わせながら、顔を真っ赤にした。この頃の公貴は表情が豊かになった上に、セクシーさも身につけ始めたようだ。

「この一週間、二人きりでゆっくりできなかったな。今月の排卵のことを考えると少しでも早いほうがいいだろうから、これから妊活をしようか」

「えっ？　に、妊活を？」

予想外のことを言われ、まひろは更に頬を上気させる。

戸惑うまひろを見つめながら、公貴がゆっくりと首を縦に振った。

まだ日は高く、寝室にこもるには早すぎる時間だ。けれど、公貴の言うとおり妊活は時間とタイミングの勝負でもある。

「はいっ、そうしましょう！」

答えるなり背中と膝裏を腕にすくわれ、彼の太ももの上に横向きになって座らされた。顔の位置が近くなり、今にも互いの鼻先がくっつきそうになる。

「いい返事だな」

公貴が笑い、まひろは恥じらいながら唇をすぼめた。

「だ、だって……」

「元気なのはいいことだ」

公貴は眼鏡を額の上に押し上げると、まひろの唇にチュッと音を立ててキスをした。

突然のことに、まひろはびっくりして彼の腕の中で目を瞬かせた。

「公貴さんったら……」

今みたいなキスの仕方は、以前の公貴からは想像もできなかった。

母子もそうだが、夫婦にもスキンシップは欠かせない。まひろは公貴の腕に抱かれながら、早々に心臓が早鐘を打つのを感じるのだった。

第五章　運命の人

夏も真っ盛りになり、庭のプランターに植えた朝顔が次々に咲き始めた。花色はまちまちで、花弁全体に縞模様が入っているものもある。

まひろはじょうろで水をやりながら空を仰ぎ、眩しさに目を細めた。

朝顔を見ると、小学生の頃を思い出す。大人になってから朝顔を育てるとは思わなかったが、せっかく庭が広いからと春のうちにいろいろな種を買い植えてみたのだ。

「そういえば、花を絞って色水遊びとかもしたなぁ。それで絵を描いたり、紙を染めたり。あと、押し花も作ったよね」

以前から父母や祖父母の写真を見て昔を思い出すことは多々あったが、公貴と結婚して以来その回数が増えたような気がする。

公貴と縁側でシャボン玉をした時も昔の風景を懐かしく思い出したし、それをきっかけに少しずつ子供の頃の記憶が蘇ってきていた。

そうは言っても、両親を亡くしてからの一年半の出来事はいまだ欠落したままだ。

（おじいちゃんやおばあちゃんが私に言わないでおいてくれたこともその時の記憶に

含まれるし……。ちょっと気になるな……いったい何があったんだろう？）

その時のことを思い出したいと思う反面、なんとなく怖い気もする。けれど、今がこれほど幸せなのだから、仮に思い出したとしても乗り越えていけるだろう。

今の自分は、もう一人ぼっちではない。

公貴という最高の旦那様がおり、一生そばにいて守り続けると誓ってくれたのだ。

「こっちに来てもう八年か……。田舎は何か変わったかな？　ううん、きっと昔のままのような気がする」

まひろは縁側に腰かけ、目を閉じて田舎の風景を思い浮かべた。周囲を山に囲まれたそこは、空が広く夏は天の川がくっきりと見える。

「そういえば、もうじき夏祭りの時期だよね。今でも賑わってるんだろうな。綿あめに金魚すくい。風船釣りに人形焼き……あぁ、懐かしいなぁ」

「今度、墓参りを兼ねて帰省しようか？」

「あ、公貴さん」

いつの間にか背後に立っていた公貴が、まひろを脚の間に挟むようにしてうしろに腰を下ろした。

「公貴さんって、忍者並みにそっと近づくのが得意ですよね」

「一応警察官だからな。逮捕術を習った時、気配の消し方も会得したんだ」

「逮捕術……ですか」

うっかり公貴に逮捕される自分を思い浮かべ、無意識に頬が緩んだ。

すかさずそれを彼に見咎められ、含み笑いをされる。

「べ、別に変なこと考えてませんよ？」

「変なことってなんだ？　うむ……顔に『逮捕されて、うしろから羽交い絞めにされたところを想像してます』って書いてあるようだが？」

「そ、そんなの書いてませんよ！」

まひろはむきになってそう言い返し、頬を掌で擦った。

この頃の公貴は妻を弄ぶ術も身につけたようだし、なんだかんだでますます魅力的な男性になってきている。

「冗談はさておき、田舎、おばあ様の初盆以来帰ってないって言ってただろう？　親戚付き合いが途絶えているとはいえ、お墓参りくらいはしたいんじゃないか？」

「はい。そうしたいのは山々ですけど、お墓があるのは叔父が住職を務めているお寺で、私が行ってもきっといい顔はしてくれないと思います」

実際、祖母の初盆で帰省した時、叔父から今後一切親戚としての交流はしないと言われた。それは暗にもうここへは帰って来るなと言われているようなものであり、絶縁宣言をされたも同然だった。

そんな状態だから、まひろもあえて連絡をとっていなかったが、さすがに結婚をしたことだけは叔父宛にはがきを出して報告だけは済ませている。

けれど、案の定「おめでとう」のひと言もないし、今の今まで無視されたままだ。もともと返事は期待していなかったし、反応がなくても当然のことと諦めていた。

「それに、帰省と言っても私にとって田舎はもう帰る場所ではなくなっていますから。結婚前に少しお話ししましたけど、私の存在は親戚にとって迷惑でしかないんです」

「ご両親の結婚に親戚中が反対していたと言っていたな。だが、墓参りをする権利まで取り上げることはできないだろう」

「それはそうですけど、わざわざ行ったのに嫌な顔をされて追い返されでもしたらと思うと……。それが怖くて、今まで一度も行けなかったんです。初盆の時も祖母のお葬式の時も、私の居場所なんかぜんぜんありませんでしたし……」

まひろが下を向くと、公貴が抱き寄せる力をほんの少し強くする。こめかみに唇を寄せられ、額をそっと撫でてもらう。

「今は僕がいる。世界中のどこにいても、僕がまひろの居場所になる。だからもう怖くないだろう？　思い切って今度の休みに行ってみないか？」

思いやりのある公貴の言葉に、まひろは思わず心躍らせる。

ちょうど夏季休暇の時期でもあり、まひろは来週木曜日からの三日間が休みだ。

公貴も同じ日に休むことになっているが、警察官ともなると気軽に旅行にも行けない場合がある。県外だと事前申請が必要だし、いつどこにいても常に連絡が取れるようにしておかなければならない。

特に公貴の場合は、国や政治に関わる仕事に携わっている分、東京を離れるのは好ましくないのが実情だった。それは前から聞かされていたし、そんな事情もあり年間を通して地方への泊まりがけの旅行などないものと思っていたのだ。

「でも、行くとなると一日仕事になっちゃいますし、日帰りだと厳しいかと――」

「もちろん、行くなら泊まりがけだ。日頃、国の為に誠心誠意働いているんだ。そのくらいしても誰も文句は言わないだろう」

揃えた膝を引き寄せられ、身体が庭に対して横向きになった。公貴と向かい合わせになり、喜びでいっぱいの微笑みを浮かべる。

「嬉しいです！　本当はすごく行きたかったんです。だけど、まさか二人で旅行に行けるなんて思ってもみませんでした。早速チケットの手配とかしなきゃですね！」

「その辺りは僕に任せてくれるか？　旅行会社に友人がいるし、ちょっとした伝手もあるから連絡を取ってみる」

「はい、お願いします！　ふふっ、なんだかハネムーンに行くみたいでウキウキしてきました」

目的が墓参りとはいえ、実質これが公貴とするはじめての旅行だ。

否が応でも気分が高揚するし、楽しみで仕方がない。

「仕事が忙しくて、なかなか旅行にも行けず、すまなかったな」

「いいえ、そんなのぜんぜん気にしてません。だから、謝ったりしないでください。私は公貴さんと一緒にいられるだけで十分幸せだし楽しいですから」

警察官は旅行に行くにも所定の手続きが必要なだけではなく、急な仕事が入ればドタキャンだってあり得る。けれど、そうなったら仕方ないと思っているし、今言った言葉に嘘はなかった。

（どうかお願いします！　一日でいいから、公貴さんを仕事から解放してください！）

そう願い、指折り数えながら出発の日を待った。

そして、いよいよ待ちに待った旅行当日。

まひろが毎日両親祖父母の写真に願掛けをした甲斐あってか、無事緊急の呼び出しもないまま昼過ぎにN市に向かって出発する。あとは有事があって途中で呼び戻されないことを祈るのみだ。

八月も終わりに近づいているというのに、ここ数日真夏並みの気候が続いている。着替えの洋服がかさばらないおかげもあって、荷物は各自スーツケースひとつで収まった。すでに準備は済んでおり、あとは出かけるだけになっている。

飛行機でおよそ一時間半の距離にある現地は、東京と同じく雲ひとつない晴天らしい。

「わぁ、快晴ですね」

庭の草木を眺めながら、まひろははしゃいだ声を上げる。縁側を歩きながら軽くスキップをすると、ストライプ柄のワンピースの裾がふわりと膨らんだ。

それは、つい先日公貴とともにショッピングに出かけた時に買ったもので、色は涼やかな空色で形はAラインだ。ウエストを同じ生地のベルトで締めるようになっており、シンプルでありながらエレガントさもある。

一方、公貴は白いポロシャツに薄い紺色のコットンパンツ姿だ。

（公貴さんって何を着ても似合うなぁ。ほんとかっこいい。惚れ直しちゃう）

戸締りをする公貴を目で追い、まひろは頭の中で歓声を上げた。

結婚して四カ月目になるが、いまだ彼を見るだけでときめくし、本気で夢じゃないかと思う時があるくらいだ。

迎えに来てもらったタクシーに乗り込み、空港に向けて出発した。

窓の外の風景を眺めながら、まひろはまるで修学旅行先に向かう子供の用に胸を膨らませている。

「さっきからニコニコしっぱなしだな」

「だって嬉しいから……。旅行なんて職場で行った慰安旅行以来だし、飛行機に乗るのも高校生の時以来なんですよ。それに、公貴さんとのはじめての旅行なんだもの」

空港に到着し、公貴について出発ロビーに向かう。飛行場でカートを引いて歩く姿は、空港内ですれ違う制服姿のパイロットよりも凛々しくてかっこいい。

窓側の席に座り、空から見える地上の景色を存分に楽しんだ。機内で寛いでいる間に、あっという間に田舎に到着する。以前ここから東京へ出た時の交通手段は電車と新幹線だった。祖母の初盆の時の往復もそうだったが、その時のことを思うとまさにひとっ飛びという感じだ。

「ここからだと車で一時間ちょっとかかるな」

空港を出ると、レンタカーを借りて目的地を目指すことにしている。

まひろは周囲の景色を眺め、懐かしさに目を細めた。田舎の空港は都会のものと比べると格段に狭く、周りには高い建物もなく見渡す限り空が広い。

この土地で十数年を過ごしたとはいえ、空港に来たのはほんの数えるほどだ。けれど、かつて住んでいたところの近くまで来ていると思うと、もうそれだけで感慨深い。

「懐かしいな」

まひろが呟くと、公貴がそっと手を取って指を絡めてきた。

「さあ、行こうか」

「はい」

白いセダンタイプの車に乗り込み、海沿いの県道を走る。道こそきちんと舗装されているが、寺はかなり山の中にある。一時間ほど走ったのちに脇道に逸れ、そのまま曲がりくねった道を進み続けた。

まひろは通り過ぎる風景を食い入るように見つめ、懐かしさに胸をいっぱいにする。

周りはもうすでに山と川しかなく、その間にぽつぽつと人家が建っているのみだ。

この辺りは、土地の標高が高い分夏は比較的涼しいが、冬はかなり雪が降り積もり歩くのも困難になる。

「どこもかしこも子供の頃と一緒です。ぜんぜん変わってない……あ、今のお店、中学の時の友達の家です。もうだいぶ前に結婚してここには住んでいませんけど、昔はよく自転車で遊びに来ていたんですよ。お店、まだやってたんだなぁ」

まひろは車窓から見える町を眺めながら、にっこりする。

「誰か、会いたい人がいたら会いに行くか？」

「親しかった友達は、皆進学や就職を機にここを出てしまってもう一人も残っていないんです。お盆とかお正月には帰省してるみたいですけど、それでも皆時期がまちまちでなかなか会えないって聞いてます」

仲がよかった数人とはたまに連絡を取り合っているが、それぞれの現住所は日本全国に散らばっている。そのうちの一人とは東京に遊びに来た際に顔を合わせたが、そのほかの友達とは、ここを出て以来一度も会えていない。

それを寂しいと思うが、帰省しようにもまひろには帰る実家がないのだ。

川沿いの道を行き、途中のバス停で中学生らしき男の子達が固まって立っているのを見かけた。

「あの子達、私が通ってた中学の後輩かな？　ふふっ、可愛いな」

この辺りは子供の数も少なく、小中学校は住宅が多い地域にある。まひろもそうだったが、通学は基本的にバスか自家用車だ。自転車で通えないこともないが、かなり時間がかかるし悪天候の時は危険すぎた。

「そろそろだな」

カーナビゲーションが、まもなく目的地に到着すると告げた。

あと少しで両親祖父母が眠る寺に着く。寺の敷地内には叔父の家も建っており、門をくぐればおそらく誰かしら出てくるだろう。

まひろの身体に緊張が走り、近づくにつれて徐々に表情が強張ってくる。寺の門前横のスペースに駐車し、車から降りた。

苔むした石垣に松の大木。古びたトタン屋根の倉庫や周囲に広がる畑など、寺周辺の風景はまるでタイムスリップしたように何ひとつ変わっていない。

助手席のドア前から動けずにいると、公貴が寄り添って手を握ってくれた。

短い石階段を上り門をくぐる。すると、ちょうど家の前で誰かと立ち話をしていた様子の叔父夫婦がこちらを振り返った。

「こんにちは。叔父さん、叔母さん、お久しぶりです」

まひろが挨拶をすると、夫婦がきょとんとした顔をして首を傾げた。

「えっ……もしかして、まひろか？」

先に声を出したのは叔父の信一だ。隣にいた叔母の和代があんぐりと口を開け、一緒にいる中年女性二人が「あら」と言ってパチンと手を叩いた。

「あらら！　ほんとだ、まひろちゃんだわ！」

「はい、まひろです。島田さんも山本さんも、お久しぶりです」

「まあまあ、見違えるように別嬪さんになってぇ！　で、こちらのイケメンは旦那さん？」

女性達が二人のほうにやってきたあと、信一達も驚いた顔でこちらに歩いてきた。

「はい、そうです」

「はじめまして。御堂公貴といいます。今日は墓参りと結婚の報告を兼ねてこちらに寄らせていただきました」

公貴がそれぞれに名刺を手渡すと、島田が大袈裟に驚いた顔をする。

「旦那さん、警察庁の警視正？　うひゃあ、警視正っていったらあれよ、ほら！　刑事ドラマでなんとかっていう役者さんがやってた――」

「わかった、キャリア組ってやつだ！　わぁ、すっごいお偉いさんだねぇ！」

山本が名刺と公貴を交互に見ながら、信一の背中をバンバンと叩いた。

「あんた達、すごい親戚ができたねぇ！　近所中に自慢できるよ」

「まひろちゃん、いい人を見つけたなぁ。おめでとう」

「はい、ありがとうございます」

大いに驚かれ賞賛の声を浴びたあと、まひろは公貴とともに両親祖父母の墓前に立った。

来る途中で用意した花を供え、線香をあげて手を合わせる。

公貴が自己紹介と挨拶をしたあと、まひろが一歩前に出た。毎日心の中で呼びかけてはいるが、ここに来るのは八年ぶりだ。

「お父さん、お母さん。おじいちゃん、おばあちゃん。なかなか来られなくてごめんね。いつも見守ってくれてありがとう。……おばあちゃん、私に『幸せになってね』って言ってくれたよね。ほら見て、私、こんなに幸せになったよ」

話しながら涙ぐむまひろに、公貴がそっと寄り添う。その様子を、背後から叔父夫婦らがじっと見守っている。

墓参りを済ませたあと、和代に誘われて彼らの家でお茶と茶菓子をいただく。

持参した土産物を渡し、ひとしきり親戚達の近況を聞いた。そのあとは、叔父達から東京での暮らしぶりについてあれこれと訊ねられ、答える。

聞かれたのは主に公貴の経歴や現在の地位についてで、話すにつれて叔父夫婦の態度がどんどん親しげなものに変わっていくのがわかった。

「またいつでも顔を見せなさい」

「そうよ。なんと言っても親戚なんだから」

帰り際にそう言われ、わざわざ門まで見送ってくれた。

「はい、これ。もらい物で悪いけど、旅の途中のおやつ代わりに食べなさいな。あと、箪笥の奥から古いアルバムが出てきたから、それも一緒に入れておいたよ」

和代から紙袋を手渡され、礼を言って受け取る。

まひろが住んでいた祖父母の家は今から五年前に取り壊しになっており、アルバムはその際に見つかったものであるらしい。

「そういえば、昔祖父母の家に紫色のクレマチスが植えてあったんですけど、あれはどうなりましたか？」

「ああ、あの花ね。あれはずっと綺麗に咲いてたんだけど、家を取り壊す時にほかに植え替えたら、あっという間に枯れちゃって」

「そうですか……」

クレマチスは宿根草だから、上手く育てれば毎年花を咲かせる。望み薄だとは思っていたが、やはりダメだったかと密かに寂しい気持ちになった。

「わかりました。じゃあ、叔父さんも叔母さんもお元気で」

「あんたもね。何かあったら必ず連絡するんだよ」

車に乗り込んだあとうしろを振り返ると、夫婦が笑顔で手を振ってくれている。

まひろも二人が見えなくなるまで手を振り返した。

「叔父さん達からあんなふうに言ってもらえるとは思いませんでした。これも公貴さんのおかげです」

叔父達が以前とはまるで違う反応を見せたのは、言うまでもなくまひろが公貴というとてつもなくハイスペックな男性と結婚したと知ったからだろう。それでも血の繋がった人との縁が復活したのは、素直に嬉しかった。

墓参りを終え、気掛かりだった叔父達との対面も済ませた。住んでいた家の様子もわかったし、あとはもうゆっくりと旅を楽しむのみだ。

まひろは一仕事終えた気分で助手席のシートに身体をもたれさせた。

「きちんと目的は果たせたし、来てよかったな」

「はい。なんだか心底ホッとしました」

「まだ明るいし、どこか行きたいところはあるか？」

訊ねられ、子供の頃の想い出が走馬灯のように頭の中に思い浮かぶ。

「それなら、神社に行きたいです」

「神社か。どっちの神社だ？　夏祭りがあったほうか、ぼた山の上にある神社か」

「どっちも行きたいですけど、ここからだとぼた山の上にある神社のほうが近いので、そっちから――」

「うむ、わかった」

今いる場所から一キロほど行った地点に分かれ道があり、左側の細い道を行った先にぼた山がある。

まひろが道案内をするまでもなく、公貴は迷わずハンドルを左に切った。

さっきふたつの神社の話をした時から、まひろの頭の中はクエスチョンマークだらけだ。

「あの……公貴さん、どうしてぼた山の上にある神社に行く道を知ってるんですか？　それ以前に、なんでこの辺りに二カ所神社があって、ぼた山じゃないほうで夏祭りがあることまで……。前に仕事絡みで方言を学んだって言ってましたけど、もしかしてここに来たことがあるんですか？」

「ある。僕が中学二年生の時の夏休みに、一度だけ来たことがあるんだ」

公貴がこともなげにそう言い、一方のまひろは心底驚いて口をパクパクさせた。

「そ、そうなんですか！　すごい偶然ですね！　ほんと、びっくりです！　公貴さんが中学二年生の時といったら――」

「まひろが五歳の時だな」

まひろが指折り数えていると、公貴が先に答えを出してくれた。

「五歳と言えば、私がここで暮らすようになって二年目の夏ですね。うわぁ、こんなことってあるんですね」

まさかの事実に、まひろは驚きつつも自分達の不思議な繋がりを感じた。そして、勢い込んで彼に質問を投げかける。

「でも、どうしてまた公貴さんが、こんな田舎町に来たんですか？」

「当時、ぼた山を挟んで今いる位置とはちょうど反対側に母方の祖母の別荘があったんだ。祖母は田舎の農家出身だと言っただろう？　実はそれがN市なんだ」

「それって、貴子さんのことですよね？　それでここに……！　じゃあ、もともとこの辺りの方言を知ってたとか？」

まひろは、カフェで公貴と顔を合わせた時、出身地をズバリと言い当てられた時のことを思い出した。

「多少わかる程度だがな」

当時公貴は一人で別荘に滞在しており、食事などの世話をしてくれる地元在住の管理人夫婦と話すうちに、方言を覚えたのだという。

「そうですか。それにしても、本当にすごい偶然ですね！　びっくりしすぎて頭がついていかないです」

まひろは目をパチクリさせて、運転する公貴の横顔を見つめた。

「じゃあ、もしかしておばあさん同士が知り合いだったって可能性も無きにしも非ずですよね？」

「そうだな。おそらく十歳くらいはうちの祖母が上だろうが、その可能性は大だ」

「それに、もしかして、その頃の私は公貴さんとこの辺りのどこかで顔を合わせていたかもしれませんね。だけど、前も言ったとおり私はその頃のことをぜんぜん覚えてないんです」

せっかく思いがけない縁があるのがわかったのだ。

まひろは、どうにか当時のことを思い出せればいいと思ったが、そう簡単に抜け落ちた記憶が戻るはずもなかった。

「無理に思い出さなくても、必要があれば自然と思い出すかもしれないな」

「そうですね。あっ、ぼた山が見えてきましたよ。わぁ、ここも昔とぜんぜん変わらないなぁ。公貴さんもぼた山に行ったことがあるんですか？」

「ああ、何度もある」

そうと聞いて、まひろは思わず絶句して口元を手で押さえた。ぼた山は、まひろのお気に入りの場所で、子供の頃は散歩がてらしょっちゅう遊びに来ていたのだ。

まひろは公貴にそのことを話しながら、驚きのあまり目を白黒させた。

「すごい……！　びっくりしすぎて心臓が口から飛び出るかと思いました！」

興奮冷めやらぬ様子のまひろを見て、公貴が朗らかに笑った。

山に続く道の幅はさほど広くはなく、左右は土手と草原が広がっている。更に進むと木々の間から神社の鳥居と階段が見えた。少し手前にある草地に車を停め、二人して神社に向かって歩いていく。鳥居をくぐり、苔むした階段を注意して上り、途中何度も立ち止まってはそこから見える緑溢れる景色を眺めた。

「ぜんぶ昔のままだ……ここも何ひとつ変わってない」

まひろはしみじみとそう呟き、田舎の空気を胸いっぱいに吸い込んだ。階段を上り切った先の両脇には、石造りの狛犬が置かれている。それぞれの顔を懐かしく見上げたあと、まひろはうしろを振り返って大きく深呼吸をした。

「この神社、真冬は雪にすっぽり埋まったみたいになるんですよ。中学生の時、一度来てみたけど階段がどこにあるのかすらわからなくなってて――」

神主が常駐していないここの管理は、周囲に住む氏子達に任されている。まひろの祖父母宅もそのうちの一軒だった。そんなことを話しながら、拝殿の前まで進む。山の風がそよそよと吹いているせいか、少しひんやりする。

目を閉じて手を合わせると、近くにいたらしいヒグラシが一斉にカナカナと鳴き始めた。

「あ……ヒグラシだ。綺麗な鳴き声、昔よく聞きました。ほんと、懐かしいな」

「都会だとセミの鳴き声を聞く機会も少ないからな」

「小学生の時、よく友達とここで遊びました。おやつを持ってきて食べたり、シャボン玉遊びをしたり……楽しかったな」

「来る時はいつも誰かと一緒だった？」

「はい。周りに人家がないので、一人じゃ危ないって言われて。こんな田舎だから、タヌキやイタチのほかに、クマも出たりするんです。もっとも、祖母はクマよりも人のほうが怖いって言ってましたけど」

「そうか。無人の神社は拝殿への無断侵入や備品の窃盗が頻発するからな」

話しながら拝殿横にある自然石の上に二人して腰を下ろす。すでに日は西に傾きかけており、暑さもだいぶ和らいできている。ふと手元をみると、和代からもらった紙袋がある。懐かしさに浸るあまり、うっかり手に持ったままここまで来てしまったみたいだ。

「私ったら、今まで気づかないなんて」

笑いながら中を覗くと、和菓子が入っていそうな箱とスケッチブック型のミニアルバムが入っている。

「写真、見せてくれるか？」

公貴に促され、まひろはアルバムを取り出して膝の上に載せた。ヘアゴムで留められたそれを開くと、ページの間に一通の手紙が挟んであった。封筒の表書きには「まひろへ」と書かれており封がされたままだ。

「私宛て？　表書きの字は祖母のですね」

封筒を持ってみると、便箋が二、三枚入っている程度の厚さしかない。とりあえず封筒をアルバムの下に置き、一ページ目を開く。

そこには白いワンピース姿のまひろが山を背に万歳をしている写真が貼られていた。写真下の日付を見ると、まひろが高校一年生の春に撮ったもののようだ。

「うわぁ、こんなのいつ撮ったっけ？」

その頃のまひろは髪の毛をマッシュルームカットにしており、いかにも田舎の女子高生といった感じだ。二ページ目は高校の制服を着たまひろで、髪の毛を切ったばかりなのか前髪がやけに短くて眉が丸見えになっている。

ページを繰るごとに撮影年月日が古くなっているようで、六ページ目からは中学生の時のまひろが変顔をしている写真が貼ってあった。

そのあとに続く小学生の時の写真は、まひろがおたふく風邪になって頬が腫れている時のものや、半分目を開けて寝ているところなどだ。

「なんだか恥ずかしい写真ばっかりですね。おばあちゃんったら、わざわざ別にしておいてくれたのかな」

まひろが前から持っているアルバムの中の写真は、どれも比較的まともで失敗したと思われるものは一枚もない。もしかすると、このミニアルバムはイマイチの写真ばかり集めたものなのかもしれなかった。

「どこが恥ずかしいんだ？　ぜんぶ可愛いし、よく撮れてる」

「そ、そうですか？」

きっと変だと思いつつも、気を遣ってそう言ってくれているだけだ。そんなふうに思いながら公貴の顔を見ると、彼はいつになく優しい顔で微笑みながら写真に見入っている。

「これは七歳の春の写真か。桜が満開だな」

公貴がランドセルを背負ったまひろの写真を指差した。それは川沿いの土手で撮った写真で、お道化すぎたのかスカートがめくれ上がっている。

「こ、この頃はかなり小柄だったので、整列する時は一番前だったんですよ」

まひろはあわててはしたない恰好の自分を掌で覆い隠し、照れ笑いをした。

「えっと、次のページは、っと……」

ページを繰ると、見開きの両方に朝顔模様の浴衣を着たまひろがニコニコと笑っている写真が貼ってあった。

「これは六歳の夏かな。この写真は割とまともですね」

「そうだな。ちゃんとカメラのほうを見て写ってる。朝顔か……うちの庭にも咲いてるし、ちょうど色合いも同じじゃないか？」

「そうですね。ふふっ、この写真を撮った時のことは、はっきりと覚えてます。本当はこの前の年に縫ってもらった浴衣が着たかったんですけど、思っていたよりも身長が伸びたせいでもうそれが着られなくなってしまったんです。そしたら祖母が大急ぎでこれを縫ってくれて——」

写真を眺めながら、まひろは和裁が得意だった祖母を偲んだ。ここを出る時にそれら手作りの品を持っていきたかったが、形見分けの品として親戚の子に渡りまひろの手元には一枚も残らなかった。

「そうか。この朝顔の浴衣は、前に見せてもらったアルバムにも貼ってあったな。この前の年というと――」

「私が五歳の頃――ちょうど記憶が抜け落ちている時期ですね」

まひろは以前、公貴と互いの昔の写真を見せ合ったことがあった。そのため、彼はまひろのアルバムに両親が亡くなったあと一年半の間の写真がないことは知ってくれている。

「もしかして、その間に撮った写真はこのアルバムに貼ってあるのかも……」

「その可能性は大いにあるな」

公貴にそう言われ、まひろは緊張の面持ちでごくりと唾を飲み込んだ。ページの端を持ち、ゆっくりとめくった。

「あっ！　この浴衣――」

見開き左に貼られた写真の日付は、まひろが六歳になる前の冬に撮られたものだ。場所は祖父母の家の中だが、冬だというのにまひろは金魚模様の浴衣を着て笑っている。

「これです！　この赤い金魚模様の浴衣が、さっき言ってた着られなくなった浴衣です。うわぁ、懐かしい！」

まひろは浴衣姿で破顔している写真を指差してクスクスと笑った。

「私、これが大好きで、秋になっても中に暖かい肌着を着たりして無理矢理浴衣を着てたんですよ。しまいには洗い替え用にもう一枚祖母に同じのを縫ってもらったりして」

今まで忘れていた当時の出来事が、ふいに頭の中に蘇ってきた。

更にページを繰ると、同じ浴衣を着たまひろが大きな焼き芋にかぶりついている写真などが貼られている。

その隣の写真は、縁側でシャボン玉遊びをしている五歳児のまひろだ。季節は夏で、熱でもあったのか額に熱さまし用のシートを貼っている。

「ふふっ、私ったら熱があるのに機嫌よくシャボン玉遊びをしてますね」

笑いながら調子よくページを繰ると、同年のまひろに続きその一年前——ちょうど両親が亡くなった年の写真に行きあたった。やはりあの頃の写真は、このアルバムに収められていたのだ。だが、悲しい出来事があったせいか、枚数が急に少なくなっている。それに、どの写真を見てもびっくりするほど表情が乏しかった。

「どうかしたか？」

公貴がまひろの肩をそっと揺すりながら、顔を覗き込んできた。

まひろはハッとして顔を上げたあと、公貴を見てにっこりする。

「当時のことを思い出そうとしたんですけど、やっぱり何も思い出せなくて……。この頃の私、なんだかどの写真も心ここにあらずって感じですよね」

「ちょうどご両親が亡くなったあとだし、無理もない。幼いなりにいろいろと思うところがあったんだろう」

公貴に肩を抱き寄せられ、まひろは彼にぴったりと身を添わせた。ぽっかりと穴が空いたような記憶を辿ろうとしている今、公貴の存在はこの上なく心強い。

記憶が途切れている四歳から五歳の夏頃の写真は、やはりどれもなんとなく物悲しく見える。そのため、祖母はあえてこの時期の写真をメインのアルバムに貼らなかったのだろう。

「そうだ、手紙を開けてみないと」

まひろは封筒を取り上げて、今一度表書きを見た。墨書きの文字を指でなぞったあと、注意深く封を開ける。

中に入っているのは、花模様の便箋が三枚のみ。書かれているのは年表形式のメモ書きで、手紙と言うよりはまひろが祖父母に引き取られてから幼稚園を卒園するまでの成長記録のようなものだった。目を通すと、書き込まれているのは、その時々のまひろの様子だ。それは、ミニアルバム同様、年齢を遡るように書かれている。

「『○月×日　保育参観。まひろ、夜に押し入れの中で泣く』

『△月□日　運動会。まひろ、友達の家のお弁当を羨ましそうに見る』

それぞれの下には、当時の祖母の心情も書き添えられている。

『可哀想に。お母さんとお父さんがいなくてもおばあちゃん達がいるよ』

『ごめんね。もっと、見た目が可愛らしいお弁当を作ればよかったね』

幼稚園の保育参観日に母親が来ない寂しさにこっそり涙したことや、運動会のお弁当が少々地味だったのを残念に思ったこと、などなど——。

そのほかにも親子遠足や母の日など、両親が関わる行事が会った日の書き込みがたくさんある。

「私、祖父母に余計な心配ばかりかけてますね。今まで忘れてましたけど、押し入れの中で泣いたことは、なんとなく覚えてます」

手紙を見るうちに、今まで忘れていた記憶がほんの少しだけ頭の中に蘇ってきた。

「小さかったんだから、無理もない。ふむ……これを見ると、まひろが幼稚園に入園したのは五歳の秋だったようだな」

公貴が指した箇所を見ると、確かに五歳になった年の九月に入園している。

「そうなんですよ。私自身はよく覚えていないんですけど、当時からの友達が前に『まひろは途中からの入園だった』って教えてくれました」

「記憶が抜け落ちているのは、ご両親が亡くなってからの一年半だから、ちょうど幼稚園に入園する少し前にまでということになるな」

公貴が言い、まひろは頷きながら手紙の二枚目を膝の上に載せる。そこには、まひろが幼稚園に入る前のことが書いてあった。

『△月□日　まひろ、高熱で寝込むも、急に喋れるようになる』

それを見て、まひろは「あ」と声を上げた。

そして、しばらくの間書かれた文面を見つめ、細い糸のような記憶の端を探した。

熱に浮かされていた時に見た天井の板目模様や、喉がずっと詰まったような感じ。

それらが少しずつ頭の中に思い浮かび、次第に泉が湧くように当時の記憶が蘇ってくる。

「……そうだ……。私、声が出なくて病院に何度も通ってたんだった……！　祖父母のところに来た時の私は、名前を呼ばれても返事すらできなくって——」

当時の医者が、喋れないのは両親が亡くなったショックのせいだと言っていたのも思い出した。まだ記憶は断片的でバラバラだ。これ以上思い出すと辛い思いをするかもしれない。けれど、まひろはようやく失った想い出を取り戻す糸口を摑んだのだ。

「まひろ、無理をするな」

「はい」

公貴に気遣われつつ祖母の書き込みを読み進め、まひろが高熱を出して回復した時のことに行きあたった。

「『きーくんって誰?』って書いてありますね。〝きーくん〟……くん、ってことは男の子かな?」

祖母の記録によると、まひろは熱が出ている間中〝きーくん〟を呼んでいたらしい。

祖父母はまひろが声を取り戻したのを喜んだ。

しかし、回復したのちに〝きーくん〟とは誰のことか聞いても「わからない」と言うばかりだったようだ。

実際、まひろ自身は熱に浮かされている間のことは記憶にないし、それが誰なのか思い出せなかった。

「公貴さん、もう少しここにいてもいいですか?　せっかく来たし、もっとほかに、ここでしか思い出せないものがあるような気がして……」

「もちろんだ。まだたっぷり時間はあるし、焦らずにゆっくり思い出せばいい」

まひろを抱き寄せる公貴の手に力が入り、二人の身体がぴったりと寄り添う。

まひろは再度アルバムを見てどうにか記憶を呼び覚ます糸口を見つけようとした。

次に浮かんできたのは、布団の中から眺めていた庭の風景だ。それがさっき思い浮かんだ天井の板目模様と重なる。

アブラゼミが元気よく鳴いているから、季節は夏。おそらく暑さが真っ盛りの時だろう。着ているのは金魚柄の浴衣だ。

「そうだ……この額にシートを貼っている写真は、一週間くらい高熱を出して寝込んだあとの私です。当時、祖母が毎日同じ布団で寝てくれて――」

当時の気持ちが心の中に蘇り、まひろは我知らず身震いをした。得体のしれない不安に駆られ、思わず公貴の胸に身をすり寄せる。

「なぜかわからないけど、とにかくものすごく怖くて仕方なかったんです。いったい何がそんなに怖かったのか……。そういえば、今たまに見る怖い夢ってこの頃から見るようになったし、夢に出てくる場所って、もしかするとここかもしれません」

まひろはアルバムと手紙を持ったまま、公貴とともに立ち上がった。そして、もう一度拝殿の前に行き、建物の中を覗き込んだ。

しかし、中にはほとんど日の光が差し込まず、ほぼ真っ暗で何も見えない。

それを見た途端、まひろはぶるりと身を震わせて表情を強張らせた。ふいに足元がおぼつかなくなり、公貴に支えられる。

「大丈夫か？　もう離れたほうがいいんじゃないか？」

「も、もう少し、このままここにいさせてください」

まひろが言うと、公貴が頷きながらしっかりと腕に身体を抱き込んでくれた。

公貴に寄りかかりながら、まひろは蘇りそうになっている記憶を手繰るのに集中した。彼の胸に頬を寄せていると、さっき見た暗闇が公貴の着ているポロシャツの白に照らされて、明るく穏やかな日陰に変わる。そして、それがいつも夢で見る小屋の記憶と重なり出す。

（あの小屋って、やっぱりこの神社の拝殿だったのかな……？）

まひろが更に記憶を呼び覚まそうとすると、いつも暗くてほとんど何も見えない小屋の中の風景が、少しずつ見えてきた。――と、その時、突然耳の奥でドタドタと床を踏み鳴らす音が聞こえ、次の瞬間白い服を着たオバケが目の前に迫ってきた。

「ひっ……！」

まひろが声にならない叫び声を上げると同時に、拝殿の入口から差し込む僅かな陽光を受けてオバケの顔が一瞬だけはっきりと見えた。

それは頬がこけた中年男性のもので、落ちくぼんだ目がぎょろりと光っている。

再び耐えがたいほどの恐怖に囚われ、まひろは公貴の身体にしがみついてぶるぶると震え出した。恐ろしさのあまり、大声で叫び出したくなる。しかし、なぜか喉が詰まったようになっており、どうしても声を出すことができない。

「まひろ！　もう怖くない、僕がいるから大丈夫だ」

公貴がまひろを正面から抱き寄せ、顎を持って上を向かせた。

そうだ、今の自分には公貴がいる。

だが、彼の名前を呼ぼうとしても、出るのは声にならない掠れた音だけだ。

「いいか、よく聞くんだ。まひろに何があっても、僕が盾になってまひろを守る。昔も今も、僕がまひろのそばにいて、命を懸けて守り抜いてみせる。だから、まひろはぜったいに大丈夫だ。わかったね？」

言い終えるなり強く抱きしめられ、その途端に膝の力が抜け落ちる。

自分の名前を呼ぶ公貴の声を耳にする中、まひろの頭の中に突然白いシャツを着た少年の顔が思い浮かんだ。

『まひろちゃん！　もう大丈夫だよ！』

少年が叫び、今にも泣き出しそうな顔でまひろの顔を見つめてくる。

『僕がいるから大丈夫だ！　悪いやつはもうやっつけたよ！』

まひろは頷き、頭の中の少年をじっと見つめ返した。その右頬は赤い血に染まっている。その傷に手を伸ばそうとした時、少年に教えてもらった彼の名前を思い出した。

「そうだ……〝きーくん〟です！　私を助けてくれたの〝きーくん〟っていう男の子でした！」

声が出ると同時に当時の記憶が一気に蘇り、まひろは公貴にいっそう強くしがみついた。今、はっきりと思い出した。夢だと思っていた恐ろしい出来事は、本当に起きたものだったのだ。

「私、きーくんとおやつを食べようと思って、ここで待ってたんです！　そしたら、急に身体をうしろに引きずられて、暗いところ――この拝殿の中に連れ込まれてしまって……」

今ならわかる。オバケだと思っていたのは落ちくぼんだ目をした中年男で、白い服は神社の神主が着る白装束だ。

「私、怖くて……一生懸命逃げて、助けてって言おうとして……。でも、どうしても声が出なくて、もうダメだって思った時、きーくんが……きーくんが大声を上げながら助けに来てくれたんです！」

声を震わせ、つっかえながらそう話すまひろを、公貴がそれまで以上にきつく抱きしめて頷く。

「怖かったな。だけどもう平気だ。そうだろう？　まひろには僕がいるから大丈夫だ」

宥めるようにそう言われ、まひろは繰り返し首を縦に振った。

自分には公貴というこの上なく頼もしい夫がいる。

守られている安心感で、まひろは徐々に緊張の糸を緩めていく。そうしているうちに、ふとさっき聞いた公貴の声に、昔聞いた〝きーくん〟の声が重なる。

『僕がいるから大丈夫だ！』

声の高さこそまるで違うが、重ね合わせると不思議なほどしっくりと馴染んだ。

まひろは自分を見る公貴の顔をじっと見つめた。

そうだ……似ているのは声だけではない。見つめ返してくる優しい目も、瞳の色も一緒。それだけではなく、掛けてくれた言葉も頬の傷の位置も同じだ。

もしや、公貴が〝きーくん〟なのでは……？

そうだとしたら、これまでの小さな疑問が解けてぜんぶ辻褄が合う。

まひろは公貴の腕を摑み、震える声で話しかけた。

「公貴さん……もしかしてあの時、私を助けてくれたのは公貴さんだったんですか？」

訊ねるまひろをもといた場所に座らせると、公貴がにっこりと微笑みを浮かべた。

「思い出した？　まひろちゃん」

低く響く公貴の声が、まひろの頭の中で懐かしいきーくんの声と交じり合った。それは昔何度となく話しかけてくれた、優しくて大好きな声だ。

「きーくん……！　公貴さんが、そうだったんですね……！　あの時のこと、ぜんぶ思い出しました。きーくん、会えて嬉しい……！　本当に、本当に嬉しい……！」

まひろの目から涙が溢れ、忍び泣きがすぐに子供のような号泣に代わる。

いろいろな思いが胸に溢れ、蘇った懐かしい記憶が頭の中を駆け巡った。

泣いている間中、公貴はまひろの背中と髪の毛を撫でてくれている。その手が優しくて、また新たに安堵の涙が零れた。

今思えば、昔から繰り返し見た夢はあの出来事そっくりそのままだ。そして、最後にオバケが消えるのは公貴がやっつけてくれたからだった。

両親が亡くなったショックはもとより、おそらくこの時に味わった恐怖がまひろの記憶を消し去ってしまっていたのだろう。

公貴との繋がりを知り当時のことをきちんと思い出した今、心はだんだんと落ち着きを取り戻し始めている。それとともに、失っていた記憶の細部が次々に蘇り始め、込み上げる懐かしさに胸がいっぱいになった。

「ここで空を眺めたりシャボン玉遊びをしましたよね。私は金魚模様の浴衣を着て、きーくんはいつも真っ白なシャツを着ていて」

「確かにそうだったな。まひろとはじめて会ったのは、僕が中学二年生の夏休みで、七月最後の日曜日だった。ちょうど前の日の夜に別の神社で夏祭りがあったな」

「その時の夏祭り、私も祖父母に連れて行ってもらいました。小さなお祭りでしたけど、毎年それに行くのが楽しみで——」

二人はそれぞれの記憶を照らし合わせ、当時の想い出を辿り始める。

「はじめて会った時、まひろは僕に駄菓子をくれた。その時の僕はちょうどさっき立っていたところで膝を抱えてたな。当時の僕は背も低くガリガリで、勉強ばかりしてる弱虫だった。そんな自分が情けなくて、あの頃はこれからどうしたらいいかと思い悩んでばかりだったよ」

公貴は当時進学校に通っており、まだ成長期前の脆弱な少年だった。学校や塾でいじめに遭い、夏休みに入ってすぐに祖母の別荘があるここに逃げてきた。

ある日、勉強の合間にふらりとここを訪れて都会での鬱々とした日々を思い一人涙を流していた。

そこへ幼い日のまひろがやってきて、公貴に駄菓子を差し出したのだ。家では駄菓子類は一切禁止されていたが、興味があったこともあり公貴はそれを受け取って食べた。

はじめて食べる駄菓子に、突然現れた金魚柄の浴衣を着た見知らぬ幼女。公貴が名前を問うと、幼女は黙ったまま地面に拙い字で「まひろ」と書いた。

「あっ……なんとなく、その時のことは覚えてます。私、祖母から名前の書き方を教えられて、それだけは書けるようになっていたので」

チラシの裏や使いかけのらくがき帳。様々な色のクレヨンを持ち、当時はお絵かきをする感覚で書く練習をしていたことを懐かしく思い出す。

「それから毎日のようにここで会うようになって、駄菓子を食べてシャボン玉を飛ばして――。そういえば、あの頃のまひろは、いつも笑顔だった。その顔が、まるで小さな菩薩様みたいだったな」

公貴が懐かしそうな表情を浮かべながら、まひろの頭を掌でそっと撫でた。

「不思議ですね。当時写した写真の中の私は、ほとんど表情がなかったのに」

「きっと泣いている僕を見て、無意識に笑顔で励まそうとしてくれていたんじゃないかな」

「もしくは、公貴さんと一緒にいると自然と笑顔になっていたのかも……。きっと、そうです。私、悲しくて笑えない時も、公貴さんのそばにいる時はちゃんと笑えていたんですね。あの夏、公貴さんに出会えて本当によかった」

微笑みながら公貴の腰に腕を回すと、彼は嬉しそうにまひろの頭に頬を擦りつけてきた。

「僕も心からそう思う。まひろとの出会いは、天からの贈り物だ——当時はそうとしか思えなかったし、それからいろいろと考えて、もしかしてまひろはこの近くに住む座敷童か何かだと思うようになったりして」

「座敷童!? ぷっ……それ、当時祖母にも言われたことがあります。ちょうど髪の毛もおかっぱ頭だったし『浴衣を着ると座敷童みたいだね』って。あ、もちろん家の守り神って感じの褒め言葉で言ってくれたんですよ?」

「ああ、僕もそのつもりでそう言ったんだ。あの時のまひろは、僕にとって唯一の心の拠り所だったからな」

公貴が感慨深そうにそう語り、まひろに微笑みかけた。そして、まひろをいつものように膝の上に抱え上げてギュッと抱きしめてくる。

「八月二度目の木曜日だった。いつも通りここに来たら閉まってるはずの拝殿の扉が少しだけ開いていて、中から人が暴れてるような音が聞こえた。驚いて中を覗くと、まひろが白装束を着た男に追いかけられていたんだ」

公貴に抱かれた身体がびくりと震え、一瞬全身の血が凍りついたような寒気を感じた。けれど、すぐに公貴の温もりが取って代わり、深い安心感に包み込まれる。

「僕は無我夢中で拝殿に飛び込んで、男の頭を持ち込んだ木の棒で殴りつけた」

男は不意打ちを喰らってその場に倒れ、その間に公貴は部屋の隅ですくんでいたまひろを拝殿の外に出した。

幸いまひろは無傷で、公貴はすぐに家に帰るよう急き立てて再度男を倒すべく拝殿の中に戻ったのだ。

「その時の僕には怖いという感情はなくて、ただまひろを守りたいという気持ちだけで動いてたな。とにかく、ぜったいにこいつだけは許さないという思いでいっぱいで、倒すまでは戦うのをやめるつもりはなかった」

「もしかして、頬の傷はその時に？」

「そうだ。男を動けないように縛ったあと、大急ぎで別荘に帰るまで気がつかなかったがな。いじめられっ子なりに普段から護身術とか最悪の事態に陥った時の対処法を学んでたのが役に立ったよ」

その時の経験は、のちの公貴に大きな影響を与え、本格的に武道を習い将来的に警察官を目指すきっかけになったのだ。

「その夏を境に、僕はそれまでの弱い自分を捨てようと決心した。まひろとの出会いが僕を変えた。今の僕がいるのは、ぜんぶまひろのおかげなんだよ」

「公貴さん……」

その日、どうやって家まで逃げ帰ったのかはわからない。

まひろはその後高熱を出して寝込み、すっかり回復した時には〝きーくん〟のことも白装束の男に追いかけられたことも忘れてしまっていたのだ。

「私ったら、どうして〝きーくん〟との大切な想い出を忘れたりしてたんだろう？　白装束の男のことはともかく、公貴さんは大怪我をしたのに……」

「すべてを忘れることで、受けたショックから自分を守ったんだろう。ただでさえまひろにとって辛い時期だったたし、忘れられてよかったと思うよ」

その後別荘の管理人を通して男を警察に引き渡した公貴は、怪我の手当てをしたのちに連絡を受けた両親によって強制的に帰京させられた。のちに聞いた話では、男は流れ者の変質者で、いたずら目的で拝殿に潜んでいたようだ。

「あれは僕にとってもかなり衝撃的な出来事だったし、ショックが大きすぎたせいか、それが現実だったのかどうかわからなくなってしまったんだ。まひろは確かにいたが、もしかして本当に座敷童なのかもしれない——だが、そんなことを話しても誰も信じてはくれないだろうと思って黙っていたんだ」

それからすぐに祖母は別荘を手放し、まひろとはそれきり会えなくなった。

果たしてまひろは何ものだったのか。

やはり座敷童か？

季節が過ぎるごとに謎は深まり、もはや頰の傷だけが当時のことが現実であったことの証拠になっていたという。

「まさか、あの合コンでまひろに会えるとは思わなかった。面影は残ってたし、一目見てピンときた。名前を聞いた時には心底驚いたよ。だが、まひろ自身は僕のことを覚えていないようだったから、あえて初対面のふりをしていたんだ」

「そうだったんですか……。私、今だけじゃなくて昔も公貴さんに守ってもらっていたんですね」

「僕はまひろに対して返しきれないほどの恩を感じてる。それを少しでも返せるよう、一生まひろのそばにいて守り続けるよ。そう約束しただろう？」

「はい、確かに約束してもらいました。……でも、あの……それって、私に恩を返すために？　つまり、その──」

「何を心配してる？　もちろん、恩を返すためだけじゃなくて、まひろを心の底から愛してるからだ」

いつになく甘くとろけるような目つきで見つめられ、まひろは一瞬で腑抜けた。

公貴がまひろの前髪を掻き上げ、額に唇を寄せる。

「僕の奥さんになるのは、まひろだけだ。昔からそう決まっていたんだと思う。言っただろう？　まひろこそ僕の運命の人だ、って」

「公貴さんっ……」

感無量とは、まさにこのことを言うのだろう。公貴の言うとおり、自分達は最初から強い縁で結ばれていたのだ。出会いは必然であり運命だった。そう感じるほど、今二人きりでここにいることが嬉しくてたまらない。一度収まっていた涙が再び零れ出し、頬を伝った。

「私ったら、また嬉し泣きしちゃって……。公貴さんに、嬉しいなら笑ってくれって言われたのに」

「確かにそう言ったな。だが、もう好きなだけ泣いてくれていい。どんな時も、僕がそばにいて涙を拭いてあげるよ。それに、泣いているまひろは保護本能を掻き立ててくれる。愛おしくて仕方なくて困るくらいだ」

涙でぐしゃぐしゃになった顔を、公貴がハンカチで丁寧に拭いてくれた。

「そんなふうに言われると、嬉しくて天まで昇る気持ちです。……でも、こんなに泣いちゃって、私、史上最高にブサイクな顔になってますよね」

自分でもわかるほど目蓋がパンパンに腫れているし、声も鼻声だ。けれど、公貴は首を横に振って、きっぱりとそれを否定する。

「まひろがこれほど泣いたのは、それだけ感情が溢れたからだろう？　僕の前だから安心して泣いてくれたんだろうし、僕にとっては史上最高に可愛い顔だ」

「公貴さん……そんなに甘いことばかり言われると、私、もう蜂蜜みたいにとろけちゃいますよ」

「そうか？　旅先だし、たまにはいいだろう」

掌で頬を包み込まれ、唇にキスをされる。かつてここではじめて会い、今夫婦になって帰ってきた。

まひろは二人を結びつけてくれたこの地に感謝しながら、公貴の背中にそっと腕を巻きつかせるのだった。

神社でのひと時を過ごしたあと、まひろは彼とともに山間の道を行き海辺の町に向かった。

時間は午後七時前。空はまだ夕暮れの明るさを保っているが、ぽつぽつと明るい星が見え始めている。

行きついたのは、海辺に建つ高級ヴィラだ。

「綺麗な建物ですね。なんだか日本じゃないみたいです」

白壁の洋館はおよそ千二百平米の敷地で、まるで南欧にいるかのような優雅さを感じさせる。ヴィラの前はプライベートビーチになっており、海を臨むバルコニー付きのホールでは中規模のパーティーを開くこともできるみたいだ。

「一日に一組しか泊まれないから、今日は僕達二人だけだ」

「こんなに広いのに、私達だけの貸切ですか?」

「独立した部屋がぜんぶで三部屋あるから、ゲストを呼んで泊まらせるのも可能だが、今回は僕達二人きりだ」

公貴とともに二階のメインルームに向かい、部屋の中に一歩足を踏み入れる。

前面と左右がガラス張りになったそこは、オーシャンビューのスイートルームだ。

海が見えるバルコニーには専用の階段がついており、そこから直接浜辺に行けるようになっている。

「わっ、素敵！　ここ、本当に私の地元ですか？　なんだか海外にハネムーンに来たみたいです」

まひろがはしゃいだ声を上げると、公貴が嬉しそうに微笑みを浮かべた。

「そう言ってくれて嬉しいよ。僕もそのつもりで、ここを予約したんだ」

「そうなんですか？　だったら、目一杯楽しまなきゃ」

まひろは公貴とともに部屋を見て回り、外の景色を見てはパチパチと手を叩いた。

リビングダイニングのほか、寝室やバスルームには白薔薇が飾られており、すべての部屋から水平線に沈む太陽を見ることができた。

二人はここで二泊する。

聞こえるのは波と風の音だけ。ルームサービスで専属のシェフによる海鮮と野菜がたっぷりの料理を食べ、勧められた地酒を公貴とともに楽しむ。

食後はビーチに向かい、満月を見ながら裸足になって水際を散歩する。外に行く際、スタッフの人に笑顔で「いってらっしゃいませ」と声をかけてもらった。

たった二人で泊まるには十分すぎる設備と完璧なもてなし。

地元の近くにこんなハイクラスの施設があるなんて知らなかった。公貴に訊ねたら、オープンしたのは今から一年前とのことだ。

「まだ新しいんですね。どうりでどこもかしこもピカピカで、本当に気持ちいいです」

まひろは海に向かって大きく深呼吸をする。思えば、こうして波打ち際で海を見るのはかなり久しぶりだ。

「気に入ったか？　だったら何度でも来ればいい」

「でも、ここってすごく高そうですよ」

まひろが尻込みをすると、公貴が左手を差し伸べてきた。手を繋ぎ、二人並んで歩き始める。

「確かに安くはないが、ここは母方の祖母が経営してるからかなり割引が利く」

「えっ！　ってことは、ここは貴子さんが建てたヴィラってことですか？」

まだ会ったことはないが、貴子はまひろが自身の祖母とともに、自身もそうありたいと思う女性の一人だ。

「そうだ。もともとこっちが地元だし、別荘を売ってしまったからほかに泊まれる施設を作りたかったそうだ。それで、どうせなら収益が出るものにしようと、このヴィラを建てたらしい」

「そ、そうですか……」

「それに、投資先として優良だと判断したから、ここをオープンするにあたって僕もいくらか出資させてもらってるんだ」

　結婚する前に教えられた彼自身の総資産も腰が抜けるほどの金額だった。もはや預貯金だけでも一生ゆとりある生活ができるほどだ。

「そうだったんですね……なんだかすごい……」

　パーティーはもとより、ウェディングもできるここは、オープン前から予約が殺到するほどの人気であるらしい。では、なぜ今日自分達がここに泊まれているのかと問うと、公貴が事前に予約を入れてくれていたおかげだった。

「墓参りをするなら今の時期だと思っていたし、前から一度まひろをここに連れて来たいと思ってたんだ」

　浜辺に置かれている白いベンチを見つけ、二人寄り添って腰かける。辺りはシンとして静かで、聞こえるのは穏やかな波の音だけ。見渡す限り続く海の上には、月の光が描くまっすぐな線が映し出されている。

「まるで海の上に道ができたみたい。このまま水平線まで歩いていけそうですね。すごく神秘的で素敵です」

目の前に広がる風景は、二人だけのものだ。

まひろは目前に見える月の道を、自分達の人生に重ね合わせた。

「まひろ、いい笑顔だな」

公貴が、まひろの顔を覗き込んで笑みを浮かべた。

「だって幸せすぎて自然と笑えてきちゃうんです。……私、今ものすごく幸せです。公貴さんもそう思ってくれてますか？」

「もちろんだ」

即答され、まひろの幸福度が一段と増した。今ある幸せは、何があっても手放してはいけない。

まひろは思い切って今胸にある気持ちを、素直に公貴に伝えることにした。

「公貴さん……キス、してもいいですか？」

言い終えたまひろの顔は、夜の砂浜でもわかるほど赤くなっている。

公貴が頷き、微笑みながら少しだけ顔を近づけてくれた。

まひろは照れ笑いをしたのち、公貴の眼鏡をそっと外した。そして、首に腕を回して彼の唇にゆっくりとキスをする。すぐに恥ずかしくなってキスを終わらせると、今度は公貴のほうから唇を重ねてきた。

背中を包み込むように抱き寄せられ、キスをしたまま膝の上に移動させられる。

一瞬離れては、また唇が合わさり、気がつけばベンチを離れ公貴に抱き抱えられたまま部屋に向かっていた。

お姫様抱っこのまま部屋に入り、窓辺のソファにそのままの恰好で腰を下ろす。

「今日はいろいろあって疲れただろう？　普段仕事や家事を頑張ってくれているし今夜はゆっくり寛いでくれ。まひろがしたいことをしていいし、何かしてほしいことがあればなんでもしてあげるよ」

「ほんとですか？　でも、公貴さんだって私以上に疲れてますよね？　それに、仕事はもちろん、家事だって一緒にやってくれて……んっ……」

話している途中でキスをされ、いっそう強く抱き寄せられる。いつになく熱っぽい目で見つめられ、一気に心拍数が上がった。

「仕事を終えて家に帰って来た時、まひろが迎えてくれるだけで嬉しくなる。まひろが『おかえりなさい』と言って微笑んでくれるだけで癒されて幸せを感じるんだ。まひろ、いつもありがとう。心から愛してるよ――」

キスがだんだんと熱を帯び、吐く息がすべて吐息になる。愛し合う二人にとって、これ以上ロマンチックで理想的な夜はない。

「私こそ、公貴さんが帰って来てくれるだけで、どんなに嬉しくて幸せか……。愛してるって言葉だけじゃ伝えきれないほど愛してます」

「まひろ……」

公貴がまひろを抱いたまま、もう一度立ち上がった。行き先は白薔薇が香るベッドルームだ。まひろは歩きながら求められるキスに応えながら、我知らず全身を熱く火照らせるのだった。


翌日の朝は、昨日に勝るとも劣らないほどの青天だった。

海も穏やかで潮風が心地いい。

焼きたてパンと地元フルーツたっぷりの朝食を食べたあと、公貴はちょっと浜辺を走ってくると言って部屋を出た。

「うーん、気持ちいい。ここで一週間くらいのんびりしたいな。なぁんて、来られただけでも十分すぎるほどだよね」

幸い緊急呼び出しの連絡はなく、このまま旅が終わるまで静かな時間を過ごせたらもう何も言うことはない。

部屋のバルコニーから海を眺めていると、公貴が背後から呼びかけてきた。

「まひろ、ちょっと来てくれるか？」

「はぁい」

機嫌よく振り向いた先には警察官の制服を着た公貴が立っていた。

深みのある金色の肩章や飾緒。真っ白なシャツに藍鼠色のネクタイを締め、小脇に制帽を抱えている。

「え？　制服っ……ちょっ……かっ……かっこいいっ……！」

以前見た公貴のアルバムの中でなら、彼の制服姿を見たことがあった。しかし、実際に着ているところを見るのははじめてだ。その凛々しすぎる立ち姿に、まひろは腰が砕けヘナヘナとその場にへたり込みそうになった。

「まひろ！」

あわてて駆け寄ってきた公貴が、まひろの腰を抱き留めてくれた。

「大丈夫か？　……もしかして、昨夜少し無理をさせすぎたか？」

公貴が心配そうにまひろの顔を覗き込んでくる。確かに夕べはいつになく激しく求められたが、それとこれとは話が別だ。

「ち、違いますっ……そうじゃなくて、公貴さんの制服姿がかっこよすぎて……」

まひろが息を弾ませながらそう言うと、公貴が片方の眉尻を上げた。

「そういえば、前に僕のアルバムを見ていた時、制服姿を褒めてくれたことがあったな。今まで気づかなかったが、まひろは制服に強い愛着心を持つタイプなんだな」

公貴が納得したように金色の袖章をまじまじと見つめる。ともに暮らすようになってわかったのだが、彼は驚くほど自分の容姿に無頓着だ。

「そ、そうじゃありません！　私、別に制服自体に萌えたりしませんし、素敵なのは制服を着た公貴さん自身です！」

まひろは激しく首を横に振って彼のとんちんかんな間違いを正した。

「そういえばアルバムには道着姿の写真もありましたね。今度、着て見せてください。あっ……念のため言っておきますけど道着萌えじゃありませんよ？　公貴さんが着るとなんでもかっこいいんです。もちろん、何も着なくてもかっこいいですけど」

話ながら鼻孔が膨らみ、それを見た公貴が可笑しそうに含み笑いをする。

「な、なんですか？」

「いや、夕べ一緒に風呂に入った時のまひろを思い出して……。やけにジロジロ見ていたのは、僕の身体に興味津々だったからなんだな」

「えっ？　そ、それは、その――」

白薔薇が香るベッドで激しくも甘いひと時を過ごしたあと、まひろは公貴に誘われてはじめて彼と一緒に風呂に入った。身体を洗い終えると、公貴はゆったりとした湯船に浸かりながら、窓から見える素晴らしい景観を堪能していた。だが、まひろ自身はそれどころではなく、終始公貴の鍛えられた身体に気を取られていたのだ。

「はい、まったく否定できません」

まひろは素直に認め、恥じ入って下を向いた。その頬を掌ですくうと、公貴がふいに唇を重ねてきた。朝っぱらから熱っぽいキスをされ、まひろは早々に夢心地になる。

「き、公貴さんって、前はこれほど甘々じゃなかったですよね？　いつの間にこんなになったんでしたっけ？」

「さあ、どうだったか……。いずれにせよ、まひろが愛おしくて仕方がないせいだ」

今度は言葉で甘くとろかされ、脳味噌が茹りそうになる。そのままキスを求め合い、だんだんと気分が盛り上がっていく。

「さあ、そろそろ準備する時間だ」

唇が離れ、公貴がまひろの頬から手を離した。うっとりと目を閉じていたまひろは、あわてて緩み切っていた表情筋を引き締めて彼の顔を見た。

「じゅ、準備って、なんの準備ですか？」

「僕達の結婚式の準備だ。この旅行がハネムーンに行くみたいだと言ってただろう？　略式だし二人きりだが、いい想い出になればいいと思って」

「えっ⁉　本当に？」

急遽結婚を決めたせいもあり、二人は挙式しないまま夫婦になった。

公貴はそれを気にしてくれていたが、まひろとしてはなんの不満もなかったし、そもそも自分には出席してくれる親族は一人もいない。

一方、公貴は名家出身だ。挙式するとなるといろいろと調整が必要だし、それを考えると、むしろしないほうが気が楽だった。けれど決して結婚式自体が嫌なわけではないし、本音を言えばささやかでいいから式を挙げ公貴と愛を誓い合いたいと思っていた。

「だから正装を？」

「そうだ。まひろ用にウェディングドレスも用意した。気に入ってくれるといいんだが……。それと、これは指輪だ」

公貴がポケットから白いリングケースを取り出し、蓋を開けた。中には輝きが美しいダイヤモンドのリングのほかに、銀色に光るペアリングが入っている。

「指輪すら渡せずに、本当に悪かった。本来なら一緒に選ぶべきだったんだが、時間的に難しくて――」

「そんなの、ぜんぜんいいです！　だって公貴さんのほうが私よりセンスいいし、家にあるものは食器も家具もぜんぶ私のお気に入りですから。……指輪、すごく素敵です！　でも、よく私の指のサイズがわかりましたね」

まひろが興奮して訊ねると、公貴が当然だと言わんばかりの表情を浮かべた。

「寝室を同じにしてすぐ、まひろがぐっすり眠っている間に測らせてもらったんだ」

公貴がエンゲージリングを取り出し、おもむろにまひろの前に跪いた。

「出会ったその日にカフェで結婚を申し込んで受け入れてもらったが、きちんとプロポーズをしていなかっただろう？　だから、改めて言わせてくれ。――まひろ、僕とともに人生を歩んでくれないか？」

下から見上げてくる公貴が、まひろに向かって手を差し伸べてきた。今の彼は、まひろにとってまさに白馬に乗った王子様そのものだ。

「はい、もちろんです！」

まひろは嬉しさで胸が張り裂けそうになりながら、大きく頷いた。

公貴にリングをはめてもらったあと、立ち上がった彼と見つめ合って微笑む。

「ありがとう、まひろ」

「私こそ、ありがとうございます」

公貴の腕に抱き寄せられ、頭のてっぺんにキスをもらう。顔を上げると、今度は唇にキスが降り注ぎ、存分にそれを受け取る。

「じゃ、僕は先に行ってるから」

キスが終わり、公貴が部屋を出ていく。それからすぐにウェディングドレスを携えたヘアメイクの女性がやってきて、まひろをドレッサーの前に導いてくれた。

用意されたのは純白のサテン生地が美しいロールカラーのドレスだ。

「これ、私が前に雑誌で見てたドレスだ……」

上品でクラシカルなデザインのそれは、確かに自宅にある結婚情報誌に掲載されていたものと同じものだ。

まひろは驚くとともに喜びで胸元を押さえた。雑誌は優香からのもらい物だが、中には結婚に関する情報だけでなく、新婚家庭に役立つアドバイスも多数掲載されていた。もちろん最新のウェディングドレスもたくさん紹介されており、まひろはその中で特に気に入ったものに付箋をつけ、何度となくそれを眺めていたのだ。

きっと、公貴はそれを密かにチェックしてくれていたのだろう。

彼の気遣いを思い、まひろは改めて胸を熱くした。

「公貴さんったら、どこまで優しいの……」

彼はまひろにとって、白馬の王子様であるだけでなく、ごく普通の自分を姫君に変えてくれる魔法使いだ。

青い空に広い海。白亜の建物とキラキラと光る波。

ロケーションは申し分ないし、彼ほど素晴らしい花婿は世界中のどこを探しても見つからないだろう。

「さあ、できましたよ」

ヘアメイクの女性に声をかけられ、立ち上がって壁に据えられた姿見の前に立つ。

ドレスに合うシックなメイクを施され、髪の毛は清楚かつエレガントなアップスタイルにしてもらった。最後にドレスと同じ生地の手袋をはめ、手渡された紫色のクレマチスと白薔薇のウェディングブーケを持つ。

「うわぁ、このクレマチス、うちの庭に咲いているのと同じ種類だ……!」

ブーケには手紙が添えられており、まひろは封を開けて中から便箋を取り出した。

それに目を通していくうちに、まひろの顔に驚きの表情が浮かんだ。

手紙は海外にいる貴子からで、ブーケは彼女の手作りの品で現地から空輸したものであるらしい。それだけでも驚きだが、手紙にはそれよりももっとまひろを驚かせる事実が書いてあった。

それによると、ブーケに使ったクレマチスは貴子が通っていた小学校の卒業記念に配られたもののようだ。彼女はそれを大切に育て続け、地元を離れて都会に出た時も手放さなかった。結婚後はそれを自宅の庭先に植え、海外に移住する際も株分けして持って行った。それは今も現地で綺麗な花を咲かせているらしい。

「ちょっと待って……そういえば、うちのおばあちゃんもクレマチスは小学校卒業の時にもらったものだって言ってた……。ってことは、もしかして貴子さんとうちのおばあちゃん、同じ小学校に通ってたかも？」

学校名はわからないし、かつて公貴がそう言ったように貴子の年齢はおそらくまひろの祖母よりも十歳程度上だ。だが、別荘の場所は祖父母宅からさほど遠くないし、もしかして顔を見たことくらいあったかもしれない。

（素敵……。いろんな縁が繋がって、私が今ここにいるんだな……）

まひろは胸の中に生まれた温もりが身体の外にまで広がっていくのを感じた。すべては繋がっており、今ここにいられるのも自分を育て愛しんでくれた人達がいてくれたおかげだ。

「本日は、おめでとうございます」

新たにやって来た案内役の女性が、まひろに微笑みかける。

「ありがとうございます。素敵なヘアメイクを、どうもありがとうございました」

担当してくれた人に礼を言い、案内係に導かれて一階に下りてホールに入った。

昨夜見た時は綺麗に片付けられた状態だったそこは様々な種類の白い花が飾られ、真ん中にはバルコニーに続くヴァージンロードが敷かれている。

公貴がやってきて、まひろの隣に立つ。

「綺麗だよ、まひろ」

公貴に褒められ、まひろは赤くなった顔をブーケで隠した。それを見て微笑む彼の胸元には、同じクレマチスの花が飾られている。

彼の腕に手を回し、二人して祭壇に向かって歩いていく。周りにはそれぞれにセレモニー用の衣装を着たスタッフが立っており、笑顔で二人を見守ってくれている。

地元教会の神父立ち会いのもと、光り輝く空と海の前で指輪を交換し永遠の愛を宣言した。

「まひろ、僕と一緒に、これからもっともっと幸せになろう」

「はい、ずっと一緒に――」

誓いのキスをした時、神父を含めスタッフ全員が持っていた花びらがフラワーシャワーとなって空に舞い上がった。

祝福の言葉と降り注ぐ花びらを受けて、まひろの頬に感動の涙が伝い落ちる。

「私、ものすごく幸せです……幸せすぎて怖いくらいですっ……」

まひろが涙声でそう訴えると、公貴が白い歯を見せて笑った。

「大丈夫だ。僕がそばにいる限り、怖くない。そうだろう？」

「はいっ……！」

泣き笑いで頷くまひろの額に、公貴がそっと唇を寄せる。

周りの人達が拍手をしてくれる中、まひろは世界一幸福な涙をとめどなく溢れさせるのだった。

第六章　幸せは永遠に

猛暑だった夏が過ぎ、短い秋を挟んでもうじき本格的な冬を迎えようとしている。まだ冬休み前だが、日曜日の今日は家族で買い物に来ているお客様も多い。

「最近、迷子が多くなったと思わない？」

「確かに。迷子と言っても慣れてる子は自分からここに来るしね」

「この間なんか子供を預かってほしいって言ってくる親がいて驚いちゃったわよ。ここは託児所じゃないんだけどねぇ」

仕事仲間のお喋りを聞きながら、まひろはカウンターに置く歳暮用の箱菓子の準備をする。

（ふふっ、子供か……そういえば亜子ちゃんと加奈子さんは元気かな）

加奈子はあれから予定通り実家に帰り、両親を交えた親子四人で新しい生活をスタートさせた。現在服役中の夫との離婚も無事成立し、今は地元の中小企業で事務員として働き始めたと聞く。

一時はよく亜子の夢を見て寂しさを募らせていたまひろだったが、つい先日妊娠が発覚した。

毎月決まった周期でやって来る月のものが、来ない……！

まひろは逸る気持ちを抑えながらドラッグストアに向かい、妊娠検査薬を買ってきてその日のうちに調べた。そして、くっきりと表示された陽性反応を見て、思わず「万歳！」と叫び天を仰いだのだ。

まひろは亡き父母と祖父母の写真に手を合わせ、仕事を終えて帰宅した公貴に報告して喜びを分かち合った。

時期的に間違いなくハネムーンベビーだ。早々に産婦人科を訪ねたら、間違いなく妊娠していると言われた。それからは普通に歩くのさえ慎重になり、公貴に至っては出産休暇に入るまで専属のタクシーを頼んだほうがいいと言い出した。

さすがにそれはできかねたが、幸い「スーパーたかくら」は同業他社よりもワンランク上を行く福利厚生の手厚さを誇っていた。それも、入社以来「女性に優しい職場」を目指して人事改革に取り組んでいた優香のおかげだ。

彼女はまひろの懐妊を知ると、いち早く妊娠中の通勤緩和手続きを取ってくれた。

（本当にありがたいな）

まだ妊娠四カ月だが、優香からはすでに産前産後の休業はもちろん、育児休業についても案内をもらっている。

結果的にまひろと公貴のキューピッド役になってくれた優香は、現在も田代と交際を続けており、近々双方の両親に挨拶をする予定らしい。

優香曰く田代はもともとさほど結婚願望がなかったようだが、公貴から聞かされる新婚生活の話に感銘を受けて婚約に踏み切ったらしい。

『まひろさんと公貴さん、ものすごく幸せそうなんだもの』

『そっちこそ、私と田代さんのキューピッドなんだからね！』

以前よりも頻繁に店舗に顔を出すようになった優香を見るたび、その言葉を思い出してつい顔がにやけてしまう。

今日も午前中顔を見せた彼女にそれを見咎められ「まるで、ほほえみ地蔵みたいね」と笑われてしまった。

（「座敷童」とか「ほほえみ地蔵」とか、結局私ってどう転んでも生粋の和風顔なのよね）

そんなことを考え、自分で可笑しくなってまた口元が緩む。

引き続き仕事をテキパキとこなし、終業時刻を迎え一人職場をあとにする。

駅に着き、足元に注意しながら階段を下りて電車に乗り込む。まだぜんぜんお腹は目立たないが、ウエストはすでに二センチ大きくなった。着る服はもっぱらAラインのゆったりしたもので、履いているのはヒールなしのペタンコ靴のみ。

今のところつわりなどなく、食欲旺盛で体調もすこぶる良好だ。心配があるとすれば、食べすぎて体重が増えることとくらいだろうか。

(だって、公貴さんが美味しいものをたくさん作ってくれるんだもの)

公貴の忙しさはあいかわらずで、出張も少なくない。

けれど、今日のように何もない休みの日には、まひろとお腹のベビーのために滋味のある美味しい料理を作って待っていてくれるのだ。

(今日の晩ご飯は何かな? ん〜、考えただけでお腹が鳴りそう)

最寄り駅に着き、自宅を目指してゆっくりと歩く。

公貴は車で迎えに行くと言ってくれるが、それだと運動不足になりかねない。

もともと気遣いがあって優しい人だが、結婚後はそれに甘さが加わった。それは日を追うごとに強くなり、今では溺愛と言っていいほど激甘モードになっている。

おそらくお腹にベビーがいるせいもあるのだろうが、それにしても甘い。

そのおかげで、まひろは公貴といる時は表情筋が緩みっぱなしになってしまう。

自宅前に着き、敷地内に入る前にふと立ち止まって灯りのついた家を眺めた。そして、かつて一人住まいをしていたアパートに、仕事を終えて帰宅した時のことを思い出す。あの頃はまだ暗闇が怖くて、ドアを開けるなり速攻で電気をつけたものだ。日々自分は大丈夫だと言い聞かせていたが、本当は一人ぼっちが寂しかったし辛かった。幸せで仕方ない今、当時の強がりな自分を抱きしめてあげたくなる。

これまで幾度となくそうしたように、まひろは幸せをしみじみと噛みしめながら玄関まで歩いた。

「おかえり」

辿り着く前に格子戸が開き、公貴が出迎えてくれた。

「ただいま」

「お疲れ様。お腹が空いただろう？　ご飯はもう用意できてるよ」

手を引かれ、靴を脱いで彼とともに庭を眺めながら廊下を歩く。

妊娠発覚後、二人の仲はいっそう深くなり、まひろの公貴に対する話し言葉もかなり砕けた感じになっている。

仲と言えば公貴の両親祖父母との関係もより近くなり、彼の留守中はまひろを心配してしょっちゅう連絡をくれたりする。出産の時期に合わせて貴子夫婦も一時帰国する予定で、まひろはその時に彼女といろいろと話そうと楽しみにしていた。

着替えを済ませてリビングに行くと、テーブルの上には所狭しと料理の皿が並んでいる。

「いただきます」

まひろは公貴とともに手を合わせ、早速右手に置かれた器の蓋を開ける。ふわりと湯気が立ち、あんかけのだしが香った。

「あ、かぶら蒸しだ！　私、これ大好き！　職場の忘年会で食べたのがすごく美味しくて、いつか自分でも作ろうと思ってたのに、なんとなく作りそびれてたんだよなぁ」

「この間、そう言っていたからちょっとチャレンジしてみたんだ」

公貴が言い、まひろはニコニコ顔でだしの香りを楽しんだ。箸の先ですり下ろしたかぶの山をそっと崩すと、中からふっくらとした白身が出てきた。

「鯛とゆり根、しめじと枝豆……ん〜、これお店で出てきたのよりも美味しい〜」

「そうか。それならよかった」

公貴が心底嬉しそうな顔で微笑み、まひろが食べるのをじっと見守っている。

「まひろは本当に美味しそうに食べるね。見てると、こっちまで嬉しくなる」

「だって、本当に美味しいから。それに、公貴さんが休みの日なのに、わざわざ手間暇かけて作ってくれる気持ちが嬉しくって。ふふっ」

美味しくて嬉しくて、いつも以上に顔がにやけてしまう。

「そういえば、今日優香さんが来てマタニティ用の制服を持って来てくれたの。ジャンパースカートになってて、着脱も便利そう」

「ほう……。それは持ち帰って来たのか？」

「まだ着るのは少し先だし、ロッカーに置いてきちゃった」

「だったら、一度持ち帰って試着してみたらどうだ？　もしサイズが合わなかったりしたら困るだろう？」

「じゃあ、そうしようかな」

公貴に勧められ、明日にでもマタニティ用の制服を持ち帰ることにする。

「それがいい」

公貴が頷き、満足そうにニンマリする。それを見たまひろは、まさかとは思いつつ彼に訊ねた。

「公貴さん、前に私のことを『制服に強い愛着心を持つタイプなんだな』って言ったことがあったけど、もしかして公貴さんもその傾向にあったりして？」

まひろはそう言って公貴の表情を窺った。すると、彼は少しの間考え込むようなしぐさをしたあと、軽く笑い声を上げた。

「なるほど、その可能性は否定できないな」

「えっ？」

自分で聞いておきながら、まひろは若干狼狽えてあたふたした。

「だが、まひろと同じで別に制服自体に萌えたりはしない。惹かれるのは制服を着たまひろ自身だ」

テーブル越しにじっと見つめられ、にわかに頬が熱くなる。

「そ、それなら、明日の夜は制服を着てお披露目会を開こうかな。なんならこの間買ったマタニティウェアも着てみたりして……」

「いいね。是非ともそうしてくれ」

真面目な顔でそう言われ、まひろは照れ笑いをしながら頷く。

いずれにしても、公貴が喜んでくれるならまひろとしても披露のし甲斐がある。それに、彼が笑ってくれるのが何よりも嬉しかった。

「うん、この豚の味噌炒めも美味しい～。こっちのサツマイモの煮物も甘くてほくほくしてる」

「妊婦さんは栄養面も気をつけないとな。それを食べたら、食物繊維と鉄分が摂取できる。そっちはカルシウムだ」

料理の説明を受けながら、引き続き機嫌よく箸を進める。美味しいものを食べていると自然と頬が緩み、それをきっかけに昼間言われたことをふと思い出した。

「そういえば、今日ついにやけてたら、優香さんに『まるで、ほほえみ地蔵みたいね』って言われちゃって。子供の頃は公貴さんに『座敷童』だと思われてたし、私ってそんなに福を呼びそうな顔してるのかな？」

まひろがそう言ってニコニコすると、公貴もつられたようににっこりする。

「そう言われてみると、確かにそうだな。まひろはいつもにこやかだし、見てるほうも自然と笑顔になる。実際、僕もまひろと結婚してから、笑うことが多くなった。これについては職場でも驚かれているくらいだ」

険しい顔がスタンダードだった公貴だが、既婚者になってからは格段に表情が柔らかくなったと評判になっているらしい。仕事に対する意欲もますます高まっていき、上司から「いい奥さんを見つけたな」と言われたとも聞いた。

「ふふっ、だとしたら嬉しいな。『座敷童』って、見ると幸せになるだけじゃなくて、出世したり子宝に恵まれたりするって言うし」

「僕が今の位置にいられるのも、昔『座敷童』だったまひろに会ったおかげかもしれないな。まひろは近くにいる人を笑顔にする才能があるし、それはとても貴重な力だと思う」

「私、これからも公貴さんを笑顔にする。もちろんお腹の中の子もニコニコ顔にするつもりだし、周りにいる人達にも笑いながら暮らしてほしいな」

「頼もしいお母さんだ」

食後に公貴が淹れてくれたマタニティ用のブレンドティーを飲みながら、ソファであれこれと語り合う。その間も、公貴はまひろのお腹をそっと撫でてくれている。

「今はまだつわりもなくて元気だが、少しでも辛かったらすぐに言ってくれ。まひろは頑張り屋だから、その点が少し心配だ」

「すぐに言うって約束します。今はお腹の赤ちゃんが最優先ですもんね」

まひろは、公貴の手に自分の掌を重ね合わせた。この上なくゆったりとした気分になり、口元に自然な笑みが浮かぶ。

「公貴さん。私、亜子ちゃんを預かった時から、なんとなく考えていたことがあるの。聞いてもらってもいい？」

「もちろんだ」

彼はまひろのほうに向き直ると、肩をゆったりと抱き寄せてきた。

「亜子ちゃんを預かっていた時、私はいつの間にか亜子ちゃんに自分自身を重ねていたの。世の中には、いろいろな理由で一人ぼっちになってる子供がたくさんいる。もし誰もその子達に手を差し伸べなかったら――そう思うと胸が痛いし、放っておけないって思って――」

まひろは公貴の手を借りて自分のお腹をゆっくりと擦った。まだ胎動はないが、確かに新しい命が自分の中に宿っていると感じる。

「乳児園や児童養護施設はたくさんあるけど、そのほとんどが中規模以上のものみたいなの。でも中には小規模で子供との距離が近い家庭的な場所もあってね。私、できたらそういう仕事に関わりたいなと思ったりしてるの」

もちろん、今はまだなんの資格も経験もない。これから出産と育児も控えているし、すぐに実行に移すのはどう考えても無理だ。

だが、将来的にそういう子供達のために何かしら支援できたらと思う。そして、可能な限り寄り添って、独り立ちするその日まで成長を見守ってあげたいと考えている。

「もっときちんと考えなくちゃダメだし、それ相応の覚悟がいるのもわかってます。だけど、今もふとした時に両親を亡くしたばかりの頃の自分や、泣いている亜子ちゃんの顔が思い浮かぶの。だから……だから、私――」

「まひろが言いたいことや考えていることはよくわかった。それはとても立派だし、いい考えだと思う」

公貴が、いつの間にか頬を伝っていた涙を拭いてくれた。

「子供に関する様々な問題は、昔から多くある。僕個人としてもそうだが、国の仕事に携わっている身としても、まひろの考えには賛成だ。まだ先の話にはなると思うが、僕にできることなら協力は惜しまないよ」

「ほんとに？　よかった！」

公貴ならきっと賛成してくれるとは思っていた。けれど、ここまで賛同してくれるとは思わずにいたし、彼の協力があるなら何かと心強い。

「まだプレママだけど、夢だけは大きく持っていいですよね？」

「もちろんだ。御堂家の一員としても社会福祉に貢献するのは大いに推奨するし、必要なら所有している土地を施設建設にあててもいいと思ってる」

一気に話が大きくなり、まひろは少なからず驚いて目を大きく見開いた。

まひろ自身はそこまで考えが及んでいなかったが、もし自分が施設を運営する側に回れるとしたら、いろいろな可能性が広がる。

まひろは夢ある未来を思い、キラキラと目を輝かせた。その顔を、公貴が上から微笑んだ顔で見下ろしてくる。まひろはしみじみとその顔を眺め、嬉しそうに破顔した。

「なんだ?」

「ふふっ、公貴さんって最強の白馬の王子様だなって。手には正義の剣と一緒に、魔法の杖まで持っていそう」

「それに、まひろ自身の力が加わるんだ。将来が楽しみだな。だが、まずは元気な赤ちゃんを産んで、一緒に愛情をかけて育てよう」

「はい」

まひろがもう一度公貴の手でお腹をさすると、彼が「あっ」と声を上げた。

「今、動いたんじゃないか? いや、確かに動いた。さすった時、僕の掌をポコンと蹴ったぞ」

「ほんとに?」

「ぜったいに、動いた」

まひろは公貴に代わって両方の掌をお腹に当てた。意識を集中してそっと擦ってみるも、お腹は呼吸と一緒に上下運動をするのみだ。

「ええ……ずるい。公貴さんばっかり」

まひろが本気のふくれっ面をすると、公貴が堪えかねてぷっと噴き出した。

「笑顔もいいが、今の顔も最高に可愛いな。まひろ、大好きだ。愛してるよ」

笑いながらキスをされ、まひろの幸福度は一気に頂点に達した。

「私も公貴さんを、すごくすごく愛してる」

愛する人の笑顔は、何ものにも代えがたい喜びだ。

まひろは、胸に抱く心からの想いを込めて公貴にキスを返すのだった。

番外編

翌年五月の第三日曜日に、まひろは無事女の子を出産した。

初産ということもあり、分娩室に入ってから出産まで、かなりの時間を要した。

陣痛が起きた時に、ちょうどまひろと一緒にいた公貴は、はじめてのことに狼狽えつつも迅速に動いて夫としての役割を完璧にこなしてくれた。

生まれた女の子は夫婦によって「紗月（さつき）」と名付けられ、産後三カ月経った今、すこぶる健康で赤ちゃんらしくまるまると太っている。

「紗月ちゃん、ミルクも母乳もよく飲むし、本当にいい子ちゃんね」

「こんなに可愛い子、はじめて見た。まさに天使って感じだわ」

出産のお祝いに駆けつけてくれた人達は、皆紗月を見て絶賛した。

実際、紗月は起きている時は元気いっぱいで、まだ人見知りもせず抱っこをしてくれる人に対して分け隔てなく笑顔を振りまいている。

「こんなに愛想よくて、大丈夫か？」

「紗月の夫になる男は、心身ともに剛健な人物でなければぜったいにダメだ」

公貴はそう言ってやたらと紗月の心配をし、早くも適齢期になった娘を想像して厳しい表情を浮かべたりしている。

「御堂、それはいくらなんでも気が早すぎだろ」

優香とともに顔を見せてくれた田代が、呆れたような顔で公貴を見る。すると、すぐ横にいる優香が田代の横腹を肘でトンと突いた。

「お堅い警察官僚も、愛する妻と娘を前にすると、ここまで変わるってことね。いいな、すごく素敵な旦那様でありパパじゃないの」

優香が言い、田代が素早くそれに同意する。再来月結婚予定の二人だが、もうすでに優香がほどよく田代を尻に敷いているみたいだ。

まひろはと言えば現在育児休暇中で、日々公貴とともに育児をこなし親子ともども幸せな日々を送っている。

八月の最終土曜日は、御堂家に待ちに待った海外からのお客様がやって来る日だ。本来なら、六月に訪問予定だったのだが、諸事情があって今日まで帰国が延期になっていたのだ。

「貴子さん、そろそろ乗ってる飛行機が日本に着く頃だよね?」

まひろは壁の時計を見て、せわしなく瞬きをする。

「そうだな。遅延情報も出ていないし、うまくいけばあと一時間半もすればここに来られるんじゃないかな」

公貴が、スマートフォンのアプリで飛行機の運航状況を確認してくれた。

まひろは頷き、唇を固く結びながら深呼吸をする。

「なんだかドキドキしてきちゃった……。写真では何度も見たことはあるけど、実際会うのははじめてだもの」

公貴の母方の祖母である貴子は、今年で七十九歳になる。だが、すこぶる健康で、今もなお現役の空間デザイナーとして夫とともに精力的に仕事をこなしているらしい。

「おもてなし、上手くできるかな？」

「心配しなくても、お茶の用意は僕がするし、今日はちょっと挨拶をするだけで、本格的な顔合わせは明日だろう？」

貴子は今日、帰国した足でここへ来て、夜は古くからの友達と食事をする約束をしているらしい。滞在期間は一週間で、その間は東京滞在時の定宿であるホテルのスイートルームをキープしているようだ。

今回の帰国では仕事も兼ねているようだが、一番の目的はひ孫の誕生を祝うことだと言ってくれている。久しぶりの帰省でもあり、明日は親戚達が本家に集合し、貴子を囲んで食事会を開く予定になっていた。

「クレマチスを活けた花瓶、あっちよりもこっちに置いたほうがいいんじゃない？」

花瓶を持ってウロウロするまひろを見て、公貴がふっと笑い声を漏らす。

「そのほうが、よく見えていいかもしれないな。……まひろ、少し落ち着いたらどうだ？ そんなに緊張しなくても、まひろがいかに素晴らしい奥さんであるかは、僕が前もって祖母に説明してあるから」

「でも、やっぱり緊張する。だって、貴子さんは私の憧れの人だもの。結婚して育児の傍ら自分の才能を開花させて空間デザイナーとして大成して。輝いている女性っていくつになっても綺麗だよね。私も、いろいろと見習わないと――」

花瓶をダイニングテーブルの上に置き、全体のフォルムを確認する。

まひろが左右からクレマチスを眺め最終チェックをしていると、背後から公貴がやってきて身体をそっと抱き寄せてきた。

「まひろだって輝いているし、今のままで十分綺麗だ。子育てをしながら将来設計も立てているし、志も高い。とても立派だと思うし、まひろならきっと夢を実現させることができると信じてるよ」

甘い囁きとともに、嬉しい言葉までもらった。

まひろは公貴の腕の中で身体を反転させて、彼と向かい合わせの姿勢になる。

「そんなふうに、いつも褒めたり勇気づけたりしてくれてありがとう。公貴さんのおかげで、私、前よりもずいぶん自分に自信が持てるようになってる」

そう言いながら、まひろは公貴の腰に腕を巻きつかせた。自然と唇が触れ合い、それがいつしか舌が絡み合う熱っぽいキスに変わる。

この頃のまひろは、夫に対して自分から積極的にスキンシップをとれるようになっている。それは、以前よりも夫婦としての絆が強くなっている証であると同時に、忙しい育児の合間でも公貴と愛を育みたいと願うまひろの気持ちの表れでもあった。

公貴のほうもまひろと同じであるようで、時に愛情深い野獣と化して妻を激しく求めたりする。そんな彼は、仕事で日々忙しくしながらも、妻とともに育児に携わり、家族との時間を大切にする模範的な父親だ。

公貴曰く――。

育児には体力がいるし、授乳が必要な時期は特に母親の負担が大きくなる。

殊に平日の昼間は一人きりで子育てをしなければならない時間帯であり、寝不足になったり、食事をする時間すら取れない時もあるだろう。

そんな妻を労い、健康を気遣って自ら子育ての主力として育児に携わる夫の存在は必要不可欠だ。ただでさえ不在がちなのだから、せめて休日などの一緒にいられる時は、大切な妻子のために心血を注ぐべきだ——。

「二人の子供なんだから、それくらいは当たり前だろう」

公貴は、生後間もない子を持つ父親の鑑のような持論を展開し、実際にそれを実行してくれている。

そんな彼の思いやりを感じるたび、まひろはいっそう公貴への愛を深くする。

できることなら、在宅中は常に一緒にいて極力触れ合っていたい。

だが、以前加奈子から亜子を託された時同様、赤ん坊の泣き声で音に敏感な公貴の睡眠時間を削るわけにはいかなかった。

そのため、まひろは紗月が朝までノンストップで眠れるようになるまでという条件付きで、公貴と寝室を別にしてもらっている。当然彼はそれを嫌がったが、激務に耐える強靭な身体を保つのに、規則正しい生活は必須だ。

その結果、夫婦が触れ合っていられる時間は激減している。

それが互いを恋しく想う気持ちを掻き立て、夫婦間のスキンシップが増える要因のひとつになっているのだ。

「あっ、紗月が起きたみたい」

抱き合って唇を寄せ合っていると、ベビーベッドを置いている部屋から紗月の泣き声が聞こえてきた。

途端に乳房がジィンと熱くなり、先端から母乳が滲み出す。

まひろは、すぐさま公貴のそばを離れ、紗月のもとに向かった。そのあとを公貴が追い、母子のために授乳する場所を整えてくれた。

「ありがとう、パパ。紗月ちゃん、おまたせ。たくさん飲んでね」

普段名前で呼び合っている二人だが、紗月を間に挟む時は「パパ」と「ママ」に変わる。

まひろはもう慣れたものだが、公貴はいまだ「パパ」という呼び名をこそばゆく感じるようで、呼ばれるたびに照れたような笑みを浮かべている。

「そばにいてもいいか？」

はじめて自宅で授乳する時、公貴は遠慮がちにそう言い、まひろは即了承した。

それ以来、彼は紗月を抱くまひろの身体を支えるようにして母子の様子を見守るようになっている。

妊娠以降まひろの胸はみるみる大きくなり、もともとBカップだったのがDカップになった。出産して間もない頃は母乳が上手く出ずに乳房がカチカチに張って乳腺炎になりかけたこともあったが、今はもうそんな時期も脱している。

「いつもながら、神々しいな」

公貴は授乳中のまひろを見て、感じ入ったように目を細めた。

「こうしていると、つくづく男はどうしたって女性には敵わないと感じるよ。紗月もそう思うだろう？　君のママはパパにとって最高の人だ。……愛してるよ、まひろ」

「公貴さん……」

どちらともなく顔を近づけて、そっと唇を合わせた。そうしている間も、紗月は小さな手で乳房を摑み、一心に吸いついている。

「だぁ～」

お腹がいっぱいになったらしい紗月が、乳房を離しまひろの腕の中でもぞもぞと動き出した。

「うっ……！」

蹴り出した紗月の足がちょうどみぞおちに入り、公貴が低い呻き声を漏らす。

「ちょっ……紗月ちゃんったら、日本一強い警察官のパパにキックを決めるなんてすごいね！　これは将来有望かも……。っていうか、さすがの公貴さんも、愛娘には敵わないってことかな？」

まひろが声を上げて笑うと、公貴も眉尻を下げながら頬を緩めた。そうしている間も、紗月はご機嫌で手足をジタバタと動かしている。

「そろそろ、貴子さんをお迎えするためにいろいろと準備しなくちゃ。ちょっと紗月ちゃんを見ててくれる？」

「いいよ。だが、もう準備はとっくに済んでるだろう？」

「そう思ってたけど、私自身の準備がまだだったの！」

朝、紗月の泣き声で起きて、公貴とともに諸々の用事をこなした。それにかまけている間に、自分のメンテナンスをするのをすっかり忘れてしまっていたのだ。

まひろは大急ぎで洗面所に向かい、すっぴんの顔をバシャバシャと洗った。

過度なメイクは必要ないが、お客様を迎えるにふさわしい体裁は整えておかなければならない。

「うわぁ、髪の毛ボサボサ！　どうセットしよう？　ああ、こんなことなら早めに美容院を予約しておくんだった～！」

愛妻に甘く、目に溺愛フィルターがかかっている公貴は、育児中のまひろがどんなにヨレヨレの恰好をしていても、愛おしそうに見つめて「綺麗だ」と言ってくれる。

そのせいもあり、まひろはうっかりするとその言葉に乗せられて、外出の予定がない時はかなり緩い恰好でいがちなのだ。

――ピンポ～ン！

まひろが髪の毛を梳かしていると、玄関のドアチャイムが高らかに鳴った。

一瞬貴子かと思ったが、彼女はまだ日本に到着したばかりだろうし、来たのは宅配便か何かだろう。

まひろが洗面所から顔を出すと、公貴がちょうど紗月を抱っこしたまま玄関に向かうところだった。

「ほら、紗月。ママがおしゃれして今よりももっと綺麗になるみたいだぞ」

公貴の言葉に相好を崩しながらも、まひろは黒ゴムで髪の毛をひとつ括りにして、コーヒー色のシュシュを被せた。

（とりあえず、これで、よし！　あとはいい感じにメイクをして――）

まひろがヘアメイクに集中していると、玄関のほうからこちらに向かってくる足音が聞こえてきた。

「公貴さん、今の誰だったの？」

まひろは、そう訊ねながら廊下に出た。そして、近づいてくるシルバーヘアの女性を見て「わっ！」と声を上げる。

「たっ……た、た……貴子さんっ！」

「まひろさん、やっと会えたわね。はじめまして、公貴の祖母の貴子です。なぁんて堅苦しい挨拶は置いといて、とりあえずハグさせてちょうだい」

手を引かれると同時に、貴子の腕の中に包み込まれる。

彼女は身長こそ高くないが、背筋はシャンと伸びており、とても七十九歳には見えない。

「時間に余裕ができたから、予定より早い便に乗ったそうだ。おばあさん、そういう時は事前に連絡をするものですよ」

「だって、大急ぎで乗ったから連絡をする暇がなかったんですもの」

ハグを解かれ、まひろは目を丸くしたままその場に棒立ちになる。

「びっくりさせてごめんなさいね。だけど、少しでも早くあなた達に会いたかったものだから」

にっこりと微笑む顔が、どことなく公貴に似ている。

まひろはハッとして我に返り、貴子をリビングへと案内した。

「とんでもありません。私こそ、ずっと貴子さんにお会いしたかったんです」

「そう言ってくれて嬉しいわ。今日は少しの間だけど、いろいろとお話ししましょうね。その前に、紗月ちゃんを抱っこさせてもらってもいいかしら？」

「もちろんです！」

貴子を真ん中にしてソファに腰を下ろし、公貴が彼女の腕の中に紗月を委ねた。

満腹でご機嫌の紗月は、はじめて見る貴子に興味津々といった様子で、目をキラキラさせながら彼女の顔に見入っている。

「赤ちゃんを抱っこするのって、本当に久しぶり。しかも、ひ孫ちゃんだもの。長生きはするものね」

紗月をあやす貴子の姿は、まひろに亡き祖母の面影を思い出させた。

まひろがそう言うと、彼女は顔をくしゃくしゃにして懐かしそうな表情を浮かべた。

「なっちゃんのことは、今でもはっきりと覚えてるわ。歳はかなり離れてたけど、今で言う子供会のような集まりがあってね。そこでよく一緒に遊んだりしてたの」

「えっ……なっちゃんって……。貴子さん、やっぱりうちの祖母と交流があったんですね！」

まひろの祖母である三村夏子（みむらなつこ）のことは、公貴を通して事前に貴子に伝えられていた。

だが、実際に見知っていたかどうかの返事はもらっておらず、貴子が帰国してから訊ねようと思っていたのだ。

「気になっていただろうに、答えを保留にしていてごめんなさいね。あまりにも懐かしくて、まひろさんの顔を直接見ながら話したいと思ったのよ。写真で見たとおり、涼しそうな目元が、なっちゃんと瓜ふたつだわ」

貴子は遠い昔の写真を持参しており、まひろに子供時代の祖母の姿を見せてくれた。

まひろはそれを眺めながら、貴子とひとしきり昔話に花を咲かせた。

「クレマチス、こんなに綺麗に咲かせてくれて本当にありがとう。大切にしてくれているのね。一応、公貴にもお願いしてあったけど、きっとクレマチスがどれかもわかっていないだろうし、ちゃんと世話をしてくれているかどうか心配してたのよ」

「ちょっとお茶でも淹れてきます」

少々分が悪くなった公貴がキッチンに逃げ出そうとすると、貴子が首を横に振ってそれを制した。

「お茶なら飛行機の中で飲んだし、友達に会う前に行かなきゃいけないところができたの。せっかくだけど、今日はこれでお暇するわね。また明日、ゆっくり話しましょう。紗月ちゃん、またね～」

貴子がいつの間にか寝入っていた紗月を、公貴の腕の中に戻した。

「そうですか……。明日、楽しみにしていますね。あの、今日は化粧もしないままで、すみませんでした。明日はもっときちんとした恰好でお目にかかりますので――」

「あら、まひろさんは今のままで十分きちんとしているし、綺麗ですよ。子育て中のママは、何もしなくても美しいの。そうでしょう、公貴」

「はい、もちろんです」

公貴が、きっぱりとそう言い切ると、貴子が彼の背中をポンと叩いた。

「よく言ったわ。それでこそ私の孫息子よ。くれぐれも、奥さんと子供を大切にね」

「はい、言われなくても、わかってますよ」

やって来たタクシーで去っていく貴子を見送り、まひろは横にいる公貴の腕に寄りかかった。

「貴子さんって、思っていた以上に素敵な人ね。明日はもっといろいろなお話がしたいな。――あ、よかったら一泊くらいここに泊まってもらうのはどうかな？　昔住んでいた家なんだし、きっと寛いでもらえると……ぁんっ！」

話している途中で、かがみ込んできた公貴に耳朶を食まれた。

途端に頬が熱く火照り、目がとろんとしてくる。

「おばあさんと話すのはいいが、僕の相手をするのもことも忘れないでほしいな」

いつになく熱っぽい目で見られ、胸がキュンとときめく。

これだから、公貴には敵わない——そう思いながら、まひろは心の中で彼に全面降伏をする。

「ぜったいに忘れたりしないって、約束する」

まひろはすやすやと寝息を立てている紗月の頬にそっと唇を寄せた。そして、微笑んでいる公貴と熱いキスを交わすのだった。

あとがき

ここまで読んでくださった読者さまへ――。

今回の警察官僚ヒーローは、いかがでしたでしょうか。

警察小説は、私の大好きなジャンルであり、いつか自分が関わっている分野でも扱えたらいいな、と思っておりました。今回、ありがたくもその機会を与えていただき、思う存分理想のヒーロー像――真面目で強面で無骨――だけど、この上なく優しくて包容力のある警察官僚ヒーロー〝御堂公貴〟を書くことができました。

ヒロインのまひろは、彼に愛されるにふさわしい、心優しくて芯の強い女性です。

本作を読みながら、夫に深く愛される妻の気持ちを味わっていただければこれ以上嬉しいことはありません。

物語が一冊の本になるまで、いろいろとご尽力いただいた方々と、本作を通じて時間を共有してくださった読者さまに、心からお礼申し上げます。

皆様のもとに、たくさんの愛と幸せが訪れますように。

マーマレード文庫

エリート警察官僚は交際0日婚の新妻に一途愛の証を宿したい

2022年9月15日　第1刷発行　定価はカバーに表示してあります

著者　有允ひろみ　
編集　株式会社エースクリエイター
発行人　鈴木幸辰
発行所　株式会社ハーパーコリンズ・ジャパン
東京都千代田区大手町1-5-1
電話　03-6269-2883（営業）
0570-008091（読者サービス係）
印刷・製本　中央精版印刷株式会社

ISBN-978-4-596-74858-4